La brigada
de Anne Capestan

Sophie Hénaff

La brigada de Anne Capestan

Traducción del francés de
María Teresa Gallego Urrutia y Amaya García Gallego

NEGRA
ALFAGUARA

Título original: *Poulets grillés*
Primera edición en castellano: abril de 2016

© 2015, Éditions Albin Michel
© 2016, de la presente edición en castellano para todo el mundo:
Penguin Random House Grupo Editorial, S. A. U.
Travessera de Gràcia, 47-49. 08021 Barcelona
© 2016, María Teresa Gallego Urrutia y Amaya García Gallego, por la traducción
© Diseño: Penguin Random House Grupo Editorial, inspirado en un diseño original de Enric Satué

Printed in Spain – Impreso en España

ISBN: 978-84-204-1946-6
Depósito legal: B-3523-2016

Impreso en Unigraf, Móstoles (Madrid)

AL19466

Penguin
Random House
Grupo Editorial

Para mi minijauría,
y también para mis padres

1.

De pie delante de la ventana de la cocina, Anne Capestan esperaba que clarease el día. Vació de un trago la taza de porcelana y la dejó encima del hule de vichy verde. Acababa de beberse su último café de poli. Quizá.

La brillantísima comisaria Capestan, estrella de su generación, campeona de todas las categorías de ascensos fulgurantes, había disparado una bala de más. Desde entonces, había comparecido ante la comisión disciplinaria y le habían caído varias amonestaciones y seis meses de suspensión de empleo. Y luego, silencio de radio, hasta el telefonazo de Buron. Su mentor, y ahora mandamás en el 36 del muelle de Les Orfèvres, por fin había roto su mutismo. Había citado a Capestan. Un 9 de agosto. Le pegaba mucho. Era una forma sutil de indicarle que no estaba de vacaciones sino suspendida de empleo. Saldría de aquella entrevista siendo poli o parada, en París o en provincias, pero al menos lo haría con una certeza. Cualquier cosa era mejor que andar flotando entre dos aguas, en esa especie de ambigüedad que le impedía seguir adelante. La comisaria enjuagó la taza en la pila, prometiéndose que la metería en el lavavajillas más tarde. Tenía que irse ya.

Cruzó el salón donde, como tantas veces, resonaban Brassens y sus *pom-pom-pom* de poeta. Era un piso amplio y cómodo. Capestan no escatimaba en mantas escocesas ni en luces indirectas. El gato, dichoso y ronroneante, parecía aprobar sus gustos. Pero el vacío había sembrado de huellas aquel entorno acogedor, como placas de escarcha en un césped primaveral. Inmediatamente después de que la suspendieran, Capestan vio que su marido se iba, llevándose consigo la mitad de los muebles del piso. Fue uno de esos momentos en los que la vida te arrea un buen sopapo en los morros. Pero Capestan no abusaba de la autocompasión, se había ganado a pulso todo lo que le estaba pasando.

Un aspirador, una tele, un sofá y una cama: en menos de tres días había sustituido lo esencial. Sin embargo, las marcas redondas en la moqueta seguían señalando dónde habían estado los sillones en su vida anterior. En el papel pintado, las zonas más claras hablaban por sí solas: aquí, la sombra de un cuadro, una estantería fantasma, una cómoda añorada. Capestan habría preferido mudarse, pero su situación profesional, con el trasero entre dos sillas, la tenía atrapada. Después de aquella cita, por fin sabría a qué vida iba a lanzarse.

Con la goma que llevaba en la muñeca se recogió el pelo. Como todos los veranos, se le había aclarado, pero pronto el castaño más oscuro volvería por sus fueros. Capestan se alisó el vestido con gesto maquinal y se calzó unas sandalias sin que el gato alzara el hocico de su reposabrazos. El pabellón de la oreja felina fue lo único que se movió en dirección a la entrada para ir siguiendo los preparativos de la partida. Capestan se colgó del hombro el asa del amplio bolso de cuero en el que metió *La hoguera de las vanidades,* un libro de Tom Wolfe que Buron le había dejado. Novecientas veinte paginas. «Así tendrá con qué entretenerse mientras tanto, en lo que la llamo», le había asegurado. Mientras tanto. Había tenido tiempo de sobra para enlazar con los trece tomos de *Fortune de France* y las obras completas de Marie-Ange Guillaume. Por no hablar de las pilas de novelas policíacas. Buron y sus frases sin fecha ni promesas. Capestan cerró la puerta con dos vueltas de llave y se engolfó en las escaleras.

La calle de la Verrerie estaba desierta bajo un sol que aún resultaba agradable. En el mes de agosto, tan de mañana. Era como si París hubiera vuelto a la naturaleza y se hubiese quedado sin vecindario, como si le hubiera caído una bomba de neutrones. A lo lejos, la luz giratoria de una camioneta de limpieza lanzaba destellos anaranjados. Capestan bordeó los escaparates del Bazar de l'Hôtel de Ville antes de atravesar la plaza de L'Hôtel-de-Ville. Cruzó el Sena y luego la isla de La Cité para llegar al pie del número 36 del muelle de Les Orfèvres.

Entró por la inmensa puerta cochera y giró a la derecha en el patio adoquinado. Fijó brevemente la mirada en el letrero desvaído: «Escalera A, Dirección de la Policía Judicial». Al tomar posesión de sus nuevas funciones, Buron se había instalado en un despacho del tercer piso, la planta en sordina de quienes toman las decisiones, el pasillo donde ni siquiera los vaqueros llevan encima la artillería.

Capestan empujó la puerta de doble hoja. Se le encogió el estómago al pensar que podían revocarla. Siempre había sido de la pasma y se negaba a contemplar cualquier otra posibilidad. No hay quien pueda volver a estudiar a los treinta y siete años. Aquellos seis meses de inactividad ya le habían hecho mella. Había andado mucho. Se había recorrido por la superficie todas las líneas del metro parisino, metódicamente, de la 1 a la 14, de principio a fin. Tenía la esperanza de que la reintegrasen al servicio activo antes de empezar con los trenes de cercanías. A veces se imaginaba corriendo a lo largo de las vías del TGV para tener donde ir.

Cuando estuvo delante de la flamante placa de cobre grabada con el nombre del director regional de la policía judicial, se irguió y llamó tres veces. La voz grave y timbrada de Buron le rogó que entrase.

2.

Buron se puso en pie para recibirla. El pelo y la barba grises, cortados al estilo militar, enmarcaban un rostro de basset artesiano. Recorría permanentemente con mirada afable, casi triste, el mundo que lo rodeaba. A Capestan, que ya era bastante alta, le sacaba una cabeza. Y a lo ancho le sacaba una barriga. A pesar de ese aspecto bonachón, de Buron emanaba una autoridad que nadie se tomaba a broma. Capestan le sonrió y le alargó el libro de Wolfe. Se le habían doblado las esquinas de la tapa y en el rostro del director apareció fugazmente una mueca de disgusto. Capestan, que no concebía que se les pudiera dar tanta importancia a los objetos, le dijo que lo sentía mucho. Él, sin ninguna convicción, contestó que no era para tanto, mujer.

Detrás de Buron, sentados en amplios sillones, Capestan reconoció a Fomenko, el antiguo jefazo de los estupas, que ahora era director adjunto, y a Valincourt, que había cambiado la dirección de la Criminal por la de las Brigadas Centrales. Se preguntó qué estarían esperando allí esos peces gordos. En vista de su reciente hoja de servicio, no parecía muy probable que fueran a reclutarla. Con expresión amable, se acomodó frente al triunvirato de dueños y señores de la policía y aguardó el veredicto.

—Tengo una buena noticia —le espetó Buron—. Asuntos Internos ha cerrado la investigación, ya no está usted suspendida y puede volver al servicio activo. El percance no se incluirá en el expediente.

Capestan sintió que un inmenso alivio la liberaba, la alegría le corría por las venas y la impulsaba a salir por ahí a celebrarlo. Pero hizo un esfuerzo para concentrarse en lo que Buron seguía diciendo:

—Se incorporará a su nuevo destino en septiembre, la hemos puesto al mando de una brigada.

Capestan acusó el golpe. Que la dejaran reincorporarse ya era algo inesperado, pero que le asignaran un cargo de responsabilidad resultaba sospechoso. Había algo en las palabras de Buron que sonaba como el chasquido de las falanges de quien va a darte un bofetón.

—¿A mí? ¿Una brigada?

—Se trata de un programa especial —explicó Buron mirando al vacío—. Como parte de una reestructuración de la policía cuya finalidad es optimizar el rendimiento de los distintos servicios, se ha creado una brigada anexa. Estará directamente bajo mis órdenes y agrupará a los funcionarios menos ortodoxos.

Mientras Buron peroraba, sus acólitos se aburrían soberanamente. Fomenko examinaba sin ningún entusiasmo la colección de medallas antiguas que Buron guardaba en una vitrina. De vez en cuando se pasaba la mano por el pelo blanco, se estiraba el chaleco del terno o se miraba la punta de las camperas. La camisa arremangada dejaba al descubierto unos antebrazos velludos cuya robustez era un recordatorio de que Fomenko podía desencajarle a cualquiera la mandíbula de un revés. Por su parte, Valincourt manoseaba el reloj de pulsera plateado con el deseo ostensible de adelantarlo. Era de silueta enjuta, rasgos angulosos y tez oscura. Tras el perfil de jefe indio parecía ocultarse un alma que se había reencarnado miles de veces. No sonreía nunca ni cambiaba aquella cara de vinagre que daba la sensación de que alguien había importunado a Su Majestad. Seguramente reservaba su atención a consideraciones más elevadas, a una vida más destacada. Los simples mortales no osaban molestarlo. Capestan decidió abreviar el padecimiento de todos ellos.

—¿Y para ser exactos?

Su tono resuelto desagradó a Valincourt. Como un ave de presa, giró sobre el eje del cuello, mostrando una nariz aquilina y afilada. Le dirigió a Buron una mirada interrogativa, pero hacía falta mucho más para impresionar al director. Buron se dignó incluso sonreír mientras se arrellanaba en la silla.

—Está bien, Capestan, voy a resumirle el asunto: estamos haciendo limpieza en la policía para pulimentar las estadísticas. A los borrachos, los tarados, los depres, los vagos y otros cuantos, a todos los que son un estorbo para nuestros servicios, pero que no podemos echar, los vamos a juntar en una brigada para luego dejarla olvidada en un rincón. Y estará bajo su mando. Desde septiembre.

Capestan se guardó de manifestar ninguna reacción. Volvió el rostro hacia la ventana y examinó durante un momento el juego de reflejos azules en los cristales dobles. Después pasó a las delicadas olitas del Sena que espejeaban bajo el cielo sin nubes, mientras su cerebro destilaba la esencia de aquel discurso jerárquico.

La mandaban al aparcadero. Así de fácil. Al vertedero, más bien. Una unidad de repudiados, la morralla vergonzante del departamento, todos juntos en un contenedor de desechos. Y ella era la guinda del pastel que hundía al camello, la jefa.

—¿Por qué me da a mí el mando?

—Porque es la única que tiene el grado de comisaria —dijo Buron—. Se supone que, normalmente, hay que declarar si se tiene alguna patología antes del concurso de oposición.

Capestan estaba dispuesta a apostar a que aquella brigada había sido idea de Buron. Ni Valincourt ni Fomenko parecían aprobar el programa. El uno por desprecio y el otro por indiferencia. Ambos tenían otras cosas que hacer y ese asunto los estaba retrasando.

—¿Quién estará en el equipo? —preguntó Capestan.

Buron asintió con la barbilla y se inclinó para abrir un cajón del escritorio. Extrajo una abultada carpeta que dejó caer sobre el vade de tafilete verde botella. No había nada escrito en la cubierta de la carpeta. Brigada anónima. El director abrió el expediente y, de entre los diferentes pares de gafas que se alineaban bajo la lámpara, eligió las de montura de concha. Según la impresión que quisiera causar, afable, moderno o severo, Buron cambiaba de anteojos. Empezó a leer.

—Agente Santi, lleva cuatro años de baja por enfermedad; capitán Merlot, alcohólico...

—¿Alcohólico? Pues sí que va a haber gente en la brigada esa...

Buron cerró el expediente y se lo alargó.

—Quédese con él. Así podrá estudiárselo con calma.

Capestan lo sopesó, no tenía nada que envidiarle a la guía telefónica de París.

—¿Cuántos somos? Esa *limpieza* suya va a afectar a medio cuerpo, ¿no?

El director regional se hundió en el asiento y, bajo su peso, el cuero pardo crujió lastimeramente.

—Oficialmente, unos cuarenta.

—Eso no es una brigada, es un batallón —apuntó Fomenko en tono jocoso.

Cuarenta. Maderos que habían tenido que aguantar que les metieran una bala en el cuerpo, horas de plantón, kilos de más y divorcios por el bien de la Casa antes de acabar varados en esa vía muerta. El puesto que les asignaban para que renunciasen de una vez. Capestan los compadecía. Curiosamente, ella no se veía en el mismo lote. Buron suspiró y se quitó las gafas.

—Capestan. La mayoría lleva varios años fuera de circulación. Es muy improbable que llegue a verlos, y no hablemos ya de ponerlos a currar. Para la policía ya no existen, son nombres, solo eso. Si alguno se pasa por las oficinas, será para mangar bolis. No se haga ilusiones.

—¿Hay oficiales?

—Sí. Dax y Évrard son tenientes; Merlot y Orsini, capitanes.

Buron hizo una pausa y centró toda su atención en la patilla de las gafas que estaba haciendo girar entre las manos.

—José Torrez también es teniente.

Torrez. Alias Malfario. El gafe, el gato negro. Por fin le habían encontrado un destino. No bastaba con aislarlo, había que ir más allá. Capestan conocía a Torrez por su reputación. Toda la pasma del país conocía la reputación de Torrez y se santiguaba al verlo pasar.

La historia empezó con un simple accidente: a su compañero lo hirieron de un navajazo durante una detención. Algo rutinario. Al madero que lo sustituyó durante la convalecencia también lo hirieron. Gajes del oficio. El siguiente se chapó una bala y tres días en coma. El último había muerto al caer desde lo alto de un edificio. En todas las ocasiones se descartó que Torrez fuera culpable. No se le podía atribuir responsabilidad alguna, ni siquiera por omisión. Pero desde entonces tenía un aura negra como la pez. Atraía la mala suerte. Nadie formaba ya equipo con Torrez. Nadie tocaba a Torrez y muy pocos le seguían mirando a los ojos. Exceptuando a Capestan, que pasaba mucho de males de ojo.

—No soy supersticiosa.

—Pues ya lo será —afirmó Valincourt con tono sepulcral.

Fomenko asintió y contuvo un escalofrío que estremeció al dragón tatuado que le trepaba por el cuello, un recuerdo de su juventud en el ejército. En la actualidad, Fomenko lucía un bigotazo blanco que se abría en forma de abanico, como una mariposa enmarañada. Curiosamente, el bigote no desentonaba demasiado con el dragón.

Como cada vez que se nombraba a Torrez, la habitación quedó en silencio unos instantes. Fue Buron quien lo rompió.

—Y por último está el comandante Louis-Baptiste Lebreton.

Esta vez Capestan se irguió en la silla.

—¿El de Asuntos Internos?

—El mismo —dijo Buron separando las manos, fatalista—. No se lo puso a usted fácil, lo sé.

—Pues no. No es que fuera el más flexible. ¿Y qué pinta ahí ese adalid de las nobles causas? Asuntos Internos no forma parte de la judicial.

—Alguien que presentó una queja, incompatibilidad de caracteres, en fin, cosas de ellos, asuntos internos contra asuntos internos, ya ni siquiera nos necesitan.

—Pero ¿por qué presentaron la queja?

Aquel Lebreton era un monstruo de intransigencia, pero no podía caber sospecha de que cometiese alguna irregularidad. El director inclinó la cabeza y se encogió de hombros fingiendo no estar al tanto. Los otros dos se enfrascaron en un examen detallado de las molduras del techo con sonrisa socarrona, y Capestan comprendió que tendría que conformarse con aquello.

—Dicho lo cual —añadió Valincourt fríamente—, no es que sea usted la más indicada para tirarles la primera piedra a los belicosos.

Capestan se tragó el sapo sin decir esta boca es mía, no era la más indicada para tirarle ni una chinita a nadie, lo sabía de sobra. Un rayo de sol cruzó por la habitación y el eco lejano de un martillo eléctrico lo siguió. Un equipo nuevo. Le quedaba por saber cuál sería su misión.

—¿Tendremos casos en los que trabajar?

—A cientos.

Anne Capestan notó que a Buron le estaba empezando a gustar cada vez más aquel asunto. Era su bromita para inaugurar el curso, su juguetito de toma de posesión. «Con quince años de carrera que tengo ya —se dijo— y me sale con una novatada».

—La prefectura, el SRPJ* y las Brigadas Centrales han accedido a que herede usted todas las investigaciones sin resolver de todas las comisarías y brigadas de la región. Hemos aligerado los archivos de todos los asuntos cojos y de todos los casos archivados. Se le enviarán directamente.

Buron les dirigió una mirada satisfecha a sus colegas antes de seguir adelante:

—A grandes rasgos, la policía de Île-de-France va a estar muy cerca de resolver el cien por cien de los casos, y usted, el cero por ciento. Solo una unidad de incompetentes en toda la zona. Como ya le digo, se trata de acotar.

—Ya veo.

—Recibirá las cajas con los archivos en el momento en que se instale —dijo Fomenko mientras se rascaba el dragón—. En septiembre, cuando le asignen unas oficinas. Aquí, en el 36, estamos a tope, le buscaremos un huequecito en algún otro sitio.

Valincourt, sin mover el cuerpo, como de costumbre, la previno:

—Si tiene la sensación de haber salido bien parada, se equivoca. Pero piense que, por lo menos, nadie espera que obtenga ningún resultado.

Buron, con gesto elocuente, señaló la puerta. Capestan salió. A pesar de las últimas palabras desalentadoras, sonrió. A partir de ahora tenía un objetivo y un plazo de vencimiento.

_____

* _Service Régional de la Police Judiciaire:_ Servicio regional de la policía judicial. _(N. de las T.)_

18

Sentados en la terraza del café Les Deux-Palais, Valincourt y Fomenko se estaban tomando una cerveza. Fomenko
cogió un puñado de cacahuetes del cuenco y se los metió
en la boca resueltamente. Los hizo crujir entre los dientes
antes de preguntar:

—¿Qué te ha parecido la protegida de Buron, Capestan?

Con el índice, Valincourt empujó un solo cacahuete a
lo largo del posavasos.

—No lo sé. Guapa, supongo.

Fomenko se echó a reír y luego se atusó el bigote:

—¡Sí, así no te arriesgas a equivocarte! No, me refiero
profesionalmente. Con franqueza, ¿qué opinas de la brigada esa?

—Una tomadura de pelo —contestó Valincourt sin
pensárselo ni un momento.

3.

París, 3 de septiembre de 2012

Vaqueros, bailarinas, jersey fino y trinchera. Anne Capestan se había puesto el atuendo de poli y llevaba apretadas en la mano las llaves de su nueva comisaría. De cuarenta personas, se había marcado un cupo de veinte. Si al menos un poli de cada dos mostraba interés por aquella brigada, sí que merecería la pena ponerla en marcha.

Impaciente y, por qué no decirlo, henchida de esperanza, Capestan desembocó a paso ligero en la plaza donde borboteaba la fuente de Les Innocents. Un vendedor de ropa deportiva estaba levantando el cierre metálico de la tienda, cubierto de grafitis. El olor a fritanga de los restaurantes de comida rápida empezaba a notarse en el aire, que aún era fresco. Capestan se volvió hacia el número 3 de la calle de Les Innocents. No se trataba ni de una comisaría ni de unas dependencias policiales. Era un edificio sin más. Y no sabía cuál era el código de la puerta. Suspiró y se metió en el café de la esquina para preguntárselo al dueño. B8498. La comisaria lo transformó en Barco-Vaucluse-Campeones del mundo para memorizarlo*.

En la etiqueta sobada del llavero, un 5 garabateado indicaba el piso. Capestan llamó al ascensor y subió hasta el último. No les habían hecho el favor de asignarles una planta baja oficial con su cristalera, sus luces de neón y sus

---

* El departamento francés de Vaucluse es el número 84. *(N. de las T.)*

transeúntes. Los habían arrinconado allí arriba, sin más placa en el portal ni más interfono. La puerta del rellano se abrió dando paso a un pisazo viejísimo, pero luminoso. Ya que no eran dignas, al menos aquellas oficinas eran cálidas.

El día anterior, después de que se fueran los electricistas y los empleados de la compañía telefónica, los de la mudanza habían ido a amueblarlo. Buron había dicho que no había de qué preocuparse, que la Casa se encargaba de todo, que no tenía que hacer nada.

Desde la entrada, Capestan alcanzó a ver un escritorio de zinc cubierto de arañazos oxidados. Justo enfrente, una mesa de formica verde agua se escoraba a pesar de los posavasos con los que le habían calzado la pata rota. Los dos últimos escritorios estaban hechos con un tablero de melamina negra colocado encima de dos caballetes bamboleantes. Ya que se libraban de los polis, habían aprovechado para librarse también de los muebles. Nadie podría decir que aquel programa no era coherente.

Aunque el parqué estaba salpicado de agujeros de tamaños varios y las paredes más ahumadas que los pulmones de un fumador, la habitación era espaciosa, con amplias ventanas que daban a la plaza y ofrecían una vista panorámica hasta la iglesia de Saint-Eustache, pasando por los antiguos jardines de Les Halles y las grúas de unas obras que seguramente no se acabarían jamás.

Al rodear un sillón desfondado, Capestan se fijó en una chimenea que no estaba cegada y parecía que funcionaba. Algo es algo. La comisaria se disponía a continuar la visita cuando oyó que se abría el ascensor. Le echó un vistazo al reloj de pulsera: las ocho en punto.

Mientras se limpiaba los zapatos de marcha en el felpudo, el hombre llamó a la puerta entreabierta. El pelo negro y abundante obedecía a un orden propio y, a pesar de ser aún temprano, en las mejillas se le insinuaba ya una barba entrecana. Se adentró en el salón y se presentó, con las manos metidas en los bolsillos de la pelliza.

—Buenos días. Teniente Torrez.

Torrez. De modo que el gafe era el primero en llegar. No parecía tener intención de sacar la mano del bolsillo y Capestan se preguntó si sería por miedo a que ella no quisiera estrechársela o porque, sencillamente, no tenía modales. Ante la duda, y para evitar el problema, decidió no tenderle la suya, pero le dedicó una sonrisa cargada de intenciones pacíficas, enarbolando su esmalte dental como si fuera una bandera blanca para parlamentar.

—Buenos días, teniente, soy la comisaria Anne Capestan, al mando de la brigada.

—Sí. Hola. ¿Dónde está mi despacho? —preguntó él como si antes hubiera sido cortés.

—Donde usted quiera. El primero que llega elige...

—Entonces, ¿puedo echar un vistazo?

—Faltaría más.

Capestan miró cómo se dirigía directamente a las habitaciones del fondo.

Torrez medía como un metro setenta y era puro músculo. Más que un gato negro, era un puma. Compacto y corpulento. Antes de aterrizar allí, prestaba servicio en la 3.ª BT, la Brigada Territorial del 2.º distrito. Quizá se conociera los restaurantes de la zona. Desde lejos, lo vio abrir la última puerta al final del pasillo; asintió con la cabeza y se dio la vuelta, alzando la voz para que lo oyera.

—Me quedo con este.

Entró y cerró la puerta tras de sí, sin más formalidades. Daba igual.

Ya eran dos.

Empezó a sonar un teléfono y Capestan lo buscó por la habitación entre una multitud de modelos tan poco conjuntados como el mobiliario. Descolgó un aparato gris, colocado directamente en el suelo, junto a la ventana. La voz de Buron la saludó al otro lado del cable.

—Capestan, buenos días. La llamo solo para comunicarle que tiene una incorporación más. Ya la reconocerá, no quiero estropearle la sorpresa.

El director parecía satisfecho de sí mismo. Al menos alguien se estaba divirtiendo. Después de colgar, Anne cambió el aparato gris por una antigüedad de baquelita. La colocó encima del escritorio de zinc, que podría valerle después de limpiarlo bien con una toallita húmeda. Capestan también se apropió de una lámpara grande con pantalla color crema y pie de cerezo rayado que andaba rodando junto a la fotocopiadora, y sacó del bolso un paquete de toallitas y una torre Eiffel dorada de quince centímetros. Era un regalo que se había hecho a sí misma en una tienda de recuerdos el día en que la destinaron por primera vez a la capital. Les sumó la abultada agenda de cuero rojo, un bolígrafo Bic negro, y listo, ese era su escritorio. En diagonal, entre la ventana y la chimenea. Con cuarenta polis en el piso iban a estar algo apretados, pero ya se acostumbrarían.

Capestan fue a la cocina a servirse un vaso de agua. Era una habitación espaciosa con una nevera coja, una cocina de gas vieja y un mueble de pino bajo, de los que suelen usarse en las cocinitas americanas de los chalets de montaña. El mueble estaba vacío, no había vasos. Capestan pensó que a lo mejor tampoco había agua. Se dirigió hacia la puerta acristalada, que daba a una terraza donde una hiedra amarillenta trepaba por una espaldera de plástico, agrietando las piedras del edificio. En un rincón había una imponente tinaja de gres ocre llena de mantillo reseco, sin ningún rastro de planta. Se veía el cielo azul y Capestan se quedó allí un momento, escuchando el trajín de París, más abajo.

Cuando volvió al salón, Lebreton, el excomandante de Asuntos Internos, ya había llegado y le había dado tiempo de acomodarse detrás del escritorio de melamina negra. Con aquel cuerpo suyo tan largo hecho un cuatro, estaba intentando abrir una de las cajas de cartón llenas de expedientes con una navaja Opinel. Maniobraba con calma, según su costumbre. Lebreton era tan imperturbable en su indolencia como en sus opiniones. Capestan aún se acordaba del rigor implacable de sus interrogatorios. Si la comisión disciplinaria se hubiese atenido a sus conclusiones, ella nunca se habría reincorporado al servicio. Lebreton la tenía por una mala bestia. Capestan lo tenía a él por un psicorrígido. Qué contentos estaban ambos de volver a verse. Él apenas alzó la cabeza:

—Buenos días, comisaria —dijo antes de volver a centrar toda su atención en la caja.

—Buenos días, comandante —contestó Capestan.

Y la habitación se sumió en un silencio monumental.

Ya eran tres.

Capestan fue a buscarse otra caja.

*

Cada uno con una pila de cajas, Capestan y Lebreton llevaban dos horas largas desempolvando expedientes. Atracos al por mayor, timos de cajero automático, robos en coches aparcados o estafas con identidades falsas: aquellas cajas eran paquetes sin sorpresa y Capestan empezaba a tener serias dudas sobre la finalidad de su misión.

Una voz estentórea interrumpió la lectura. Se quedaron quietos, con el lápiz en el aire. Una mujer curvilínea de unos cincuenta años apareció en la puerta. A su móvil, cuajado de *strass,* le estaba cayendo una buena bronca.

—... ¡Que te vayas a la mierda, capullo! —bramó—. ¡Escribo lo que me da la gana! ¿Quieres que te diga por qué? Porque no pienso dejar que un retaco trajeado y encorbatado como tú me diga dónde puedo mear.

24

Capestan y Lebreton se quedaron mirándola, hipnotizados.

La tarasca les dedicó una sonrisa cordial y se volvió a medias antes de soltar:

—¡Me la pela que el tío ese sea juez o que deje de serlo! ¿Que quiere quitarme de en medio? Pues muy bien. Yo no tengo ya nada que perder, y, por si le interesa mi opinión, esta vez la ha cagado a base de bien. Así que esa mierdecilla de sustituto suyo, si quiero que se pille unas almorranas en el próximo episodio, pues le planto unas almorranas en el próximo episodio. Y el muy memo, que tenga la pomada a mano.

Colgó con gesto seco.

—Buenos días, soy la capitán Eva Rosière —dijo tendiendo la mano.

—Buenos días, y yo la comisaria Anne Capestan —respondió esta, aún con los ojos como platos, estrechándosela.

Eva Rosière, la sorpresa de Buron seguramente. Estuvo varios años trabajando en el estado mayor del muelle de Les Orfèvres antes de descubrir que tenía vocación de escritora. Para sorpresa de todos, en menos de cinco años sus novelas policíacas habían vendido millones de ejemplares y las habían traducido a una decena de idiomas. Como todo poli digno de tal nombre, respetaba a los jueces más bien poco y no dudaba en mofarse de ellos, sacando descaradamente a sus personajes del crisol del Palacio de Justicia de París. No se molestaba demasiado en camuflar las identidades y ridiculizaba a los que le caían mal. Al principio, los jueces aguantaron el tipo en silencio: reconocerse habría significado delatarse, y era mejor mantener una actitud discreta que montar un escándalo. Luego, cuando una productora se puso en contacto con ella, Rosière pidió una excedencia de la policía para probar suerte en la gran aventura de las sagas televisivas en horario de máxima audiencia. Desde entonces, *Laura Flammes, policía judicial* triunfaba todos los jueves en la primera cadena francesa y en otras treinta del mundo entero.

En el número 36, aquel éxito repentino hizo más bien gracia. Que Olivier Marchal o Franck Mancuso alcancen la fama, pase. Pero que una mujer, de Saint-Étienne para más inri, gozara de un cerebro privilegiado y de una buena pluma era algo que a los parisinos les costaba digerir. Y, sin embargo, ese era el caso de Rosière. Curiosamente, después de hacer fortuna, solicitó reincorporarse al servicio en el cuerpo, sin por ello dejar de ejercer como guionista. Y a la policía no le quedó más remedio que aceptar.

Pero lo que se podía tolerar en las novelas no resultaba tan aceptable en pantalla, con un público mucho más amplio. Sin contar con que, en el propio seno de la policía judicial, la ostentación que Rosière hacía de sus millones delante de unos colegas que preferían no saberlo había terminado por hartar a la jerarquía. Las bromas que al principio parecían inocentes empezaban a levantar ampollas: tendemos a perdonar menos a quienes envidiamos.

Así las cosas, aquel inicio de temporada, memorable, había dado pie a una auténtica conspiración y la administración había actuado para amordazar a la artista. Así era como Rosière había dado hoy con sus huesos aquí y la administración había ganado, pues, aquella mano. Por su parte, Capestan era una seguidora asidua de la serie, que le parecía muy divertida y, a pesar de los pesares, inofensiva.

Rosière sonrió a Capestan y paseó por Lebreton una mirada de *gourmet*. Complexión atlética, ojos claros, rasgos finos pero viriles: para ser del género mineral, había que reconocer que estaba bastante logrado. Lo único que deslucía aquel físico hollywoodiense era la arruga profunda que le cruzaba la mejilla derecha, como una marca de la almohada. Acostumbrado a aquellas inspecciones minuciosas, Lebreton se inclinó cortésmente y le devolvió a Rosière el apretón de manos. Esta última se dirigió a Capestan:

—Tengo abajo a dos transportistas esperando con un escritorio Imperio. ¿Dónde puedo ponerlo?

—Pues...

Rosière giró sobre sí misma para estudiar el terreno.

—¿Qué tal donde está la birria esa? —dijo la capitán señalando el tablero y los caballetes situados en la esquina del salón.

—De acuerdo.

*

A las seis de la tarde, Capestan estaba de pie en el umbral del piso, como una anfitriona a cuya velada no ha acudido nadie. Se había quemado las pestañas aprendiéndose de memoria unos cuarenta currículos y al final no tenía más que a tres polis que, casi seguro, no volverían al día siguiente. En cualquier caso, no pensaba obligarlos. Para todos ellos, acabar en aquella brigada era un castigo, sin duda el final del recorrido.

Como un eco de aquel momento de bajón de la comisaria, Torrez cruzó el salón sin ni siquiera mirar a sus compañeros. A su paso, Rosière y Lebreton sintieron un escalofrío de sorpresa y de superstición. Con la pelliza por los hombros y las manos metidas en los bolsillos de los pantalones de pana, Torrez se disponía a irse. Capestan vaciló, y finalmente se decidió a hablar con franqueza y a sondear los ánimos.

—Yo estaré aquí mañana, pero no se sienta obligado a nada —le dijo al teniente.

En todo caso de poco servía un equipo tan reducido.

Torrez, imperturbable, meneó la cabezota tozuda.

—Me pagan por venir de ocho a doce y de dos a seis.

Tamborileó con el índice sobre el reloj de muñeca y añadió:

—Hasta mañana.

Y salió cerrando la puerta tras de sí. Capestan se volvió hacia Rosière y Lebreton para ver cómo reaccionaban.

—El agujero este es cuestión de unos meses —empezó a decir Rosière—. No voy a quemarme tontamente con un abandono de servicio.

Con la yema de los dedos, se alisó la cadena y ordenó todos los colgantes que reposaban sobre la pechuga prominente, medallas de santos en su mayoría.

—De todas formas, Torrez tiene su propio despacho, ¿no es así?

Capestan asintió con la cabeza y le echó una mirada a Lebreton, que comunicó escuetamente cuáles eran sus intenciones antes de sumergirse de nuevo en la caja de expedientes:

—Tiene que haber necesariamente un caso que merezca la pena. Lo estoy buscando.

Empezarían siendo cuatro. En lugar de los veinte previstos. No estaba tan mal, al fin y al cabo, y Capestan se dio por satisfecha.

4.

Al día siguiente pasaron varias horas escarbando. Haciendo calas al azar en la pared de cajas que bordeaba el pasillo, rebuscando en los expedientes con la esperanza de descubrir algún caso que mereciera una investigación más a fondo. Rosière fue la primera en decir lo harta que estaba:

—Comisaria, ¿en serio nos vamos a chupar todos los robos de móviles hasta el día del juicio final por la tarde?

—Pues hay muchas posibilidades, capitán. No nos han mandado aquí para atrapar a Jacques Mesrine*. Pero nunca se sabe, hay que seguir insistiendo.

Sin mucha convicción, Rosière se plantó delante de la pared.

—Bueno, a ver. Pluf, pluf. Hala, pues a la mierda, me voy de compras.

Capestan la vio coger la chaqueta con un amplio gesto de lo más teatral. En general, Rosière no era una mujer a quien le asustara llamar la atención, con ese pelo como llamas anaranjadas, esos labios rojo brillante y esa chaqueta azul irisado. Ninguna combinación de beige o de gris habría arriesgado ni un solo hilo en el estilismo de aquella capitán deslumbrante.

—Esperen —intervino Lebreton en voz baja.

Acababa de abrir un expediente encima de su mesa. Capestan y Rosière se acercaron.

---

* A quien la policía francesa declaró, en 1972, «enemigo público núnero 1». (N. de las T.)

—Un asesinato. Estaba en la parte de arriba de esta —dijo señalando una caja con el rótulo «Orfèvres»—. Es un caso de 1993 sobre un hombre, Yann Guénan. Muerto de un disparo. Lo sacaron del Sena los de la Fluvial, estaba atrapado en una hélice.

Los tres polis contemplaban su tesoro. Esbozando una sonrisa, dejaron transcurrir unos segundos de silencio respetuoso. El botín era para quien lo había descubierto.

—¿Quiere hacerse usted cargo? —le propuso Capestan a Lebreton.

—Desde luego.

A ver si al paladín de los asuntos internos se le daba igual de bien chapotear entre los cadáveres que suben a la superficie del Sena. Capestan había anticipado los emparejamientos en caso de que abrieran alguna investigación: ella no quería estar con Lebreton y nadie quería a Torrez. Con cuatro polis, las cuentas salían rápido. La comisaria se dirigió a Rosière.

—Capitán, formará equipo con él.

—Estupendo —contestó frotándose las manos regordetas cubiertas de sortijas multicolores—. Bueno, ¿qué nos cuenta el fiambre ese?

5.

—Venga, cásate conmigo.

Aunque hablaba sin levantar la voz e intentaba ser discreto, Gabriel no podía impedir que sus palabras retumbaran en la piscina de Pontoise. El agua trasladó su petición, que rebotó en los azulejos color índigo y regresó para acechar la respuesta de Manon.

Era media tarde y la piscina estaba casi vacía, solo unos cuantos usuarios habituales empalmaban largos en pos de un destino desconocido. Mientras Gabriel y Manon no invadiesen su calle, poco les importaban el ruido, las conversaciones y las salpicaduras. Manon nadaba a braza con un estilo impecable, a pesar de los movimientos desordenados que hacía Gabriel para seguir su ritmo. Sonrió a través del agua que le chorreaba por la cara.

—Aún somos muy jóvenes, Gab...

Gabriel intentaba pillar el segundo en que Manon sacaba la cabeza del agua para empezar las frases.

—Hombre, somos mayores de edad.

—En tu caso, desde hace bien poco.

—¿Quieres que te demuestre lo adulto que soy? —dijo él, aún muy satisfecho de sus retozos de la víspera.

Se hundió un poco y tuvo que patalear para subir. Manon había avanzado dos metros y la alcanzó.

—Si no quieres casarte conmigo, ¿nos unimos en matrimonio entonces? ¿Nos hacemos pareja de hecho? ¿Un pacto de sangre con una navaja oxidada?

—No piensas dejar el tema, ¿eh? Ya lo hemos hablado montones de veces...

Adelantaron a una abuelita con un gorro de baño cubierto de flores de goma. Estaba tan concentrada en su objetivo que no les dedicó ni una mirada. Gabriel también tenía un objetivo del que no pensaba desviarse.

—Si quieres, me pongo de rodillas. Aunque estemos en la piscina, me puedo poner de rodillas. Tragaré varios litros de agua, pero te haré la escena cumbre. ¿Eso es lo que quieres, una escena cumbre? ¿Con anillo dentro de un pastel y fresas con champán?

—Que pares ya, que me voy a acabar ahogando con tus desvaríos.

Manon era maravillosa. Incluso sumergida en litros de cloro, seguía oliendo igual de bien. Gabriel estaba loco por ella. Bromeaba, le lanzaba gotitas de agua para parecer un romántico de película americana, el enamorado tímido de corazón tierno. Pero, en realidad, tenía todos los átomos de la piel pendientes de la respuesta de Manon y lo estaba pasando mal. Tenía que casarse con él. No podía dejarla marchar, alzar el vuelo, desaparecer. Doblar la esquina de la calle. Tenía que quedarse con él siempre y no dejarlo jamás. Si existía un documento que se lo garantizase mínimamente, Gabriel quería firmarlo a toda costa.

—Venga, Manon. Te quiero. Y es mi programa para los próximos cincuenta años —añadió.

—Pero es que aún tenemos tanto tiempo...

Gabriel se sacudió el agua del pelo como un perro. Los mechones de color castaño rojizo se le pegaban a la frente.

—Sí. Cincuenta años. Empezamos a contar cuando tú quieras.

Manon apoyó la mano en el borde de la piscina para recuperar el aliento y examinarlo un instante. En sus ojos, cuyos matices más leves se sabía de memoria, Gabriel adivinó que iba a decir que sí. Aguzó todos los sentidos y puso en marcha la memoria. Tenía que grabar aquel minuto, se había olvidado en la vida de tantos minutos cruciales, que habían desaparecido sin esperanza alguna de volver, que aquel tenía que grabárselo hasta en las capas más profundas del córtex.

—De acuerdo. Vamos allá.

Se tomó su tiempo antes de añadir:

—Sí.

*

Gabriel volvió a casa brincando, literalmente. Iba a darle la noticia a su padre. Estaba llegando al bulevar de Beaumarchais, unos metros más y estaría en casa. Gabriel seguía brincando, pero con cada salto notaba una canica de plomo que le golpeaba el estómago. Cuanto más se acercaba, mayor era la canica. Era un malestar, una arenilla, un hipido, ya se le pasaría, no sabía por qué estaba ahí, pero se le pasaría.

La canica se transformó en bola de petanca. Apretó el timbre brevemente antes de abrir con las llaves. Vio a su padre, cómodamente sentado en su sillón Voltaire, girar la cabeza y levantarse para recibirlo. Alto, fuerte, hierático. Como una catedral, así era su padre. Se quitó las gafas y estaba a punto de preguntarle cómo le había ido el día, como todas las noches.

Gabriel se lo soltó sin más preámbulos:

—¡Papá! Manon ha aceptado casarse conmigo.

Aunque parecía que estaba a punto de sonreír, no acababa de reaccionar. Gabriel lo notaba algo aturdido, lo había pillado por sorpresa. Sin duda su padre pensaba que era aún demasiado joven, que no daba la talla.

—Queremos que sea en primavera, si fuera posible, voy a necesitar el libro de familia.

Su padre retrocedió imperceptiblemente y se puso rígido de pronto. Gabriel vio que una sombra le velaba los ojos y se le quedaba allí.

6.

Al entrar en lo que no le quedaba más remedio que llamar su comisaría, Capestan se cruzó con un hombre calvo de traje azul, con la hechura de un metro cúbico. Se había dejado sin afeitar una esquinita debajo de la barbilla y llevaba la corbata manchada. Con varios restos que no eran ni de la misma comida ni del mismo día. Prendida en la solapa de la chaqueta, una insignia del Lion's Club con ínfulas de Legión de Honor. Con un vasito en la mano, el hombre inclinó la cabeza cortésmente.

—Capitán Merlot, para servirla. ¿Con quién tengo el honor?

Un intenso olor a tintorro impregnó el aire mientras Capestan intentaba contestar respirando lo menos posible:

—Soy la comisaria Capestan. Buenos días, capitán.

Jovial y ni pizca de incomodado por la mención jerárquica, Merlot prosiguió:

—Encantado, mi querida amiga. Tengo una cita del todo ineludible y no puedo demorarme más, pero espero tener en breve la ocasión de conocerla más a fondo, pues...

Merlot estuvo varios minutos pontificando sobre lo importante que era esa cita y lo mucho que valoraba a sus amigos; luego dejó el vasito encima de una pila de cajas que había en la entrada y prometió volver en cuanto sus quehaceres se lo permitieran. Capestan asintió como si aquella presencia a la carta fuera de lo más natural y entró en el piso haciéndose la promesa de ventilarlo. Repasó mentalmente las fichas del personal para localizar a Merlot. Capitán, un «caimán de boli», que era como llamaban a los policías de campo entrados en años destinados a redactar atestados. Después de treinta años en Antivicio, ahora lo habían mandado al banquillo. Notoriamente alcohólico y charlatán incorregible, se pasaba casi todo el tiempo ganduleando, aunque tenía un don de gentes innegable. Capestan abrigaba la esperanza de que volviera a engrosar las filas después de acudir a la famosa cita y tomarse unas cuantas aspirinas. Mientras tanto, debía poner en marcha aquel equipo de cuatro y, sobre todo, convencer a Torrez para investigar en tándem.

El día anterior, en una caja de la Criminal, Capestan había desenterrado un caso interesante, el de una anciana a la que habían estrangulado durante un robo domiciliario. No habían encontrado al culpable. El caso databa de 2005, pero merecía que lo reabrieran.

Antes de irse a casa, Capestan había dejado una copia del expediente encima de la mesa de Torrez para ir preparando el terreno. Si, como estaba previsto, él había llegado a las ocho para parapetarse al fondo del pasillo, debería estar estudiándoselo. Lo cual no significaba que ya lo tuviera ganado para la causa.

Capestan saludó escuetamente a Louis-Baptiste Lebreton, que se había instalado un ordenador y forcejeaba con un montón de cables para conectarlo a Internet. Dejó el bolso y la trinchera en la silla que había junto a su mesa y, maquinalmente, se llevó la mano al cinturón para sacar la Smith & Wesson Bodyguard de la pistolera. Aquella arma compacta y ligera que disparaba cinco balas del 38 Special se la había regalado Buron, por entonces jefe de la Brigada del Crimen Organizado, para celebrar que iban a trabajar juntos. Pero el revólver ya no estaba en su sitio. Capestan ya no tenía autorización para llevar armas. Para rematar el gesto sin hacer mucho el ridículo, fingió que se colocaba el cinturón y luego encendió la lámpara del escritorio.

A continuación se dirigió a la cocina con un bolsón rojo que había traído consigo. Sacó una cafetera eléctrica, una caja con seis tacitas y platillos a juego, cuatro tazas altas, vasos, cucharas, tres paquetes de café molido, azúcar, jabón para lavavajillas, una esponja y un paño con un estampado de «Quesos de Francia». Con la boca chica le ofreció un café a Lebreton, que no lo aceptó. La próxima vez ni se molestaría.

Con la taza en la mano, se sentó, pues, a su mesa para estudiar el asesinato de Marie Sauzelle, de setenta y seis años, a quien alguien había matado en junio de 2005 en su casa unifamiliar de la calle Marceau, número 30, en Issy-les-Moulineaux. Capestan abrió el expediente. La primera foto bastó para desconectarla del mundo.

*

La anciana se hallaba sentada dignamente en el sofá. Estaba azul. Tenía los ojos y los pómulos salpicados de manchas rojas, entre los labios le asomaba un trozo de lengua y el rostro congestionado conservaba una expresión de pánico. Pero estaba bien peinada y con las manos colocadas modosamente una sobre otra. El pasador de concha que le sujetaba el pelo estaba prendido del revés.

En torno a aquella víctima tan primorosa, el salón, en cambio, parecía haber explotado. Los adornitos habían salido disparados de las estanterías. El suelo estaba sembrado de añicos de animales de porcelana. En el primer plano de la foto, los cristales color de rosa de un caniche barómetro anunciaban buen tiempo. Un ramo de tulipanes de madera estaba esparcido por la alfombra. Encima de la mesita, otro ramo, de flores frescas esta vez, se burlaba de él, a remojo en el agua milagrosamente intacta.

La foto siguiente mostraba el salón desde otro ángulo. Discos compactos y libros de todos los formatos yacían al pie de la estantería de roble. Enfrente del sofá, la tele, un modelo de tubo catódico con pantalla prominente, estaba encendida en la cadena Planète. A Capestan le llamó la atención un detalle y rebuscó en su bolso una lupa plegable. Sacó el instrumento de la funda y centró el soporte de acero pulido en la pantalla. En la esquina inferior derecha se distinguía un símbolo, el de un altavoz tachado. La tele tenía el sonido silenciado.

Capestan apartó la lupa y extendió las distintas fotos encima del escritorio para tener una visión de conjunto. Solo habían revuelto el salón y el dormitorio principal. El cuarto de baño, la cocina y el cuarto de invitados estaban intactos. La comisaria ojeó rápidamente los informes de síntesis: alguien había forzado la cerradura. Capestan tomó un sorbo de café y se quedó pensando.

Un robo domiciliario. Si la tele tenía el sonido silenciado, es que Marie Sauzelle la estaba viendo. Nadie se acuesta dejando el aparato encendido. Oye un ruido y quita el sonido para cerciorarse. El salón comunica con el vestíbulo, así que por fuerza tiene que sorprender al ladrón según entra. Pero, en lugar de huir como cualquier ladrón, este la mata. Luego la sienta y, a juzgar por el pelo arreglado y el pasador del revés, la peina. Después arrasa el salón, sin duda buscando dinero, y el dormitorio, de donde han desaparecido las joyas.

Capestan le dio vueltas a la lupa entre las manos. Aquel ladrón le parecía muy inestable y poco lógico. Nervioso, sin duda. Yonqui o novato quizá, lo que siempre complica las investigaciones. La comisaria se enfrascó en la lectura del informe del forense y de los atestados de confirmación.

Marie Sauzelle murió estrangulada. Habían tardado mucho en encontrar el cuerpo, probablemente quince días después de que muriera. El forense no había podido precisar la hora ni el día del fallecimiento. Había constatado la presencia de un moratón en el antebrazo derecho, probablemente una marca defensiva, pero no había encontrado ningún fragmento de piel debajo de las uñas.

Por su parte, el servicio de identificación judicial no había tomado ninguna muestra de ADN ni ninguna huella digital in situ, aparte de las de la víctima y las de su asistenta, que en el momento del crimen se encontraba en Lavandou, pasada por agua, porque «hay gente con mala pata», según precisó pensando en los chaparrones y no en el asesinato.

Aunque el equipo de la Criminal se había decantado enseguida por un robo domiciliario que se salió de madre, también investigó otras pistas. Las listas de llamadas telefónicas mostraban conversaciones familiares, más bien cortas, números de la administración, de algunas amigas, nada fascinante. Tampoco había nada que destacar en los movimientos bancarios, pero la cuenta corriente estaba muy bien provista.

El testimonio de una de las amigas de Marie Sauzelle aludía a la animada vida social que llevaba esta, y en especial a su pasión por el tango: «Me acompañó a una clase hace un año y eso le cambió la vida. Marie asistía a varias horas de clase semanales y todos los jueves íbamos juntas a la pista de baile del salón de té Balajo. Se compraba unos vestidos increíbles, con falda de raja y corpiño escotado. A su edad, aún tenía buena presencia... Sí, se le daba bien, y además era tan alegre... Incluso cuando bailaba, no podía dejar de tararear: tan tan tarán, tararán, tan tan tan tarán... Aunque es cierto que a sus parejas les irritaba un poco». En efecto, los pasos latinos debían de quedar algo deslucidos y Capestan sonrió al imaginarse la expresión desconcertada de los abueletes engominados.

Fue el vecino, Serge Naulin, de cincuenta y seis años, quien avisó a las autoridades. El hermano de la víctima,

André Sauzelle, de sesenta y ocho años, residente en Marsac, en la región de Creuse, empezó a preocuparse porque sus mensajes no obtenían respuesta y le pidió que fuera a comprobar que todo estaba en orden. Naulin estuvo llamando a la puerta en vano, y como «un olor nauseabundo parecía salir del interior» llamó a los bomberos, que a su vez dieron aviso a la policía.

El atestado de la declaración del hermano solo ocupaba dos páginas, pero un anexo del informe describía a un hombre colérico, brutal, y con antecedentes por violencia doméstica. El retrato perfecto de un sospechoso. Sin embargo, lo habían descartado como culpable: no había elemento de cargo ni móvil, y existía un alejamiento geográfico sin ningún movimiento bancario que indicase algún desplazamiento. La Criminal se había vuelto a centrar en los ladrones de pisos en activo por entonces. Sin obtener ningún resultado.

Había que volver a empezar desde cero, visitar el escenario e interrogar a los vecinos. Al cabo de siete años, quizá alguien se acordara de algo. Un asesinato en la casa de al lado no se olvida fácilmente.

*

Al levantarse para ir al despacho de Torrez, Capestan descubrió una cabeza que se estremecía de curiosidad en la entrada. Su propietario era un joven desgarbado, de pelo ralo y rubio. Echó una ojeada desde el umbral, saludó con la mano y se fue como había llegado. La comisaria identificó a Lewitz, un brigada trasladado desde el SRPJ de Nanterre, donde su celo había machacado tres coches en tres meses. Era el segundo, en aquella mañana ya mediada, que aparecía y desaparecía así. Si añadía la visita de Merlot, puede que tuviera que hacerse a la idea de que la brigada iba a ampliarse, llenándose de petardos mojados.

Iban a ser siete.

Por su parte, Lebreton estaba apuntando cosas en el expediente de Yann Guénan, mientras esperaba a que Rosière se dignase hacer acto de su abundante presencia. Antes de pasar de página, tamborileaba con el bolígrafo encima del escritorio, como un tic de percusionista. Sin embargo, no desprendía ninguna onda de nerviosismo, nunca. Antes de entrar en Asuntos Internos, había pasado diez años como negociador en el RAID*, no era fácil alterarlo. Aquel tipo tenía una impasibilidad hierática, que a veces quebraba un arranque de arrogancia. Cuando Capestan le pasó por delante, no le hizo ni caso.

A través de la puerta, a la comisaria le llegó la voz de Daniel Guichard cantándole *Mon vieux* a su padre. Llamó y fueron necesarios tres segundos antes de que retumbase un «Sí» que significaba: «Pero quién viene a molestarme y para qué». Abrió, decidida a encarnar a quien molestaba, para trabajar, qué caramba. Torrez estaba tumbado en un sofá de terciopelo marrón que no se encontraba allí la víspera. Cómo lo habría subido era un misterio. En la pared, unas chinchetas sujetaban un dibujo infantil que representaba un sol y un perro, o un gato, puede que un caballo. Por cómo se encontraba el expediente en las rodillas del teniente, este estaba casi terminando de leerlo.

—Me voy a Issy —le anunció Capestan—. ¿Me acompaña?

—No voy a ninguna parte, con nadie. Sin ánimo de ofender —contestó él, con la mirada clavada en la página que estaba leyendo.

Encima del escritorio de ese policía tenebroso, Capestan se fijó en un portalápices forrado de papel de alumi-

---

* *Recherche, Assistance, Intervention, Dissuasion:* Búsqueda, Asistencia, Intervención, Disuasión. Unidad de elite de la Policía Nacional francesa. *(N. de las T.)*

nio. En el centro, una flor grabada y coloreada con laca de uñas rezaba: «Felicidades, papá». Con tono amable pero sin sonreír, Capestan zanjó la discusión:

—Va a ser que sí. De hecho, de ocho a doce de la mañana y de dos a seis de la tarde, si quiere usted investigar tendrá que venir conmigo, su comisaria.

A Capestan no le gustaban mucho los pulsos, pero necesitaba un compañero para trabajar como es debido y Torrez era el único disponible. Así que, le gustara o no, tendría que hacerse a la idea.

Torrez estuvo un momento mirándola de arriba abajo. Se le pintó en la cara una expresión fatalista. Se puso en marcha cansinamente y cogió la pelliza. Al pasar por delante de Capestan, le advirtió con voz huraña:

—Nunca soy yo quien acaba en el hospital, ¿sabe usted?

Dirigiéndose a la espalda del teniente, ella replicó en el mismo tono:

—Si cuando termine la semana estoy muerta, dirán que hice mal.

Isla de Cayo Hueso, sur de Florida, Estados Unidos, 18 de enero de 1991

Alexandre bebía a sorbitos un ron atiborrado de hielo en la terraza de madera de su casita colonial, una edificación blanca y recargada. Con el vaho, el vaso se le escurría entre los dedos. A su lado, Rosa, embarazada de ocho meses, bebía una limonada. Ambos saboreaban el ritmo regular del banco balancín, el suave golpeteo de la puerta mosquitera y el aroma de la buganvilla trepadora. Pero Rosa, que normalmente era muy activa, empezaba a aburrirse soberanamente sentada en aquel cojín guateado, quería ir a dar una vuelta, aunque fuera corta, aunque fuera cerca.

Acababan de abrir un museo nuevo, pensaba que sería divertido ir a echar un vistazo. La «Treasure Exhibit» exponía una modesta parte del botín que el famoso Mel Fisher había subido de los pecios de dos galeones españoles. Alexandre también era submarinista, y eso de pagar para ir a ver cómo un fulano se complacía el ego exhibiendo una muestra de sus gloriosos cuatrocientos millones de dólares no le tentaba lo más mínimo, pero Rosa, el más esplendoroso de sus tesoros, insistía.

Alexandre nunca se cansaba de contemplarla. Rosa la cubana, convertida en hija de Florida como miles de refugiados castristas. No era su belleza propiamente dicha la que deslumbraba, sino más bien un toque infinitesimal en la fluidez de los movimientos, en la curva de los gestos. Cuando los veía, a Alexandre se le hacía un nudo en el estómago al identificar que respondían perfectamente a sus propios movimientos, a sus propios gestos. Rosa miraba con una intensidad, mezcla de autoridad y melancolía, que lo descolocaba. Y estaba esperando un hijo suyo. De modo que, si Rosa quería atravesar las hordas de turistas desaliñados y sudorosos para llegar al atrapabobos de Mel Fisher, pues que así fuera, allá iría él.

7.

—Puñetero bolso de mierda —refunfuñó Rosière mientras buscaba el móvil.

Dejó el Vuitton con monograma en los peldaños de la entrada y achicó rabiosamente lo que contenía. Por fin encontró el teléfono y fue pasando contactos hasta llegar al número de Lebreton.

—Sí, soy Eva. Voy a llegar más tarde de lo previsto. No, es que a mi perro le ha dado por putearme y llevo media hora paseándolo pero no quiere mear. Qué va, ni veterinario ni leches, ya lo conozco y está estupendamente, solo lo hace para jorobarme, no quiere que me vaya. ¿Verdad, Pilú? —añadió dirigiéndose al perro—. ¿No creerás que mami te va a pasear hasta el Mont-Saint-Michel, por casualidad?

Con su carota satisfecha y las patazas listas para seguir andando, Piloto —Pilú para los amigos— parecía estar convencido de que sí, de que mami podía llevarlo hasta Normandía porque no tenía nada mejor que hacer.

Al otro lado del teléfono, Lebreton anunció:

—He estado investigando sobre el marino.

—¿Y qué?

Rosière avanzaba meneando ligeramente la correa para animar a Pilú, pero ni por esas, mucho olisquear aquí y allá y nada más.

—Oye, Louis-Baptiste, ¿te importaría mucho que nos reuniésemos aquí en lugar de en comisaría? Así sigo cargando con este déspota un rato más y tú me cuentas lo del marino en casa, delante de un café...

—¿Dónde estás?

—En la calle de Seine, en el 27.

—De acuerdo. Llegaré dentro de un cuarto de hora.

Y como no podía resistirse, Rosière añadió:

—Desde fuera parece un edificio pequeñito, pero en realidad es una sola casa. Solo tienes que llamar y listo.

La tarde anterior, Eva Rosière se había pasado por el plató donde se rodaba *Laura Flammes*. No tenía por qué ir, lo sabía, pero no podía evitarlo. Le quedaba un puntito de fatuidad herida. Siempre que iba era con la esperanza de que la recibieran como a una celebridad, rodeada de cámaras. Seguía fantaseando con actores agradecidísimos por tantas réplicas impactantes, dedicándole sonrisas llenas de dientes facetados; con el director, feliz de trabajar con escenas de acción tan inventivas, palmoteándole los dedos ceremoniosamente. Pero no, para nada. Al cabo de seis temporadas de éxito, gracias al contrato blindadísimo que le había negociado un agente temible, Rosière era rica. Pero en el plató, el día anterior sin ir más lejos, el director la había recibido con una sonrisa forzada, como quien le pide a la abuelita con Alzheimer que se vuelva a su cuarto. El respeto, para las actrices. Lo que tienen que hacer los guionistas es parir diálogos sin jorobar a nadie. Solitos delante del teclado.

Rosière se moría de soledad, reconozcámoslo. Y no era escribir lo que iba a resolver semejante problema. No se había dado cuenta de que iba de cabeza al abismo. En la época dorada en la que debutó como novelista seguía siendo madre y policía, con una vida social aún muy animada. Sus padres ya habían muerto, nunca había tenido marido, pero su hijo Olivier todavía vivía con ella, mientras se sacaba el título de fisio. Dejaba sus trastos tirados por todo el piso y cocinaba todas las noches, sin privarse de nada. En lo referente a la rutina profesional, Rosière estaba a cuerpo de reina en el estado mayor de la policía, donde convergía toda la información y curraban los maderos que habían estado en la calle. Colegas, sillas con ruedas, rumores y palique, por un lado; agradecimiento y un hogar acogedor, por el otro. Los dioses la habían bendecido. Pero le dio por probar a jugarse el todo por el todo: la excedencia y la televisión.

De pronto, lo único que hacía era escribir. De la mañana a la noche. Una serie y unas exigencias gargantuescas que le habían vaciado el depósito de ideas. Ya no le circulaba por las venas ni una gota de ficción.

Y, sin saberlo, al dejar a los polis había dejado a los amigos. Su único colega era ahora el teclado y solo podía charlar con la pantalla. Olivier pasó a ser el único cabo que la unía al mundo. Su único vínculo, que se volvió infinitamente tenue cuando se trasladó a Papeete.

Papeete. Rosière lo ubicó en el globo terráqueo: no había ningún sitio más alejado de París que Tahití.

En su último año de excedencia ya no veía a nadie más que deprisa y corriendo, para firmar un contrato o asistir a una reunión. Todos sus contactos tenían una razón de ser, alguna utilidad. Ya no se relacionaba con nadie anodino. Por la mañana, no veía a nadie; por la tarde, no veía a nadie, y sabía que por la noche, después de ir a comprar el pan, volvería a casa y no habría nadie. Semanas de siete domingos. ¿De qué servía alcanzar el éxito sin nadie al lado para alardear de ello? Su vida se parecía cada vez más a un anuncio contra el aislamiento.

Entonces reingresó en la policía. En la Casa, donde encontraría material para llenar la vida cotidiana y el depósito de inspiración. La cosa volvía a animarse. Allí podía vociferar sin que la pusiesen de patitas en la calle. O al menos eso creía, hasta que la aparcaron en aquella brigada. En fin, ya iría viendo. De momento, siendo como eran cuatro, en lo que a intimidad se refiere estaba servida.

Rosière había ido en busca de información, y las habladurías de pasillo, los rumores y las conjeturas que había recabado la tenían intrigada. No le disgustaba trabajar con Capestan. La alumna modélica que desbarra, la dulzura Kalashnikov. Un bomboncito para los guiones, la chica esta. Normalmente, a Rosière no le gustaban las típicas burguesas, pero aquella tenía gancho, reconozcámoslo. Y, por si fuera poco, no era una plasta. Poseía una autoridad natural, una auténtica fuerza de voluntad, pero ni mucho menos era de esas que te pisan la yugular. Y se había quedado con Torrez en lugar de endilgárselo a otro, no le faltaba coraje. Rosière prefería con mucho arrejuntarse con el Adonis de Asuntos Internos. Y, además, el expediente del marino asesinado parecía prometedor.

De hecho, no dejaba de pensar en el caso y no había podido escribir una sola línea en toda la mañana. Tenía una reserva de episodios listos para servir, pero a ningún autor le gusta quedarse bloqueado delante de la pantalla en blanco y Rosière se había afanado en escribir a pesar de todo. Por eso se había retrasado el segundo paseo sindical del perro y este había tomado represalias: Piloto era muy suyo con los horarios.

¿Cómo se investigaba un caso de hacía veinte años? El expediente era muy parco y los interrogatorios dejaban mucho que desear. Los maderos de entonces habían hecho un trabajo chapucero, propio de unos auténticos gandules.

A pie firme en medio de la acera, Rosière sacó un cigarrillo del paquete y lo encendió con el Dupont de oro. Tenía grabado el nombre de Laura Flammes. Expulsó el humo por la nariz. No se había organizado ningún barullo con el asesinato de un marino en paro. La viuda había montado un poco de jaleo al principio y luego le dio por empinar el codo. Actualmente, puede que continuara bebiendo y que a la gente le siguiera importando un bledo.

Rosière se imaginó la escena de la viuda con careto de uva, la trasladó al formato televisivo y buscó un diálogo que fuera conmovedor sin llegar a patético. Pilú, al notar la pausa, aprovechó para aliviarse.

Eva Rosière aún estaba contemplando la brasa del pitillo cuando el tipazo de Lebreton apareció en su campo visual. Anda que no era guapo, el condenado. ¿Cómo habría llegado a la brigada de la basura? No tenía pinta de fracasado. Apagó la colilla con la punta del Louboutin.

—¿Alguna novedad? —preguntó Lebreton señalando al perro con la barbilla.

—Sí, el arbolito este al final le ha inspirado, justo delante de casa. Me ha hecho recorrer todo el barrio para acabar meando en uno de los escalones de la entrada. En fin. Venga, Pilú, ¿volvemos?

Al oír esas palabras, el perro saltó encima del felpudo y empezó a dar una vuelta tras otra. Giro a la izquierda, giro a la derecha y repetimos, frotándose concienzudamente las patas en las cerdas de la alfombrilla.

—Muy bien, perrito mío —lo felicitó Rosière antes de dirigirse a Lebreton—. ¿Un café?

*

Estaban los dos sentados en el amplio sofá esquinero de cuero blanco, con los documentos del caso Guénan cuidadosamente repartidos encima de la mesita de vidrio ahumado. Lebreton revolvió el café, dejó la cucharilla en el plato y se lanzó a presentarlo con voz serena:

—Bueno, pues tenemos a Yann Guénan, jefe de guardia de navegación en la marina mercante, que tras un breve periodo en el paro acababa de aceptar un empleo en los *bateaux-mouches*. Tenía treinta años y estaba casado con Maëlle Guénan, de veintiséis años, de profesión madre de día, con quien tenía un hijo, Cédric, de cinco años. Los tres se acababan de mudar a la calle de Mazagran, en el distrito X de París, no muy lejos de donde vivía la hermana de ella.

—Ya —Rosière cogió una foto en blanco y negro—. Cuando los de la Fluvial lo pescaron ya llevaba a remojo un buen rato. Los peces ya habían empezado a darle de besos. Con esa piel translúcida parecía una medusa. Joder, menudo estómago tienen los tíos esos para andar con gelatinas así. O sea que la hora de la muerte fue cosa de una semana antes.

—Se puede calcular a partir de la desaparición que denunció la mujer.

—Lo que nos lleva al 3 de julio de 1993, a grandes rasgos. La última vez que lo vieron vivo estaba saliendo de una taberna del muelle de Branly.

—Le pillaba lejos de casa...

—Pero no del líquido elemento... —comentó Rosière, alisando maquinalmente la cadenita que llevaba al cuello.

—Sin ir más lejos.

—Pero si lo asesinaron en 1993, ¿no habrá prescrito?

—No, en 2003 la viuda aportó elementos nuevos que al final no eran tales, pero como el caso pasó por un juez de instrucción se reactivó.

Lebreton hizo una pausa y se arrellanó en el asiento antes de añadir:

—Nos quedan tres meses. Luego, se acabó.

Se sacó los Dunhill y pidió permiso para fumar levantando las cejas. Rosière asintió y aprovechó para rasgar el celofán de un paquete de Vogue. Encendió un cigarrillo, aspiró una larga bocanada que se esforzó por exhalar emulando a Marlene Dietrich y dejó el mechero bien a la vista encima de la mesa. El humo subió formando volutas hasta las molduras del techo. A sus pies, Pilú roncaba apaciblemente, tumbado en una alfombra persa auténtica negra y fucsia que había costado una pasta gansa.

Qué menos para amueblar la elegante casa de la orilla intelectual del Sena. No llegaba a palacete, pero no estaba nada mal. Ciento ochenta metros cuadrados distribuidos en tres plantas. Más que de sobra para un adulto y un perro. ¡Y menuda dirección! Calle de Seine. Rosière la había comprado dos años antes, gracias a sus derechos de autor en el extranjero. Europa, Japón y, sobre todo, Sudamérica. Sus libros habían arrasado en Argentina, donde luego llegó la serie, en territorio conquistado. Desde entonces, para estar en comunión con su público, la capitán estudiaba español y había añadido una imagen de la Virgen de Luján, patrona de la Argentina, a las medallitas que llevaba al cuello.

Rosière se sirvió otra taza de café mientras se preguntaba si había hecho bien en ponerlo en una tetera de porcelana. A lo mejor no era lo adecuado. Tomó nota mentalmente de que tenía que indagarlo. El tapiz de Aubusson que cubría la pared enmarcaba admirablemente los rasgos patricios de Lebreton.

—La primera bala —dijo este— le perforó el ventrículo derecho y la segunda le partió la columna vertebral. Las dos balas hicieron blanco, se trata pues de disparos a quemarropa y probablemente de un experto. El forense se inclina por balas de nueve milímetros.

—El calibre más habitual. Si el forense también nos dice que el tirador llevaba vaqueros y deportivas, podremos afinar aún más...

Lebreton sonrió, y se le marcó una estría en el pómulo.

—En cualquier caso, no se puede afirmar nada porque no había casquillos y el asesino sacó las balas con un cuchillo. Incisión en forma de cruz a la altura del corazón, muy nítida...

—Un trabajo de profesional.

—Exactamente. De profesional muy prudente. Lastró a Guénan con un cinturón de submarinismo. Un modelo corriente y sin huellas, por descontado.

Lebreton se pasó la mano por la hermosa y abundante cabellera para echársela hacia atrás y apagó la colilla con esmero. Estaba pensando.

—El asesino es un hombre —completó Rosière—. Yann Guénan era un ejemplar de primera: hacían falta buenos bíceps para tirarlo al agua. Sin contar el peso del cinturón. Sin testigos, sin ruido, ya que hablamos de profesionales, apuesto directamente por un sicario. Un contrato, una ejecución. No tiene por qué ser así, pero encaja.

—Ya lo había pensado. He hecho varias búsquedas esta mañana, pero tenemos un acceso limitado al Fichero. De todas formas, Guénan no tenía pinta de pertenecer a ninguna mafia. Si fue un ajuste de cuentas, no tenía nada que ver con el crimen organizado de altura.

Con movimientos lentos, Lebreton se sacó unos papeles de la chaqueta. Los desdobló:

—Dos meses antes de morir estaba navegando a bordo del *Key Line Express*.

—Ya —dijo Rosière, a quien aquello no le decía mucho.

—Un ferri que unía Miami y Cayo Hueso. Naufragó en el golfo de México. Cuarenta y tres muertos, dieciséis de ellos franceses. El armador era estadounidense, pero el constructor del barco era bretón, del astillero de Saint-Nazaire. Y resulta que, precisamente, Yann Guénan estuvo allí a principios de junio.

Rosière se inclinó para acariciar la oreja sedosa de su perro. Este movió la cola perezosamente y suspiró de placer.

—La poli —continuó Lebreton— interrogó al constructor, pero no sacó nada en limpio.

—Y la viuda ¿qué piensa del asunto? —preguntó Rosière enderezándose.

—Sigue viviendo en la calle de Mazagran. Está dispuesta a recibirnos mañana.

—De fábula. ¿Vamos a comisaría? Quiero organizar un par de cosas o tres.

*

Salieron ambos a la calle inundada de sol. Rosière dio una vuelta de llave y de inmediato empezó a resonar la alarma que ningún código puede acallar: el aullido del chucho abandonado. Rosière se volvió hacia Lebreton en busca de un signo de aprobación, pero él la observaba sin pronunciarse. Dentro, Pilú emitió un gañido lúgubre y empezó a quejarse olisqueando por debajo de la puerta. Rosière transigió:

—Hala, pues me lo llevo.

Lebreton asintió con la cabeza, sin soltar prenda. Ese tío nunca hacía ningún comentario, sobre nada. Siempre tenía aquella expresión amable pero sin concesiones, de los que te deja cara a cara con tus responsabilidades. No había forma de alterarlo. Rosière abrió y el perro brincó como si llevase encerrado diez años. Lebreton se dirigió hacia el Sena.

—¿Adónde vas? —inquirió Rosière.

—A comisaría.

—¿Andando?

—Está a diez minutos...

A Rosière se le escapó la risa.

—Eres una monada.

Y, con amplio ademán, desencadenó un bip que despertó a un potente Lexus, modelo Full Hybrid de lujo, negro y rutilante, aparcado en la esquina de la calle.

8.

Veinte minutos después el Lexus seguía ronroneando en el semáforo de la calle Dauphine. El pino ambientador amarillo que colgaba del retrovisor revoloteaba levemente. En el asiento del copiloto, Lebreton, indiferente, observaba a los turistas que fotografiaban el Pont-Neuf y la estatua de Enrique IV. Arremangados y con el chubasquero atado a las caderas, disfrutaban del buen tiempo y de la panorámica del río. Incluso marcha atrás, avanzaban más rápido que los coches.

—¿Estás casado? —preguntó Rosière señalando las alianzas de plata que Lebreton llevaba en la mano izquierda.

—Viudo.

—Ay, lo siento. ¿Desde hace cuánto?

—Ocho meses y nueve días.

Rosière carraspeó, violenta, pero su temperamento la impulsó a ir un poco más allá.

—¿Cómo se llamaba tu mujer?

—Vincent.

—Ah.

No fallaba nunca. Aquel «Ah» a la vez sorprendido y aliviado. El suyo no era un caso de familia destrozada ni un drama de verdad. Lebreton había vivido doce años con Vincent, pero el mundo parecía creer que en realidad no sufría; o, en cualquier caso, no del mismo modo. Aunque Louis-Baptiste ya estaba acostumbrado, cada «Ah» era como una banderilla más. Acabaría el año con la espalda como un puercoespín. En esa brigada como en cualquier otra parte.

Los siguientes minutos del trayecto transcurrieron en medio del mutismo apurado de Rosière. Louis-Baptiste Lebreton seguía pasando revista al gentío con la misma indiferencia. Pero, al pasar delante del local de Habitat de la calle de Le Pont-Neuf, Rosière se fijó en unas tumbonas de lona de rayas que quiso ver de cerca a toda costa. Dejó el coche atravesado en una plaza de carga y descarga y metió a su compañero en la tienda.

Eligió cuatro tumbonas para entregar en la calle de Les Innocents, además de una mesa de hierro con sillas a juego para hacer más agradable la terraza. Rosière había pasado a otro asunto, y lo más urgente que tenía que hacer con Lebreton en aquel momento era convencerlo de que cargara con una adelfa desde el muelle de La Mégisserie hasta la tinaja de barro de la comisaría. Le resultó muy fácil salirse con la suya, porque el comandante nunca remoloneaba para hacer un favor. Lo dejó delante del edificio y volvió a arrancar para ir al aparcamiento.

*

Una vez en el rellano, con el arbusto en brazos, Lebreton consiguió llamar a la puerta con el codo. Retumbaron unos pasos lentos en el parqué y, a continuación, se oyó el roce furtivo del acero contra la mirilla. Después de dos vueltas de llave, la puerta se abrió ante un rostro que el comandante ya conocía: el capitán Orsini. Una ráfaga de aire frío se metió de repente en la comisaría. En algún sitio debía de haber una ventana que hacía corriente. O puede que bastase con la mera presencia de Orsini.

Lebreton dejó la adelfa y estrechó la mano helada que le alargó el antiguo investigador de la Brigada de Inteligencia Financiera. Solo tenía cincuenta y dos años, pero aparentaba diez más. Siempre se presentaba vestido con pantalones de gabardina gris, camisa blanca y fular de seda negro, o azul marino, a veces. En invierno el atuendo era más abrigado, con un jersey de cuello en pico de las mismas tonalidades. Únicamente los zapatos brillaban con mil destellos, pues el capitán no toleraba el más mínimo desaliño.

Orsini había sido profesor de violonchelo en el conservatorio de Lyon hasta los treinta y cuatro años, y luego, tras ganar las oposiciones, había entrado en la policía judicial. Un cambio de rumbo curioso, porque odiaba a la policía y parecía que solo formaba parte de ella para traicionarla mejor: en reiteradas ocasiones, el capitán Orsini había respaldado con sus notas las investigaciones de Lebreton en Asuntos Internos. En descargo del delator, nunca había destapado más que casos de corrupción comprobados y basaba sus acusaciones en elementos concluyentes. Le daba el trabajo mascado a la Inspección General, efectivamente, pero sobre todo a la prensa. Si aquel hombre, por otra parte irreprochable, aterrizaba en aquella brigada, debía de ser por algo relacionado con su listín de contactos y su tendencia a informar a los periodistas de todos los secretos que andaban rodando por la Casa. Nunca lo habían destituido por faltar al deber de sigilo profesional, pero algún jefe de división debió de pensar que era la fuente que sobraba en el servicio y que más valía enviarlo lejos, al infierno por ejemplo. El chivato a la calle, con destino a la brigada perdida.

Con sus nuevos colegas, Orsini tendría material para emborronar un montón de informes. Y no le facilitaría las cosas a Capestan, se dijo Lebreton con indiferencia.

Eva Rosière comprobó que no se había dejado nada en el bolsillo de la puerta del conductor. Le pasó una mano agradecida al san Cristóbal adhesivo del salpicadero y agarró el asa del bolso de cuero que estaba en el asiento del copiloto. Antes de salir, se volvió hacia al perro, sentado en posición de firmes en el asiento de atrás.

—Escúchame bien, Pilú. Yo creo que aquí también están prohibidos los perros, pero vamos a ver si cuela. Así que, a portarse bien, ¿me has entendido?

—¡Yip! —contestó concisamente Piloto.

—Pues eso, sé educado con todo el mundo, sobre todo con la jefa.

9.

El tráfico en los muelles del Sena era fluido y los *scooters* pasaban rozando el coche como una bandada de vencejos. Unos minutos antes, al ver la carrocería desvencijada del 306, Torrez se había quedado parado. Capestan le explicó, recurriendo reiteradamente a la sonrisa, que además del Clio oxidado y el Twingo sin parachoques, aquel Peugeot era todo el parque móvil que le habían asignado a la brigada.

Estaba claro que el Estado otorgaba sus vehículos en función de los méritos.

Al principio, Torrez se había negado a sentarse al volante, pero Capestan insistió. A ella no le gustaba conducir, prefería el asiento del copiloto y sus placeres contemplativos.

El interior del 306 estaba a la altura de la carrocería. Un destornillador clavado en el ángulo de la puerta impedía que se bajara la ventanilla; el pomo de la palanca de cambios estaba arrancado y ya no era más que un tornillo largo y negro de grasa que no quedaba más remedio que empuñar para pasar a primera; los cables eléctricos que asomaban por el hueco de la radio bailoteaban al ritmo de la marcha. En aquel habitáculo espinoso por todas partes, ambos policías guardaban silencio, además de cierta reserva, desde que habían salido del aparcamiento. En el semáforo del puente de Grenelle, Torrez se decidió a hablar:

—Va a ser la monda encontrar a un atracador de pisos siete años después de los hechos.

—Vamos a tener que ser muy creativos, eso seguro.

El teniente alzó las pobladas cejas y arrancó de nuevo. Daba gusto verlo tan optimista.

Quince minutos después, aparcaron en lo alto de la calle de Hoche, a dos pasos del ayuntamiento de Issy-les-Moulineaux. En la plaza ajardinada había un monumento con la pomposa dedicatoria: «En memoria de los combatientes y de las víctimas de todas las guerras». Por aquellos lares preferían pasarse a no llegar: honores a ambos lados del fusil, a lo largo de toda la historia y la geografía.

Capestan y Torrez esperaron a que un autobús maniobrase para llegar a la terminal y se adentraron en la calle de Marceau.

El chalé que llevaba el número 30 les pareció vetusto. Era alto y estrecho y constaba de un piso y una buhardilla, a juzgar por el tragaluz que engalanaba el tejado. En la fachada, el amarillo de las contraventanas estaba desconchado, el enlucido de la pared se caía a pedazos y desde el canalón chorreaba un surco verduzco. En el buzón de hojalata, la pegatina de «Publicidad no, gracias», raída y descolorida, empezaba a despegarse por las esquinas. La verja oxidada chirrió cuando Capestan empujó la puerta. Entraron en un jardincito mínimo abandonado a su suerte. La comisaria subió los tres peldaños de la entrada y llamó al timbre. No hubo respuesta.

—Parece deshabitada —observó Torrez aplastando las hierbas muy crecidas con las suelas de tacos.

—Pues sí. En cualquier caso, hace mucho que nadie se ocupa de ella.

Torrez dio un paso y se agachó para meter la mano entre el pie de la pared y un boj raquítico. Sacó un trozo viejo de cinta de balizamiento naranja fluorescente, de la que se usa para acotar la escena de un crimen. La sujetó entre el índice y el pulgar para mostrársela a Capestan:

—¿Cree usted que lleva aquí desde el asesinato?

Parecía poco probable. Siete años. La comisaria reflexionó unos segundos antes de tomar una decisión.

—Voy a preguntárselo a los vecinos. Espéreme aquí.

Volvió al cabo de unos minutos. En el número 28 vivía una pareja joven que se había mudado hacía apenas dos años. Le había abierto la puerta la mujer, que llevaba pegada a la pierna una niñita con unas coletas tiesas como palmeras. La comisaria le alargó el carné de policía con una sonrisa y la madre mandó a la niña a jugar al salón.

Los recién llegados no tenían ni idea del asesinato y Capestan intuyó que esa información les iba a amargar la velada y puede que las semanas siguientes. Pero la joven le confirmó que nunca habían visto a nadie en la casa de al lado.

Capestan volvió al domicilio de Marie Sauzelle, frente al cual Torrez la esperaba frotando maquinalmente el suelo con la punta del zapato.

—¿Entramos? —preguntó.

No iban a tomarse la molestia de pedirle a un juez de instrucción que los autorizara. Capestan asintió con la cabeza. Tras echar un vistazo a su alrededor, el teniente sacó un juego de ganzúas y manipuló la cerradura con la mayor naturalidad.

—El cerrojo no está echado —se sorprendió.

La madera se había hinchado y la puerta rozó el parqué al abrirse. Nada más cruzar el umbral, Capestan y Torrez se quedaron clavados en el sitio, estupefactos.

Lo único que había desaparecido era el cadáver. En siete años, nadie había movido nada más. Los cajones arrancados, los libros diseminados y los cristales rotos seguían invadiendo el suelo. En la mesita baja había tirados unos guantes de la policía científica, y los picaportes y los muebles estaban maculados de polvo para las huellas digitales. Sus colegas se habían marchado dejándolo todo como estaba y ningún heredero ni ningún agente inmobiliario había ido a adecentar la casa para venderla a precio de ganga.

—¿Usted había visto alguna vez algo semejante?, ¿que nadie haya limpiado después de un crimen, al cabo de siete años? —preguntó Torrez, patidifuso.

—No, y menos aún en una casa tan fácil de vender.

Iniciaron la visita. Desde que se hicieron las fotos del expediente policial, el polvo había ensombrecido el escenario. Las arañas habían aprovechado que ya no tenían que compartir el espacio para tejer desaforadamente. Anne Capestan intentó imaginarse el cuerpo en el sofá. Procurando no aplastar los añicos de porcelana, recogió un cubo de plexiglás transparente para fotos. Marie, con una chilaba blanca y negra, encaramada a un camello, posaba en el desierto. En otra cara, se reía mientras se inclinaba en paralelo a la torre de Pisa. Capestan le dio vueltas al objeto entre las manos. La foto siguiente se había puesto amarilla; representaba a un joven con un acusado aire de familia, el hermano sin duda, de pie junto a una bicicleta de carreras que sujetaba por el manillar, luciendo un *maillot* de ciclista de lunares. En la foto siguiente, una pareja de jóvenes —Marie y un rubio espigado— posaba debajo de un manzano. Volvían a aparecer a continuación, muy emocionados a la salida de una iglesia. Por último, una foto de Marie, con vaqueros y sandalias, bebiendo a morro agua mineral delante del palacio de Buckingham.

Un hombre, en alguna parte, probablemente en esa ciudad, había asesinado a esta señora con su jovial vitalidad. Sin sufrir, hasta la fecha, la más mínima consecuencia.

Capestan colocó cuidadosamente el cubo en la estantería, junto a una caja rebosante de cupones de descuento multicolores. Torrez, con el pelo hirsuto, vagabundeaba por la habitación, con su eterno aspecto del tío cuyo coche han embestido por detrás. De memoria y en voz alta, recapituló el principio del expediente:

—Marie Sauzelle, de setenta y seis años, hermana de André Sauzelle, de sesenta y ocho. Oriundos de Creuse. De Marsac, concretamente. Yo también soy de Creuse, de Dun-le-Palestel —añadió, al tiempo que el rostro se le iluminaba fugazmente, antes de continuar—. El hermano aún vive allí. Marie estuvo casada pero muy poco tiempo, su marido murió en Hanói durante la guerra de Indochina. Sin hijos. Era maestra.

Se calló y pareció meditar mientras abarcaba con la vista el escenario. Lo perturbaba un detalle:

—Un ladrón de casas que estrangula es poco habitual.

—Para hacer callar, si no lleva arma... Lo que se sale de lo común es más bien que se tomara el tiempo necesario para volver a sentarla —contestó Capestan recogiendo un adorno milagrosamente intacto para colocarlo también en la estantería.

Volver a sentar a la víctima, una precaución contraproducente que traicionaba al ladrón aficionado. Se asusta, estrangula movido por la urgencia, de inmediato se percata de las dimensiones de su acción. Presa de remordimientos, intenta repararla, como un niño que pega un jarrón de mala manera después de haberlo reventado con el balón de fútbol.

Con los brazos en jarras, Torrez se había puesto a inspeccionar la entrada.

—La cerradura la cambiaron, pero el cerrojo es el original. Y está intacto. Lo que quiere decir que no estaba echado cuando el ladrón forzó la cerradura.

—Sí, si no habría tenido que romperlo, efectivamente.

Capestan estaba a punto de coger un CD de tango de una balda de la estantería cuando se detuvo en seco. Estaba repasando mentalmente el informe policial.

—El cerrojo no estaba echado pero las contraventanas sí que estaban cerradas. Qué curioso. En una casa, se hace todo al mismo tiempo, ¿no cree usted?

—Pues sí, precisamente.

Torrez estaba dándole vueltas. Suspiró antes de continuar:

—Por otra parte, a los ancianos se les olvida todo. El domingo pasado, mi madre vino a vernos y todavía llevaba la bolsita de la basura en la mano. Cogió el metro, compró unos relámpagos de chocolate, tecleó el código de casa y se metió en el ascensor sin acordarse de tirar la basura. Y eso que le estaba estorbando. En la cantidad de relámpagos, en cambio, no se equivocó, fíjese usted. Y lo buenos que estaban. Para ir a las mejores pastelerías todavía le funciona la cabeza.

Anne Capestan sonrió al teniente y a sus preocupaciones de hijo atento. Seguramente tenía razón. Había sido un olvido. Como la tele con el volumen silenciado que la había intrigado: un ladrón no irrumpe durante los programas de máxima audiencia —es demasiado aleatorio—, sino a la hora de los cacos, hacia las tres de la madrugada, cuando las abuelitas ya no están viendo la tele. Ese volumen silenciado no encajaba, pensó al principio Capestan. Pero Marie Sauzelle debió de subir a acostarse olvidándose de apagar, así de sencillo.

Habían encontrado el cadáver en el sofá, un tres plazas imponente con estructura rústica de madera barnizada. Capestan se acercó. Se habían llevado una muestra de tejido del respaldo para analizarlo. En los brazos y los cojines aún intactos, la comisaria distinguió un adorno que habría reconocido entre mil: los pelos de gato expansionista. El terciopelo con floripondios beige estaba sembrado de hebras grises y blancas.

Mecánicamente, cogió unos cuantos ejemplares y les dio vueltas en el hueco de la mano. No recordaba haber leído nada en el expediente policial sobre la presencia de ningún animal. ¿Qué había sido de ese gato?

Capestan fue hasta la cocina. No había ningún cuenco en el suelo de mosaico. Si el gato se hubiera escapado entre las piernas del ladrón, los cuencos aún estarían en su sitio. No encajaba.

Volvió al salón para exponer el problema a Torrez, que emitió su conclusión con tono de evidencia:

—Ya se había muerto cuando se cometió el robo. Se murió mucho antes, si a mano viene, porque los pelos de gato son como los pelos de conejo, que tardan lustros en despegarse. No se van nunca, pero es que nunca.

Torrez hizo una pausa mientras se acercaba a su vez a observar el sofá. Continuó animadamente:

—Algo entiendo del tema: mi hijo tiene un conejo. Le ha puesto de nombre Casillas, como el portero de la Roja. Pero él no está metido en una red, tiene la jaula abierta. Total que el conejo se zampa todos los cables eléctricos. Un día vamos a tener un disgusto.

Capestan miró atentamente a Torrez que meneaba la cabeza, contrariado. Para ser un hombre que iba, aparentemente, en plan jinete solitario, silencio de los malditos y toda la pesca, estaba demostrando ser bastante locuaz cuando cogía carrerilla. Torrez se ruborizó de repente. Había hablado y confraternizado más de la cuenta, se había olvidado de lo que era. Capestan veía cómo se metía de nuevo en su papel poco a poco, frunciendo el ceño, bajando la barbilla y apretando los labios. Volvió a ser el hombre corpulento de pelo y trato hirsutos, se cerró en banda y bloqueó sus ondas negras. En aquel bloque de hormigón moreno no había más que impulsos frustrados. Para que no se sintiera aún más violento, Capestan subió por la escalera que había al fondo del vestíbulo.

En el primer piso, un pasillo angosto y oscuro conducía al dormitorio. Un rayo de sol lo incluía en un nimbo de polvo suspendido en el aire. El olor a cerrado se le metió a Capestan en la garganta.

La amplia habitación tapizada en color malva albergaba una cama de góndola con una mesilla a juego sobre la que colgaba un crucifijo. En la pared había una estantería con una antigua colección de *Astérix*. La edición original, según pudo constatar Capestan sacando un volumen. El parqué polvoriento resultaba escurridizo para la suela de sus bailarinas, pero la comisaria se estaba acostumbrando paulatinamente al olor y empezaba a respirar con normalidad. Encima de la cómoda había una estatuilla de Isis junto a un soporte para joyas en forma de árbol, cargado de pulseras. Capestan abrió los visillos de encaje, la ventana daba al jardincito trasero, también abandonado a su suerte. En un rincón, una regadera con la alcachofa abollada se hallaba casi totalmente oculta por las malas hierbas. El sendero de gravilla estaba salpicado de musgo y dientes de león. El jardín no tenía salida, así que el ladrón tuvo que entrar y salir necesariamente por la puerta principal. Y, aun así, no había testigos.

Capestan soltó el visillo y se dirigió al cuarto de baño adyacente. Los productos de aseo seguían en su sitio. Durante siete años, el fantasma de Marie debía de haber seguido con su vida sin alterar sus costumbres. Un tubo de dentífrico Émail Diamant, un frasco de agua de rosas, un cepillo de cerdas naturales, un jabón de violeta y bolas de algodón multicolores en un gran tarro de cristal. También había una barra de labios en un cuenquito de loza azul. Marie Sauzelle había sido presumida.

Una súbita inspiración obligó a Capestan a volver al dormitorio: la cama no estaba deshecha. O sea que Marie Sauzelle se encontraba abajo, viendo la tele, cuando entró el asesino. Había llegado a primera hora de la noche, de improviso, como un amigo de toda la vida.

Torrez seguía en el salón cuando Capestan bajó. En la pelliza del teniente, una de las trabillas del cinturón estaba medio descosida, con el hilo colgando. Torrez miró el reloj de pulsera. Sin siquiera esbozar una sonrisa, manifestó:

—Son las doce. Me voy a comer. ¿Dentro de dos horas en el 32, en casa de Serge Naulin?

Y, sin esperar respuesta, salió por la puerta.

La comisaria Anne Capestan, allí plantada, abrió los brazos con un ademán de impotencia.

10.

A las dos de la tarde, minuto más, minuto menos, Torrez apareció lanzado calle abajo, bamboleándose como un rinoceronte.

—He aprovechado para recabar algunos datos acá y allá —informó parándose en seco.

Los dos policías se mantenían algo apartados, delante de la casa de Serge Naulin, el hombre que había llamado a los bomberos. Un seto de laureles mal podado los protegía de las ventanas de la planta baja.

—Desde el asesinato, la casa nunca se ha puesto en venta. Me parecía raro que ningún okupa se hubiera instalado en ella, así que he estado indagando. Y resulta que el hermano paga a alguien para que la vigile. No he logrado saber a quién.

De modo que el hermano había optado por cuidar antes que por limpiar. Qué original.

En el buzón, la placa rezaba «Naulin».

El hombre que les abrió todavía iba en pijama y, encima, llevaba una bata granate. Aunque estaba delgado, parecía grueso, de una flacidez adiposa. Levantó los párpados abultados y le pasó revista a Capestan, con la sonrisa a flor de labios, con mucha calma.

—Teniente Torrez y comisaria Capestan —dijo ella secamente mostrando el carné—. No queremos importunarlo mucho tiempo, tenemos que hacerle unas preguntas sobre su antigua vecina, Marie Sauzelle. La asesinaron hace siete años. ¿Lo recuerda?

—Claro que sí —contestó él dejándolos entrar.

No se apartó lo suficiente para que Capestan pudiera pasar sin rozarlo. La comisaria reprimió un escalofrío de repulsión y se abrió paso sin contemplaciones.

—Todos los vecinos de esta calle estuvimos con la puerta atrancada durante meses después de ese asunto tan horrible. ¿Les apetece beber algo? —ofreció con voz untuosa—. Tengo *schnaps* y crema de casis.

—No se moleste, gracias —abrevió la comisaria.

Unos pelos de barba aislados afeaban las mejillas lampiñas de Naulin. Había juntado el pelo largo y escaso en una coleta raquítica. Se esforzaba a todas luces por ofrecer ese aspecto bohemio de hombre que se tiene por sensual y cautivador. Al ver que Torrez empuñaba el bolígrafo y una libreta, Capestan se lanzó al ataque:

—¿La conocía usted?

—Un poco. Charlábamos de vez en cuando... Lo que exige la buena vecindad, nada más.

Encendió un cigarrillo que sostenía entre los largos dedos, con la mano baja. Cuando se lo llevó a los labios color carmín, desapareció la mitad del filtro.

—¿Hubo más robos por el barrio en aquella época? —dijo Capestan apartando la vista de aquel espectáculo tan poco estimulante.

—No, solo en su casa. Y eso que no era precisamente la más suntuosa.

—¿No oyó usted nada aquella noche? ¿Hay algún detalle del que se haya acordado desde entonces? Alguien estudiando el terreno o merodeando...

—Nada —contestó con una bocanada de humo—. Nada especial.

—¿Parecía estar nerviosa en los días anteriores?

Naulin se limpió la comisura de los labios con un dedo amarillento y ni siquiera se paró a pensárselo antes de contestar:

—Es posible. Aunque ella no era aprensiva por naturaleza, ¿sabe usted? ¿Les apetecen unas galletas? Me quedan unas pocas en una caja.

Capestan no quería ni licores ni galletas. Capestan quería elementos nuevos, un detalle, el que fuera, para arrancar esa investigación con alguna pista aún sin explotar. Capestan quería serle útil a la memoria de Marie Sauzelle y también quería que la brigada tuviese éxito allí donde los demás habían fracasado.

El Naulin aquel mareaba la perdiz con la pinta satisfecha de quien está sentado encima de la información y disfruta manteniéndola a buen recaudo. Capestan dio de lado las preguntas sobre el robo y cambió de rumbo.

—¿Sabe si alguien tenía algo contra Marie Sauzelle?, ¿en el barrio, por ejemplo?

Disgustado por aquel cambio de tono tan brusco, Naulin cogió aire a fondo antes de contestar a regañadientes:

—Pues claro que sí. Vivía en plan revolucionario y era muy cabezota. A costa del bien ajeno, en ocasiones. En el consorcio inmobiliario Issy-Val-de-Seine, por ejemplo, seguro que no le tenían mucho aprecio que digamos... —dijo con una risita desdeñosa.

—¿Y eso por qué?

—Tenían previsto construir una ampliación de la mediateca aquí mismo. Bernard Argan, el promotor, le había ofrecido una fortuna por su casucha...

—¿Cómo se deletrea Argan? —interrumpió Torrez.

Capestan esperó a que lo anotase antes de continuar:

—¿Y ella no vendió?

—Qué va... Descanse en paz, nunca cedió, la muy zorra.

Torrez levantó la cabeza, con la punta del Bic apuntando aún hacia el papel. Capestan hizo un esfuerzo por no inmutarse.

—Su casa está justo al lado... ¿Le consultó a usted antes de rechazar la oferta?

—No.

—Usted debió de perder dinero.

—Dos millones de euros. Una buena oferta para aquellos años.

Naulin les estaba sirviendo el móvil en bandeja de plata. Quizá había sido él quien había organizado el robo para que Marie Sauzelle se asustase y se decidiera a irse. Puede que las cosas se torcieran. Pero Capestan descartó aquella idea según se le ocurría. Naulin seguía con esos ojos semicerrados de varano, había lanzado el cebo y acechaba la ocasión de tirar del sedal. Seguro que tenía alguna coartada que abarcaba todo el periodo de los hechos. La comisaria no quería darle la satisfacción de preguntársela y se conformó con dejar que madurase el silencio. Él debió de adivinar sus intenciones y enlazó directamente:

—Por entonces yo estaba en Bayeux, en casa de mis padres. Volví a casa apenas dos días antes de descubrir el cuerpo. Yo no la maté. Hice bien en abstenerme, de hecho, porque, como pueden comprobar, su muerte no cambió nada. Al final, la mediateca se construyó al lado del bulevar.

—El hermano también se negó a vender, ¿no es así?

—No hay quien les oculte nada.

—Incluso paga a alguien para que vigile la casa, también es mala suerte —ironizó Capestan.

—Es a mí a quien paga —contestó Naulin apagando el cigarrillo en un cenicero lleno de colillas.

—Pues no se lo curra usted mucho —observó Torrez—, nos hemos colado en la casa a plena luz del día.

—No he dicho que me pagara bien.

De modo que era Naulin quien estaba encargado de las labores de vigilancia. Puede que fuera esa la información que se reservaba con tanto misterio al principio de la conversación. Aquel individuo no sabía nada del otro mundo, pero empaquetaba primorosamente lo poco que sabía para que aparentara ser más. O quizá fuera al contrario, aquella confesión solo era un hueso para tenerlos entretenidos. Antes de ir más allá, Capestan prefería comprobar su historial. Era el momento de izar las velas.

Tras hacer algunas preguntas adicionales sobre cómo encontró el cadáver, los policías emergieron con alivio del sofá de gomaespuma que se los había tragado. Dejaron un número de teléfono de contacto por si acaso Serge Naulin recuperaba la memoria y la compasión, y se largaron tras la despedida de rigor.

*

Torrez arrancó del parabrisas un folleto que ofrecía precios increíbles para la depilación de piernas enteras.

—¿Un hombre simpático, no? —inquirió arrugando el prospecto antes de encaminarse hacia la papelera más próxima.

Capestan abrió la puerta del copiloto y se metió en el 306 a pesar del persistente olor a tabaco frío. Cuando Torrez estuvo sentado en su sitio, le contestó:

—Ese tío no es trigo limpio. Y la conexión que tiene con el hermano también es muy turbia.

—¿Ya no piensa que fue un robo?

—Sí, porque los de criminología dicen que lo fue. A pesar de todo, se lo curraron bastante. O, bueno, no; no lo sé —reconoció Capestan bajando la ventanilla para disfrutar del buen tiempo.

En la placa de una calle, una pegatina decía «¡No!» a la austeridad. Sentadas en un banco de la plaza, a la sombra de un plátano, dos mujeres jóvenes charlaban mientras meneaban sendos carritos de niño.

—Vamos a tener que investigar a Naulin, puede que tenga algún otro cadáver en el armario.

—Me encargo en cuanto lleguemos —se ofreció Torrez antes de arrancar.

Se calló mientras desaparcaba esquivando a los peatones que se lanzaban a la calzada alegremente. Y luego continuó:

—¿Y el hermano, que después de siete años sigue sin vender? ¿Y que tiene la casa vigilada? Un comportamiento de lo más raro.

—El hermano. No sabremos a qué atenernos hasta que lo veamos. Vamos a tener que ir hasta allí.

—¿Con este coche? —preguntó Torrez preocupado, pero con una voz que apenas lograba disimular la emoción de llegarse hasta Creuse.

—En tren. Alquilaremos un coche in situ. En teoría, nuestras dietas solo cubren los desplazamientos locales, pero, como están previstas para cuarenta polis y apenas si somos cinco, debería colar.

Capestan siguió reflexionando un rato. Estaría bien poder hablar también con los polis de entonces, saber por qué habían llegado a aquellas conclusiones. Un ladrón aislado. Se volvió hacia Torrez:

—No, la verdad es que la versión del robo no me convence nada.

—A mí tampoco.

11.

Recorrieron los muelles del Sena en sentido inverso y tuvieron que circular más despacio al llegar a la plaza de La Concorde. Capestan se quedó contemplándola, con el obelisco y las farolas rodeadas de manaditas de turistas en Segway. Iban muy tiesos por la aprensión, avanzando a trompicones y aferrados al manillar. Sonreían subidos a su plataforma ambulante. Tenían todo París por delante, pero lo que de verdad los fascinaba era ir por los adoquines encima de esas ruedas de goma tan gordas. Gracias a los embotellamientos, Capestan tenía tiempo de fijarse en toda la maniobra. Por fin, el disco se puso en verde y el 306 se caló. Torrez miró el volante fija y amenazadoramente, cogió aire a fondo y giró la llave. El coche volvió a arrancar en el preciso instante en que el disco se ponía de nuevo en rojo. El concierto ensordecedor de bocinas apenas inmutó a las gaviotas que tenían tomado el puente. Veinte metros más allá les estaba esperando otra retención.

Torrez resopló y palpó el salpicadero con impaciencia:

—Vamos a sacar el pirulo...

Apartó los ojos del tráfico un instante para buscar en el salpicadero y luego bajo el asiento del copiloto. No había nada. Con voz cansada, Capestan confirmó:

—No tenemos.

—¿Ni sirena tampoco?

—No, ni sirena de dos tonos ni baliza giratoria. Como somos una brigada adicional, entramos en los presupuestos, pero no para todo.

Dado el estado de las oficinas, los ordenadores y los coches, Capestan había optado por informarse.

—¿O sea que no llega para sirenas?

—No llega para el material. Nos endilgan los excedentes. O lo que ya no está de moda. Y las sirenas nunca pasan de moda.

—¿Y cómo vamos a trabajar sin sirena?

—En realidad, no tenemos tanta prisa. Es un caso de hace siete años. Por tardar un poco más...

El coche seguía inmovilizado y Torrez miraba fijamente a Capestan sin decir nada. La comisaria añadió, como si acabara de decirle que lo trasladaban a Minsk:

—Lo siento muchísimo.

Torrez volvió a centrarse en el volante. Tras titubear un poco, confesó:

—¿Sabe? Llevo años siendo el apestado. La única diferencia es que antes estaba solo y ahora somos una brigada. La verdad es que he salido ganando.

Las luces de freno del Volvo que llevaban delante se apagaron, la cosa se ponía en marcha. Torrez se colocó en la fila de la derecha, procurando no tirar al suelo a un ciclista que, según la señal del carril bici situada dos metros atrás, no debería estar allí. Torrez tenía la expresión de quien está rumiando una frase. No se decidía a soltarla, pero era cuestión de tiempo. Capestan sabía exactamente cuál era y le dio de plazo hasta que llegaran a Châtelet. A la altura de Saint-Germain-l'Auxerrois el teniente no pudo aguantar más.

—Así que ¿es verdad que le disparó al tío ese? Para que la hayan metido aquí a pesar de... a pesar de lo anterior.

Bingo. Aunque ya estaba más que harta de recitar la lección, se dignó repetir el estribillo:

—Legítima defensa.

Torrez, frunciendo la nariz escépticamente, siguió aferrado al volante. La segunda pregunta no tardaría en llegar, siempre la misma, inevitable. Torrez se abstuvo. La reservaba para más adelante.

Estaban llegando al bulevar de Sébastopol. El coche se metió en el aparcamiento Vinci, donde la brigada tenía varias plazas reservadas. En una de ellas dormitaba un suntuoso Lexus negro resplandeciente.

—¿Y eso qué es? —preguntó Torrez.

—Supongo que es el coche de Rosière.

—Seguro que ese sí que tiene sirena.

12.

Cuando Capestan y Torrez llegaron al rellano, se encontraron con que la puerta estaba cerrada. Con la llave por dentro. Capestan se resolvió a llamar al timbre para entrar en su propia comisaría. Oyó unos ladridos y no pudo evitar pensar: «¿Y ahora qué es lo que pasa?». Lebreton acudió a abrir, con un perro furioso a sus pies. El comandante meneó la cabeza y se volvió a su tertulia con un trotecillo de perro siguiéndolo de cerca.

Todos se reunieron con Rosière, que había completado su escritorio Imperio con detalles opulentos: un vade de cuero grabado, una lámpara de bronce con velas de imitación y abejas napoleónicas estampadas en la pantalla, y un portalápices chapado en oro. También había ampliado sus dominios descaradamente añadiendo dos butacas capitonés de satén crema con rayas verdes frente a su propio trono de maderas nobles. En una de esas butacas estaba sentada una mujer rubia de pelo rizado. Tenía en la mano un expediente al que daba vueltas con un movimiento perfectamente controlado. Una nueva incorporación, pensó Capestan.

—Lo he encontrado en esa caja —estaba explicando la joven señalando, a sus pies, una caja donde ponía «Estupas»—. Es el expediente de un caso teóricamente archivado sobre un camello que actúa en el parque Monceau.

Al ver a Capestan, se levantó.

—Buenas tardes, comisaria, soy la teniente Évrard. Estaba en la Brigada contra el Juego y me han trasladado aquí. Cuando supe que era usted quien dirigía la brigada, pues me dije...

Separó las manos como para decir: «Eso hay que probarlo». Al tiempo que intentaba poner cara afable, Capestan pasó revista a la lista de currículos. Évrard, teniente, cierto, pero también jugadora compulsiva, vetada en los casinos y desterrada por sus presuntos chanchullos con las timbas clandestinas. Tenía un rostro franco y abierto, con unos ojazos azules e inocentes. No tenía pinta de farolera, algo que sin duda la había ayudado.

—Buenas tardes, teniente, me alegro de que se una a nosotros. ¿El perro es suyo?

—Voy a hacerme un café —anunció Torrez antes de meterse en la cocina.

Évrard se puso blanca de repente. Acababa de reconocer a Malfario y sus manos empezaron a buscar instintivamente sal o algún otro amuleto. Se palpó los bolsillos y pareció recuperar la calma. Torrez desvió la mirada, violento, y se apresuró a desaparecer en su despacho.

Capestan insistió:

—El perro ¿de quién es?

—Mío —contestó Rosière—. No molesta, ¿verdad? Haremos como que es un perro policía.

—Pues ese perro policía suyo mide veinte centímetros a la cruz.

—No le hagas ni caso a esta señora, Pilú, guapo, que no sabe lo que se dice —le advirtió Rosière a su perro con un tono falsamente consolador.

Y añadió:

—Y además tiene muy buen olfato.

Capestan se dio cuenta de que tocaba imponer un poco de autoridad. Pero el perro dejó caer los cuartos traseros como si le pesaran tres toneladas. Con las orejas y la nariz bien erguidas, la miraba con devoción. Con esas patazas y esa cabeza desproporcionada seguía pareciendo un cachorro perpetuo. De todos modos, Capestan no era muy proclive a imponer su autoridad.

—¿Qué cruce es?

—Pues tiene algo de corgi, que es el perro de la reina de Inglaterra, y también de teckel, de bastardo, de chucho y de perro callejero. No es un cruce, es un nudo de carreteras —se carcajeó la dueña, muy satisfecha de su broma, o de su perro—. Se llama Piloto, pero puede usted llamarlo Pilú.

—¿De verdad puedo? ¿No se ofenderá?

Rosière sonrió y se inclinó para rascarle el cuello al perro, que estiró el hocico cuanto pudo para aprovechar al máximo la caricia. Capestan se disponía a reunirse con Torrez cuando Merlot apareció en el umbral. Con amplio ademán y la barriga al viento, saludó a la plebe:

—Señoras, caballeros... Cánidos... —añadió bajando la cabeza hacia el perro guardián más inútil de toda la creación.

Tras varias reverencias, Merlot aprovechó las presentaciones para besarles la mano sí o sí a las infelices Évrard y Rosière, con las que no había coincidido nunca. Entre emanaciones de tintorro que despegaban el papel de las paredes, inició una charla de salón de buena sociedad. Él parloteaba y ellas retrocedían, él siguió parloteando y ellas acabaron tirando la toalla. Lebreton, que gracias a su estatura podía respirar un aire más puro, lo estuvo escuchando un rato sin tambalearse demasiado y luego se volvió a su mesa.

Aprovechando una breve tregua, Capestan le dijo a Évrard:

—El expediente del camello del parque Monceau del que estaba usted hablando ¿es un caso de asesinato?

—Qué va, un asunto de coca adulterada. Es un auténtico misterio que no lo hayan trincado, porque figuran todos los datos. El parque Monceau está lleno de críos, un camello se nota mucho.

—Estoy de acuerdo. ¿Se encarga usted con Merlot?

Era hacerle una faena a la nariz de Évrard, pero la ley de las matemáticas es inexorable. Évrard se encogió de hombros con resignación fatalista. Estaba acostumbrada a la tiranía de los números.

Isla de Cayo Hueso, sur de Florida, Estados Unidos, 19 de enero de 1991

A través del cristal blindado, Alexandre levantó el lingote de oro. Era a la vez más pesado y más suave de lo que parecía a primera vista. Era la pieza estrella del museo, la atracción que le daba mayor publicidad. En la entrada, al entregarte los tiques, te pegaban de oficio en el pecho una pegatinita ovalada que en letras negras sobre fondo dorado proclamaba: *I lifted a gold bar.* «He levantado un lingote de oro.» Aquí no viene uno a lo tonto, que se sepa.

Alexandre sintió el contacto cálido de la palma de Rosa sobre la piel desnuda de su brazo.

—No me encuentro bien... —le susurró, como siempre que quería que le llevara el desayuno a la cama.

—Si lo dices para que te robe la esmeralda, va a ser que no —bromeó Alexandre—. Esto está lleno de cámaras.

—No, no. Creo que son las aguas... —dijo ella apretándole el brazo más fuerte.

Sin aliento, se apoyó en la mano de Alexandre y se dejó caer despacito en el parqué, donde se quedó tumbada. ¿Aguas? ¿Qué aguas?

—¿Vas a parir aquí? ¿Ahora?

—Sí, creo que sí.

—Estamos en un museo, no puedes parir aquí...

Gotas de sudor le salpicaban la frente morena a su mujer; sonreía pero no iba a ceder, decía muy en serio lo de quedarse allí, entre las vitrinas del Mel Fisher Museum, para dar a luz a su hijo.

13.

Fuera, la bruma de una noche gris tapaba las estrellas. Solo el neón azul del hotel de enfrente iluminaba el escenario. Sentado en el sofá, con los pies descalzos sobre el parqué tibio, Louis-Baptiste Lebreton fumaba con todas las luces apagadas. Se podía quedar así horas enteras, con el piloto del televisor marcando un punto rojo en la quietud del salón, como una réplica estática de la brasa palpitante del Dunhill que se estaba fumando. Había dejado el bajo, un Rickenbacker 4001, colgado en la pared para no molestar a los vecinos. El cristal que cubría el cartel del concierto de Bowie en el Hammersmith Odeon emitía muy de vez en cuando algún reflejo, que Lebreton seguía durante una hora, a veces dos, hasta que se quedaba dormido. Se despertaba y fumaba. Normalmente, esperaba a que fueran las seis de la mañana. La hora a la que incluso la gente normal se levanta. Con la ducha y el café, le daban las siete. Era un buen momento, las siete de la mañana, para arrancar el día. Louis-Baptiste no tenía ninguna tarea pendiente. Le quedaba tiempo para zanjar más asuntos diarios de los que le deparaba la vida. Apagó el cigarrillo y se arrellanó en el sofá para seguir esperando.

Dentro de tres horas iría a ver a Maëlle Guénan. No tenía demasiado interés en aquella investigación, y mucho menos en esa brigada de perdedores, pero, como el sentido de la marcha era ese, iba en esa dirección para no quedarse al margen. Rosière, por lo menos, le resultaba divertida. Y de Capestan no esperaba nada.

Las siete. En el cajón de la cómoda seguían las camisetas de Vincent, perfectamente apiladas. Lebreton había planchado las que estaban tendidas antes del accidente y las había colocado en su sitio. Hacía veinte años que el marido de Maëlle Guénan había muerto. Al cabo de veinte años, el dolor, sin duda, va envuelto en varias capas de film plástico. Una capa por año, quizá. O puede que no. Lebreton no lo sabía, solo tenía la esperanza de que fuese así.

Él, al cabo de ocho meses, aún tenía la sensación de dormir en una mortaja y de ducharse en un mausoleo. Todas las habitaciones, todos los muebles, todos los crujidos del parqué le hablaban de lo mismo, exactamente de lo mismo, de un año antes, cuando a Lebreton le gustaba abrir la puerta y todo lo que había en el piso tenía una utilidad. Hoy todo era un recuerdo y Louis-Baptiste no podía ni marcharse ni quedarse. Aquí, todos sus gestos llevaban subtítulo. Lebreton se encaminó a la cocina para desayunar, cosa que hizo de pie para no sentarse solo a la mesa.

Habían vivido juntos doce años. Durante esos doce años Vincent había cortado el pan encima del fregadero para no tener que recoger las migas. Todas las mañanas, Lebreton se encargaba de dejar el grifo abierto para quitar esas migas empapadas de agua. Aún hoy, cuando Lebreton se acercaba al fregadero por la mañana lo hacía de refilón, con asco anticipado. En la puerta de la nevera seguía el último de una larga serie de tarros de pepinillos vacíos que Vincent dejaba ahí a la espera de que la providencia los tirase. Lebreton lo había dejado todo tal cual y allí se había quedado el tarro, lleno vinagre, con el escurridor de plástico verde flotando dentro. Louis-Baptiste, que nunca comía galletas, seguía teniendo en la despensa tres paquetes de galletas bretonas Saint-Michel, uno de ellos a medias. En la librería del salón, el primer tomo de la saga *Asesino real* estaba colocado del revés. El segundo tomo andaba rodando por la mesilla de noche, con las esquinas dobladas. Esa mesilla de noche en realidad era una herencia de familia de Louis-Baptiste. Pero la llamaba «la mesilla de noche de Vincent». Estaba del lado de la cama de Vincent. Lebreton llevaba ocho meses sin cambiar las sábanas. Y la copa del viernes por la noche había pasado a ser la copa de todas las noches. A los treinta y nueve años era ya «el Tenebroso, el Viudo, el Sin Consuelo», el que solo sabe de ese verso de Nerval.

Lebreton se puso la chaqueta negra y se subió la cremallera de los botines. Le pasó un cepillo a aquella y un trapo a estos. Su cuerpo, tullido de abstinencia, se había transformado en camisa de fuerza. Le hubiera gustado arrancárselo y marcharse, como quien huye de la capital para ir al campo. Al cerrar la puerta, se preguntó cuánto tiempo habría tardado Maëlle Guénan en decidirse a volver a hacer la cama.

*

Llovía a cántaros. En el café de la esquina de su casa se encontró con Rosière y su perro, sentados en la terraza debajo del toldo. La lluvia pegaba en la lona estruendosamente. Rosière estaba intentando quitarle el papel al terrón de azúcar del café y no parecía tenerlas todas consigo. Pilú dio un brinco cuando vio a Lebreton, haciendo que se tambaleara la mesa y se derramara la mitad del café. Rosière dejó caer el terrón en la taza con papel y todo.

—Un problema menos —dijo antes de levantar la vista hacia el comandante.

Maëlle Guénan vivía en la calle de Mazagran, no muy lejos, y se habían citado aquí antes de ir a su casa. Louis-Baptiste se sentó en una silla al lado de Eva, le rascó la cabeza al perro y le indicó al camarero que él tomaría otro café.

—Hola, Eva. ¿Piensas subir con Piloto?

—No, lo dejaré en el Lexus. Media hora, con la ventanilla entornada, espero que esté bien. Y así evitaré que me roben el coche.

La lluvia martilleaba en el entoldado y los transeúntes iban por la acera deprisa, algunos se habían refugiado en la puerta cochera que había enfrente del bar y miraban al cielo para que no se les pasara algún claro efímero. Una violenta ráfaga de viento se coló en la calle, poniendo los paraguas del revés y arrastrando prospectos. El agua de los charcos temblaba y el redoble de un trueno anunció la inminencia del diluvio.

—Vaya tiempo más feroz —observó Rosière tranquilizando al perro, que se le había acurrucado entre los tobillos.

—Qué curiosa esa expresión, ¿de dónde es? —preguntó Lebreton.

—De la región del Loira, soy de Saint-Étienne. ¿Y tú?, ¿eres parisino?

—No, de cerca de Dijon.

Los padres de Lebreton vivían en una de esas zonas rurales como la palma de la mano por donde pasan los trenes, una de esas de donde salen huyendo los adolescentes para concentrarse en las orillas de Le Marais*. El comandante se tomó el café de un trago y puso en el platillo dinero para las dos consumiciones. Como si estuviera reuniendo fuerzas para el siguiente asalto, la lluvia había amainado, espaciando las gotas. Había que aprovechar.

—¿Vamos allá?

El perro se dio por aludido y se levantó de inmediato, meneando la cola frenéticamente.

*

---

* Barrio de París con un nutrido vecindario homosexual. *(N. de las T.)*

—¿Se acuerdan del naufragio del *Key Line Express*? —preguntó Maëlle Guénan a guisa de preámbulo.

A Rosière le costaba concentrarse sabiendo que Pilú estaba solo en el coche. Pobrecito. Con esa tormenta, debía de estar llenando de baba, de puro nerviosismo, los asientos de cuero color miel. Además, las declaraciones, al principio, siempre eran un rollo del que nunca salía ningún hilo del que tirar. Rosière solía aprovechar ese momento para esbozar un retrato del testigo, nada más. Acechaba el instante en que las emociones fueran las que hablasen. Solo a partir de ahí se conseguían pistas dignas de tal nombre. Mierda, la buena señora había hecho una pregunta, pero ¿qué porras era? Ah, sí.

—No, antes de esta investigación no me sonaba de nada.

Maëlle Guénan asintió tristemente. Con sus casi cuarenta y cuatro años, llevaba unos vaqueros con mariposas bordadas de todos los colores. El jersey malva le estaba grande y las bolitas de pelusa se habían vuelto grises en los codos. Sonrió, se apartó el flequillo con la mano —se comía las uñas— y juntó los pies. En los cordones de las deportivas brillaba un escudo en forma de estrella plateada.

—Yo tampoco, debo reconocerlo —añadió Lebreton desde lo alto de su estatura de Rey Sol.

Desde luego, qué despilfarro, este Lebreton, pensó Rosière. Hasta a Guénan, tan reservada, le habían brillado los ojos al ver a semejante ejemplar.

—¡Qué barbaridad! —comentó Maëlle—. Veinte años después a todo el mundo se le ha olvidado. Se acuerdan del *Concordia,* como mucho del *Estonia,* pero del *Key Line,* nada. Queda demasiado lejos, o puede que no hubiera bastantes muertos. Y eso que fueron cuarenta y tres. ¿Se dan cuenta? Cuarenta y tres muertos. A lo mejor es que entre las víctimas no había suficientes franceses.

Un hule de flores cubría la mesa del comedor donde Maëlle los acomodó. Se notaba por debajo el protector acolchado. Las esquinas se habían roto por el desgaste y por debajo asomaban los picos de madera oscura de la mesa. Las sillas de enea parecían a punto de desfondarse, y tanto Rosière como Lebreton se quedaron muy quietos y alerta. En la pared se alineaban tres imitaciones de ojos de buey de latón. Debajo, varios marcos de fotos dorados mostraban la evolución de un niño hasta convertirse en un joven realmente guapo: sin duda era Cédric, el hijo. Encima de una consola, Rosière se fijó en un instrumento extraño, con una rejilla también de latón. Una brújula, se figuró.

—¿Les apetece una sidra? —ofreció Maëlle con una voz tan queda que tuvieron que aguzar el oído.

¿Sidra? ¿A eso le daba la borracha? ¿A la sidra? Pues vaya cosa, para este viaje no necesitábamos alforjas. Rosière se disponía a coger la brújula-o-lo-que-fuera para mirarla, pero Lebreton la detuvo en seco con la mirada.

—Sí que nos vendría bien un par de sidras, es muy amable —dijo con esa voz suya, aterciopelada y ronca a la vez.

Maëlle parecía vivir parcamente. Tenía pinta de no atreverse a abrir el buzón. En una esquina, junto a un corralito con barrotes blancos, había un cajón de plástico transparente lleno de peluches, cubos de colores y juguetes arañados. Su material de cuidadora. Cuando Maëlle regresó con la botella de sidra ya empezada y hubo llenado los vasos, Lebreton siguió con la conversación:

—Su marido estaba a bordo cuando el naufragio, ¿es así?

—Desde entonces, no volvió a ser el mismo —empezó a contar la mujer, sentándose en el filo de la silla.

Tenía los ojos fijos en el vaso que sujetaba entre las manos.

—Solo pensaba en eso, se despertaba a las cuatro de la madrugada sudando. Hablaba sin parar del pánico a bordo, de la gente gritando, pisoteándose unos a otros. Hay personas que se encierran en el silencio después de un trauma, pero a él le dio por lo contrario. Creo que me contó la historia de todos los que iban en ese ferri. Se pasaba semanas hablando solo de eso. Ni siquiera atendía a lo que decía nuestro hijo cuando volvía del colegio. Por la noche, delante de la tele, igual le daba por hablar en mitad de una película, nos contaba que había visto a una chica darle un puñetazo en toda la cara a un viejo. Me despertaba en plena noche para hablarme de las escenas que le volvían a la memoria, de un hombre que había saltado por la borda gritando: «¡Mis gafas, mis gafas!», apretándose las manos contra la cara para estar seguro de no perderlas, mientras su mujer intentaba agarrarse a un salvavidas. Las mujeres que pisoteaban a los adolescentes, los gritos en todos los idiomas y muchos otros horrores. Era un sufrimiento escucharlo. Claro está que Yann vio algunos comportamientos heroicos o simplemente altruistas. Pero eso no le obsesionaba, no hablaba tanto de ello. Bueno, sí, le gustaba mucho la historia de una francesa a quien su marido le había gritado: «¡Salva lo que puedas!», y que, en medio del pánico, había cogido lo primero que encontró a mano: un salero de plástico. Yann volvió a verlos después del naufragio. La mujer había conservado el salero en una vitrina. «Lo prefiero a todas mis joyas, hago como si tuviera algún valor», le contó. A Yann le caía muy bien esa pareja.

Lebreton se inclinó hacia delante:

—¿Nadie tuvo motivo para quejarse de su marido durante ese naufragio?

—No, nadie. Y después de la simpatía que me demostraron los supervivientes en su entierro, no tengo ninguna duda al respecto: Yann actuó como un auténtico marino.

Rosière observaba el papel pintado ocre del salón. Hay que ver lo que cambiaba cualquier habitación eso de tapizar las paredes, quedaba mucho más aseada, más estilosa.

—¿Es posible que alguien le guardara algún rencor? —preguntó Lebreton con voz queda.

—¿Está de broma?

El tono brusco sacó a Rosière de sus ensoñaciones de decoradora. Le habían tocado la fibra sensible, no tardaría en empezar a escupir acusaciones. Maëlle Guénan no daba crédito a que se lo preguntasen una vez más:

—¡Jallateau! La culpa de todo la tuvo Jallateau, el constructor del barco. ¡No pudo ser más que él quien lo mandó asesinar! Para los armadores extranjeros, escatimaba en los controles y los materiales. El estrave era demasiado frágil, cedió y arrastró consigo la rampa de proa. Con la vía de agua, el ferri se volcó de lado en menos de una hora. Además, la megafonía a bordo era defectuosa, los pasajeros no sabían a qué puente tenían que ir. Yann quería denunciarlo, al muy trapacero. Estaba reuniendo documentación, se puso en contacto con estadounidenses, con cubanos, con todos los pasajeros posibles para que aportasen su testimonio. Se fue a ver a los franceses uno por uno, tardó varias semanas. Tenía un expediente así de gordo —dijo separando el pulgar y el índice cinco centímetros—. Después se fue a Saint-Nazaire para enseñárselo a Jallateau. Y tres días después estaba muerto. Y no por culpa de una enfermedad ni de un accidente. De un tiro de pistola.

Se los quedó mirando consecutivamente con sus ojos claros como el agua de río. Estaba agotada de tanta injusticia, cansada de la lentitud y la pasividad.

—Y a día de hoy aún no han detenido a nadie —concluyó.

*

Cuando Rosière y Lebreton salieron a la calle, el agua todavía chorreaba por los escaparates, pero un sol voluntarioso deshacía las nubes color antracita.

—Jallateau, el poderoso, contra Guénan, el insumiso. Como todas las historias de tíos que se van a batallar solos echándole cojones y con un cuchillo, apesta a drama —comentó Rosière sonándose la nariz—. Por otra parte, el constructor sin duda se imaginaría que figuraba en el *hit-parade* de los sospechosos.

La capitán hizo una bola con el pañuelo antes de metérselo en la manga. Sintió una punzada de júbilo cuando vio que el Lexus y el perro estaban intactos. Piloto empezó a brincar y a babear en los cristales.

—Los investigadores no encontraron ninguna prueba contra él —contestó Lebreton—. Pero es posible que contratara la mano de obra. Puede que incluso esa mano de obra se le ofreciera espontáneamente. Si se metía en juicios, quizá hubiese tenido que despedir a algunos hombres. Así que, cuando vieron a Guénan presentarse en el astillero con el carpetón debajo del brazo, les debieron de entrar sudores fríos.

—Ya, y los marinos no siempre están demasiado finos.

—Al contrario que los policías, dado que resolvieron el caso en un dos por tres —ironizó Lebreton.

Rosière aceptó la crítica asintiendo con la cabeza.

—La empresa de Jallateau ahora tiene sus instalaciones en Les Sables-d'Olonne —prosiguió el comandante—. Los ferris debieron de dejarle mal sabor de boca, así que se pasó a los catamaranes de lujo. Creo que se impone una excursión en barco.

—Me sorprendes. No estaba mal el papel pintado del salón, ¿te has fijado? —dijo Rosière—. Eso es lo que nos hace falta en comisaría.

Évrard cerró la puerta al salir de su cuarto de adolescente, con el techo estrellado, el póster de *Casino* de Scorsese y la cama camera. Llevaba seis meses viviendo otra vez en casa de sus padres. Se dirigió a la entrada y descolgó el chubasquero del loro de madera laqueada. Antes de salir, metió la cabeza en la cocina para desearle un buen día a su madre, que le contestó que fuera aplicada.

Ya en la acera, Évrard comprobó distraídamente el contenido del bolsillo a través de la tela impermeabilizada. Allí estaba, en efecto, su euro de la suerte. Su último euro, el que no se había jugado, sobre el que iba a reconstruir su vida. A veces le daban ganas de arrojarlo al Sena, solo para ver qué pasaba. Pero no eran más que gilipolleces. Hasta la peor jugadora sabe que no se emprende una nueva vida a partir de un euro. La pregunta correcta era: ¿cuál era el punto de partida, pues?

14.

—Bueno, pues que dice que no —anunció Capestan entrando en el despacho de Torrez.

—¿Se lo ha dicho directamente?

El teniente apoyó los codos encima del papel de impresora que le empantanaba el escritorio, parecía sorprendido de que Valincourt se hubiese dignado siquiera hablar con ella por teléfono.

—No, he hablado con un asistente suyo. El jefe de división había dejado un mensaje: que de momento no puede recibirnos, pero que no dudemos en ponernos en contacto más adelante o en enviarle un informe resumido, etcétera.

Capestan suspiró. De todos los policías relacionados con el caso Sauzelle, el único que seguía en la zona era Valincourt. Como por entonces ya era un pez gordo, más que a investigar se había dedicado a supervisar y seguramente ya no se acordaba de nada. Pero lo peor del jefe de división era que no destacaba por ser ni el más disponible ni el más afable de los ocupantes del número 36 del muelle de Les Orfèvres.

Torrez arqueó las cejas resignadamente como solo hace quien está acostumbrado a no recibir más que negativas de sus colegas. Le dirigió una breve sonrisa a Capestan y luego recuperó la cara de erizo de mar para enfrascarse en los antecedentes policiales de Naulin.

La comisaria se quedó allí plantada sin saber qué decisión tomar y mirando a Torrez sin verlo. Según el asistente, Valincourt estaba en ese momento en la galería de tiro de la puerta de la Chapelle. En otras circunstancias, habría podido dejarse caer por allí y simular un encuentro fortuito, pero, como le habían retirado el arma, no tenía ningún motivo para ir. Valincourt se daría cuenta de que estaba persiguiéndolo. Lo cual, en el fondo, daba igual.

—Me voy a verlo —anunció de pronto—. Si me tiene delante no le será tan fácil mandarme a paseo.

—Si usted lo dice... —refunfuñó Torrez, que ya estaba hecho a todo.

*

Cuando llegó a la puerta de la Chapelle, en un París desprovisto del menor encanto, Capestan pasó por debajo del carril de acceso a la vía de circunvalación y llegó a la entrada de un aparcamiento de superficie abandonado. Pulsó el deslucido botón del interfono sin etiqueta y, después de identificarse, empujó la puerta de acero. El puesto de tiro estaba en la última planta. El ascensor lleno de pintadas no funcionaba y Capestan tiró escaleras arriba siguiendo maquinalmente los flocados en forma de revólver que señalaban el recorrido. En todas las plantas, las puertas de acceso estaban condenadas con bloques de cemento tras los que se adivinaba la inmensidad de plazas de aparcamiento vacías, alineadas en la oscuridad. La verdad es que ese lugar daba ganas de llevar la pipa.

En la entrada, le entregó el carné al vejete que sonreía detrás de un intercomunicador. Por encima del mostrador chisporroteaba el blanco y negro de los monitores de vigilancia. El anciano apenas disimuló la sorpresa por volverla a ver allí y farfulló algo que Capestan no entendió. Ante la duda, asintió con la cabeza y avanzó hacia la amplia sala alumbrada con fluorescentes que hacía las veces de club social.

No había casi nadie, el billar y el futbolín estaban libres. Una hilera de carteles de las películas de James Bond cubría las paredes, y algunas plantas de plástico aportaban unas escasas notas de color al escenario. Dos hombres se entrenaban en la zona de tiro, cuyo cristal lindaba con la sala, como si fuera una simple pista de squash.

Incómoda, la comisaria notaba físicamente la ausencia de su Smith & Wesson en la cintura. Al igual que una campeona de estilo libre sin bañador al borde de la piscina, permaneció en el umbral y se esforzó por mantener el mayor grado de dignidad mientras buscaba a Valincourt con la mirada.

Estaba solo, sentado a una mesa para cuatro, con el maletín de las armas encima de la silla que tenía al lado. Estaba leyendo el periódico, con un vasito de café en la mano. A su espalda, la vitrina con las copas y las medallas del club parecía glorificar su estatus de madero alfa. Al levantar la vista y percatarse de la presencia de la comisaria, los agraciados rasgos de *sioux* se le torcieron brevemente en una mueca de contrariedad. Aun así, con un discreto ademán de la mano la invitó a sentarse, presumiendo los motivos de su visita.

Capestan se acercó, sonriente a más no poder. Se le presentaba la oportunidad de conseguir información y tenía que echarle mano con la mayor delicadeza. Se apresuró a sentarse enfrente de Valincourt y de espaldas a la sala.

—Buenos días, señor, y gracias por...

—Abreviando.

Esforzándose ya para no ofenderse, Capestan asintió y fue al grano:

—Como le he explicado a su asistente, hemos vuelto al caso de Marie Sauzelle, asesinada en 2005 en Issy-les-Moulineaux. Ya sé que queda un poco lejos, pero usted participó en la investigación y me preguntaba a qué conclusiones llegó.

Valincourt rebuscó en su memoria unos instantes.

—Sí, Marie Sauzelle... Hubo una oleada de robos en las casas de la zona en aquella época. Novatos aislados a los que protegía un receptador importante. La pobre señora oyó algo, al tío le entró el pánico y la mató.

Valincourt sacudió la cabeza levemente.

—A sus años, no tenía nada que hacer.

Parecía disgustado de veras. Se le había puesto la mirada de poli perdido en sus recuerdos, que repasa una vez más la larga lista de gente a quien no ha logrado detener. A pesar de su severidad, el jefe de división rezumaba cierta tristeza y a Capestan le sorprendió ver asomar a un hombre por detrás del tótem. Pero no dejó que aquello le hiciera perder el hilo de lo que tenía *in mente*.

—Pues siendo un principiante, es curioso que el ladrón no dejara huellas...

—¿Y qué quiere que le diga? Sería un principiante con guantes. Desde que ponen series en la tele, está al alcance de cualquier idiota.

—Es cierto. Y Marie Sauzelle ¿qué clase de mujer era?

—Cuando me la presentaron estaba bastante muerta, ¿sabe usted? —le espetó Valincourt.

Obviamente, pensó Capestan. No era eso lo que había querido decir y él lo sabía. La breve entrevista que el jefe de división había accedido a concederle no iba a transformarse en conversación. Hechos, solo hechos. Capestan captó el mensaje.

—Ya me lo imagino, me refiero a los testimonios que debieron de recoger entonces.

—Ya sabe usted que los testimonios... Pero ¿por qué quiere establecer la personalidad de la víctima de un robo domiciliario?

Ahí quería llegar. Las preguntas siguientes, de un modo u otro, iban a poner en entredicho el trabajo de la Criminal. Podían pasar dos cosas: que el jefe de división también se hubiese fijado en las incoherencias y decidiera, quizá, ayudar a la brigada de Capestan, o que estuviera convencido de que las conclusiones de su equipo eran sólidas y lo protegiera con uñas y dientes. Doble o nada.

En la cabeza le daban vueltas las frases que tenía que decir y cuál sería la forma más delicada de decirlas, y se sentía como si tuviera un acerico con alfileres que no se dejaban coger. Finalmente, tomó aire discretamente y se lanzó:

—Es que, en mi opinión, hay varios detalles que no encajan bien en la hipótesis del robo domiciliario. El cerrojo, por ejemplo...

Los ojos de Valincourt se iluminaron súbitamente con ese desprecio que se reserva a la servidumbre.

—Espere, comisaria Capestan, espérese a ver si he entendido bien: ¿está insinuando que nuestra investigación no fue lo bastante rigurosa?

Se lo estaba poniendo en contra. Tenía que cambiar de estrategia si no quería que el encuentro concluyese prematuramente.

—No, en absoluto. Solo me pregunto...

—¿Se pregunta? —la interrumpió el jefe de división.

Sin cambiar de expresión, Valincourt expuso lo que pensaba con calma gélida:

—Oiga, puedo entender que ahí encerrada en ese cuchitril suyo sienta la necesidad de hacer algo; y cuestionar a los predecesores es el pasatiempo favorito de los mediocres. Pero resulta que su brigada es un aparcadero, no una tutoría. No me obligue, pues, a perder el tiempo con «lo que se pregunta». ¿Se ha propuesto llenar nuestras lagunas? Por mí no se prive, jovencita. Pero al menos tenga la decencia de no pedirnos ayuda.

¿«Jovencita»? Y, ya puestos, ¿por qué no «guapa»?, pensó Capestan. Empezaba ya a estar hasta la coronilla del yugo de aquel tirano, nunca mejor dicho. Sin embargo, resistió el impulso de soliviantarse y responderle con un «tronco». Asintió en silencio. En el fondo, tenía razón. Al presentarse allí sin que la invitaran, había asumido el riesgo de recibir un desaire.

Aunque no había conseguido ninguna información, ya podía irse.

La sala empezaba a llenarse. Un policía cuya actitud pretendía ser desenfadada se acercó a saludar a Valincourt ceremoniosamente. Llevaba la cabeza afeitada, chupa de cuero y un estuche de instrumento musical en el que era más probable que llevara un fusil de asalto y munición que una guitarra acústica y partituras de Renaud. Al ver a la comisaria, se detuvo con un leve respingo de sorpresa y luego se volvió por donde había venido con una sonrisilla en los labios. Lo mismo que los otros dos colegas que llegaron tras él. Capestan estaba furiosa.

Se levantó y le tendió la mano a Valincourt con cortesía forzada.

—Le dejo, señor. Gracias por su colaboración.

Él le estrechó la mano y le dedicó una sonrisa automática. Tuvo un segundo de titubeo antes de hacerle una concesión:

—Si está tan empeñada en buscar por más sitios, vaya a ver al hermano. Pero no se fíe de él, era un mal bicho.

Capestan asintió con la cabeza. Por último, ante la mirada burlona de sus colegas, se dirigió hacia la salida, con el orgullo erizado. Al abrir la puerta identificó el característico sonido de la salva de un subfusil Beretta. Un escalofrío de envidia le recorrió el espinazo.

15.

A primera hora de aquella tarde, Évrard y Merlot estaban sentados en un banco del parque Monceau vigilando a un yonqui. En realidad, Merlot se había propuesto iniciar a Évrard en las sutilezas del ajedrez. Ella lo escuchaba pacientemente, diciéndose para sus adentros que el tío ese no sabía ni distinguir el tres del cinco en el dominó. Pero hacía buen tiempo y el parque era bonito, así que Évrard se montaba una martingala estudiando la alternancia de carritos de niño y chándales, de faldas y de pantalones. Sus observaciones no tenían ninguna aspiración sociológica, solo eran números con la voz de Merlot de fondo como si fuera el crupier.

Enfrente, el yonqui se rascaba distraídamente la parte anterior del brazo mientras daba golpecitos con el pie. Se estaba impacientando y preguntándose qué pintaba él en un parque del distrito VIII. Echó una ojeada nerviosa hacia donde estaban ellos y, curiosamente, sus siluetas parecieron tranquilizarlo. Évrard examinó de reojo a su vecino y los pantalones amarillentos que llevaba; volvió la mirada hacia sus propias Converse renegridas por el uso y se preguntó, una vez más, qué estaba haciendo con su vida. Dos carritos, unos pantalones, tres chándales, una falda.

Un hombre se acercaba dando zancadas por la avenida principal. Évrard se puso al acecho. En realidad no se diferenciaba del resto de la gente, simplemente parecía menos planchado y más gris. Y, sobre todo, iba vociferándoles: «¡Maricón! ¡Maricón! ¡Maricón!» a los árboles, al aire, a la gente. Uno más al que París había tostado la sesera. Évrard sintió una envidia repentina de la libertad absoluta de ese hombre. Caer sin reserva, cortar el último hilo, el de la moderación. Aquella idea la embriagó, luego espiró para regresar a la realidad. Los seguimientos, un oficio, la reincorporación. Y su colega, Merlot, diciéndole algo.

—Y entonces avanzo con la torre y adivine lo que me replica el muy desvergonzado: «¡No hay diagonal!». ¿Se da usted cuenta? ¡En público!

Évrard le dio la razón con la cabeza pero estaba atenta al drogata al que estaban vigilando. Se había enderezado, seguramente porque venía alguien. Bingo: un joven de tez descolorida, vestido con blazer, vaqueros pitillo y corbata fina, se sentó en el banco del yonqui. Fingían no conocerse, pero al mismo tiempo hablaban entre sí, era ridículo. Como si tal cosa, con toda naturalidad, en pleno parque, sentados en un banco, de repente se estrecharon la mano. Los billetes les asomaban por los dedos y el crujido del aluminio que cubría la papelina se oía desde donde estaban. Tenían delante a unos cretinos de primera y Évrard se estaba preguntando cómo era posible que no hubieran pillado ya a ese tío. El individuo se levantó del banco y se fue. Discretamente, Évrard le dio un codazo a Merlot.

—Pero, bueno, ¿a qué viene eso? —se sobresaltó el capitán, lo que seguramente explicaba por qué incluso los cretinos conseguían librarse.

Évrard le señaló el camello con la barbilla y Merlot se incorporó trabajosamente para empezar con el seguimiento. Pero, cuando su presa se detuvo y se levantó las gafas de piloto para mirar el *smartphone,* Merlot se paró en seco.

—No merece la pena seguirlo más, sé dónde vive. Villa Scheffer, en el distrito XVI. Es el hijo de Riverni.

—Riverni... ¿Ese no es ministro o algo así?

—Secretario de Estado.

—Ahora entiendo por qué el caso estaba archivado. Al camello este no le veía yo pintas de correr deprisa. Y aún menos de escaparse entre las mallas de la red. Pues ya está. Vamos a avisar a Capestan.

—Desde luego. Hay un café en la esquina, seguramente tendrán teléfono.

Évrard tuvo buen cuidado de comentar que tenía móvil, como todo el mundo. Entre colegas, hay que saber mantener la cordialidad. Entró en el café Carnot y pidió un kir de frambuesa. Merlot estaba radiante: qué caso tan bien llevado, y todo gracias a él.

16.

Capestan emergió del ascensor arrastrando un carrito de la compra rosa oscuro lleno de troncos hasta la bandera. Entró en la comisaría de espaldas y llevó rodando la carga hasta la chimenea. En el piso había un fuerte olor a cera y el parqué relucía como una castaña nuevecita recién salida de su erizo. Apoyado contra la pared, detrás de la silla de Lebreton, había un cepillo de barrer envuelto con un paño impregnado de cera líquida. Capestan saludó al comandante y también a Rosière, que escurría una bolsita de té encima de la taza, con Pilú tumbado sobre sus zapatos de salón azules. Ellos le devolvieron el saludo. Tanto Torrez como Orsini estaban atrincherados en sus respectivos despachos. La comisaria desplegó la pantalla de cobre que había encajado en un lateral del carrito, se quitó la trinchera y se puso a apilar troncos a la derecha del hogar.

—¿Y bien? —preguntó Rosière dejando caer la bolsita de té en la papelera de cuero verde que había al pie de su escritorio—. ¿Cómo se presenta el caso de la abuelita?

—Se presenta borroso, de momento. Mañana iremos a Creuse a interrogar al hermano. Y ustedes ¿qué tal con el marino?

—La viuda está convencida de que fue cosa de un constructor naval de Vendée. Así que nosotros nos vamos a la costa. Pero no hasta pasado mañana, había que pedir cita.

—Pues ya tenemos cada uno nuestro día de vacaciones. ¿Van a ir en tren? Si quieren, tenemos presupuesto...

—No, en coche, yo lo prefiero así y a Louis-Baptiste no le importa —dijo Rosière lanzándole una ojeada a este último.

Él lo confirmó con la cabeza. El perro, intrigado, se acercó trotando a los troncos y los olisqueó con la clara intención de rociarlos de líquido inflamable.

—Pilú, ¡no! ¡Vete! —ordenó Capestan señalando con el dedo el escritorio de Rosière.

La nariz del perro siguió inmediatamente el recorrido del dedo, pero en cambio las patas no se movieron ni un milímetro.

—El perro entero, Pilú, no solo la cabeza —insistió Capestan.

El perro acató la orden dócilmente, puede que porque en ese momento llegaba alguien nuevo: Évrard colgó el chubasquero azul marino en el perchero de la entrada.

—Buenos días, comisaria, sabemos dónde vive el camello —anunció—. En Villa Scheffer, en el XVI.

Con un tronco en cada mano, Capestan le dedicó a la teniente una amplia sonrisa:

—¡Magnífico! Un trabajo rápido y eficaz, la nación está en deuda con usted, teniente.

Évrard hizo un mohín consternado. Para una vez que alguien alababa su competencia profesional, tenía que matizar:

—Sí, bueno, pero no se emocione. Es el hijo del secretario de Estado para la tercera edad, Riverni, lo que sin duda explica que el expediente estuviera muerto de risa en el fondo de una caja. Imagino que no podemos detenerlo.

—Pues claro que sí —afirmó Capestan con tono resueltamente optimista—. Si sale de casa con el material, hay que trincarlo.

Los rayos de un sol resplandeciente llenaban la estancia hasta la pared del fondo, que parecía remozarse con su calor. Aquel no era día para andar dudando.

—Comisaria, sin ánimo de llevarle la contraria, si el caso está aquí es porque hace dos años una brigada de verdad tuvo que renunciar a resolverlo. Una brigada plenamente operativa. No creo que fuese para que lo cerrásemos nosotros.

—Nuestra brigada también está plenamente operativa. No digo que vayamos a conseguirlo, solo digo que vamos a intentarlo. A nosotros no nos para nadie, seguimos adelante.

Así funcionaban las cosas. Bastantes obstáculos había ya como para andar inventándoselos. Llegado el momento, ya se vería.

Con los ojos azules e inocentes muy abiertos, Évrard se resistía. No le apetecía mucho tener que ir hasta el distrito XVI para pasarse horas parlamentando con el abogado de la familia y al final llevarse una bronca y volver con las manos vacías. Capestan entendía su postura, a ella tampoco le había dejado buen sabor de boca la entrevista con Valincourt, pero la brigada no podía resignarse a su suerte, ni estancarse en la apatía que todo el mundo le deseaba. Para rendirse incluso sin que se lo ordenasen, mejor se volvían ya a casa.

—Ni siquiera tenemos calabozo —indicó Évrard mostrando el piso.

Capestan dejó los troncos, se sacudió las manos una contra otra y sacó una navaja suiza de su bolso inmenso. Fue directamente al baño, desmontó el cerrojo arrancándolo casi de cuajo y volvió a atornillarlo en la puerta de una de las habitaciones del fondo. Volvió al salón cerrando la navaja:

—Ya tenemos calabozo. Nos apañaremos con esto para empezar. Pillen a Riverni con las manos en la masa, como les corresponde a dos buenos policías como ustedes. Y si surge algún problema, se hacen los tontos y me llaman a mí.

Una leve sonrisa se insinuó en el rostro de Lebreton, que no perdía ripio. Aunque no estaba muy convencida,

101

Évrard se apartó para llamar por teléfono a Merlot, que se había quedado en el café Carnot «por si las moscas».

Capestan no había previsto que fueran a arrestar a alguien tan pronto. Le hubiese gustado calentar un poco antes de lanzarse al terreno de juego y plantarles cara a las fuerzas jerárquicas. Pero de cara al equipo no podía permitirse lanzar balones fuera. Reconocer que las investigaciones no servían para nada equivalía a firmar la sentencia de muerte de los últimos brotes de motivación. Esa brigada tenía que demostrar que servía para algo. Para qué concretamente lo sabría dentro de unas horas. Por lo menos, le quedaría claro su ámbito de intervención. Se volvió a cruzar la mirada con la de Lebreton. El comandante tamborileó con el bolígrafo en el borde de la mesa y ladeó la cabeza para indicar que, al igual que ella, estaba esperando el veredicto. La comisaria sonrió fugazmente y siguió con su carrito.

Del fondo extrajo dos morillos en forma de busto de diosa de la Antigüedad. Los colocó a ambos lados del hogar, perfectamente alineados en paralelo, y volvió a sacudirse las manos para eliminar el polvo que había soltado el óxido. Rosière se acercó a admirar aquel arreglo.

—Tiene clase. Yo creo que combinaría muy bien con un espejo grande colgado encima. Con un marco dorado.

Aunque Rosière no necesitaba en absoluto que nadie le diera alas en ese terreno, Capestan asintió con la barbilla. Por principio, procuraba no coartar las iniciativas bienintencionadas.

—¿Usted tiene algo así? —preguntó.

—Por supuesto, voy a hacer una llamada —respondió Rosière dándose importancia y descolgando el teléfono fijo que tenía en el escritorio.

Con el auricular sujeto entre la cabeza y el hombro, añadió:

—Haría falta también una araña a juego.

—¿Una araña?

Capestan sintió llegar las primeras ráfagas del huracán. Aunque era muy consciente de que estaba poniendo en marcha una máquina de guerra, dijo sin embargo:

—Si eso la hace feliz...

17.

Una hora después un espejo de bronce dorado y su correspondiente araña de cristal decoraban el salón. Capestan y Rosière lo estaban celebrando sentadas en las tumbonas de la terraza mientras se tomaban a sorbitos un té muy caliente. Aquel otoño tan templado se prestaba a combinar los placeres del fuego en la chimenea y los del balcón. El barullo de los parisinos que andaban dando vueltas por los alrededores de la fuente subía hasta los tejados: risas, voces altas, el timbre de los teléfonos móviles, el pitido de las bicicletas Vélib' y el revoloteo de las palomas. A lo lejos, dos yembes dialogaban relajadamente y su ritmo acompañaba los paseos de ese día ya mediado. Lebreton fue a acodarse a la barandilla de piedra para fumarse un cigarrillo. Hacía tan bueno que la pausa se eternizaba, tanto más cuanto que el teléfono se resistía a cortarla de un tajo. Pero el timbre sonó al fin y Capestan se levantó, como un buen soldado. El veredicto de Buron estaba al caer.

Cogió aire y descolgó el auricular. En efecto, era el director, con una voz que no traslucía ninguna amabilidad:

—¿Así que sus polis están en casa de Riverni, no?

—Así es. Al contrario que su propio hijo, señor director, que tiene varias carreras y es perfecto en todo lo que hace, el retoño de Riverni se dedica a pasar coca de muy baja gama...

—Capestan, ¿qué pretende usted exactamente? Le prohíbo que lo detenga o que lo cite siquiera.

—¿Cómo dice?

—Ningún juez de instrucción le seguirá el juego. Ya en su momento, con policías de verdad... —empezó a decir Buron antes de morderse la lengua—. Bueno, que ya lo intentamos, no sirve de nada que se moleste.

—No es molestia, todo lo contrario.

—Capestan, se lo ruego, ahórreme este numerito. ¿Quiere saber hasta dónde puede llegar? Se lo puedo decir más alto pero no más claro: los jueces ni siquiera saben que su brigada existe. No tiene las espaldas lo bastante anchas para este tipo de caso.

Aquella frase se le quedó atragantada a Capestan. Después de oír el silencio y luego el tono al otro lado del teléfono, se decidió a colgar. No se podía luchar contra una judicatura inaccesible.

Aunque ya se esperaba aquella reacción, una oleada de calor animal se le subió a la cara. Estaba dolida. Aunque esas fueran efectivamente las reglas del juego que había establecido Buron, no toleraba que le cruzaran la cara tan pronto. Esa brigada se merecía algo mejor e iba a hacerlo mejor.

La adrenalina le espumeó en las venas. Capestan inspiró profundamente y espiró para disipar los velos negros que le invadían el cerebro. Tenía que reflexionar y sortear las barricadas que había levantado el director. A pie firme en el salón, les dijo gritando a los presentes, con la esperanza de que la oyeran desde la terraza hasta los despachos del fondo:

—¿Alguien en la sala conoce al jefe de división Fomenko?

Tras la pregunta vino un silencio, y se estaba preparando para formularla de nuevo cuando Rosière, con una taza en la mano, entró en el salón contoneándose y con una sonrisa cargada de sobrentendidos.

—Yo, yo conozco al dragón pero que muy bien —le susurró con voz ronca.

Capestan no quería saber más, pero le venía al pelo.

—Escúcheme: Buron no quiere dejarnos echarle el guante a Riverni. A la brigada no le queda más remedio que achantarse, al menos oficialmente. Pero los estupas seguro que tienen algo que alegar al respecto. A Fomenko, los hombres de su antigua brigada aún le guardan lealtad. Quizá él podría arreglárselas para que se ocuparan del niñato ese o, en su defecto, para que nos echaran una mano. Pero antes habría que convencerlo. ¿Cree usted que es factible?

—Sí, por qué no —contestó Rosière con expresión pensativa—. Pero el asunto ese del trapicheo tampoco es tan importante, ¿o sí?

—Sí que lo es. Si cedemos tan fácilmente, nuestras próximas actuaciones estarán desacreditadas de antemano. Pareceremos unos payasos.

—Y no somos unos payasos... —concluyó Rosière con sorna.

—Exacto.

Con el pulgar de una mano, Capestan recorría la cicatriz del índice de la mano opuesta, el recuerdo filiforme de una caída con los patines de ruedas, la primera de tantas lecciones de prudencia de las que no había aprendido nada. En un tono más quedo, pero con la misma determinación, añadió:

—Pero tenemos que mantener la lucidez; sin embargo nuestro futuro depende de lo que pase con el hijo de Riverni. Si comparece delante de un juez, cabalgaremos de nuevo.

—De acuerdo. De acuerdo —dijo Rosière acariciándose las medallas que llevaba al cuello.

Había descubierto con deleite que aún quedaba por ahí una oportunidad suelta.

18.

Évrard y Merlot se habían quedado en el barrio de Riverni esperando a que las llamadas telefónicas treparan y luego rodaran por la colina jerárquica antes de tomar una decisión. Después de hablar con Buron, Capestan los llamó para pedirles que siguieran esperando hasta que llegaran los posibles refuerzos. Évrard le contó que en el recinto de Villa Scheffer había un jardincito y habían visto al hijo meter el género debajo de una piedra plana, dentro de una caja metálica. No se habían movido. Así, en caso de registro, sabrían dónde buscar. De todas formas, los policías habían llamado a la puerta para hacer algunas preguntas sin revelar demasiado su estrategia. El joven bravucón se lo tomó muy a mal y amenazó con llegar a las manos. Merlot tuvo que intervenir con autoridad y enfrentarse al joven sin pensárselo dos veces, a pesar de medir treinta centímetros menos y tener treinta años más. El niño mimado se fue enseguida a protestarle a papá.

Aquella repentina firmeza de Merlot impresionó muy favorablemente a Évrard, que lo tenía por un fantasmón redomado. La pareja que formaban ambos le inspiraba una confianza totalmente nueva, y, como el camello aquel además le caía fatal, tenía dos buenas razones para esperar a la caballería de Fomenko.

Por desgracia, Rosière volvió a última hora de la tarde con unas calabazas. Fomenko había estado muy atento pero no tenía ninguna intención de «meterse en un fregado por semejantes gilipolleces»: el tío aquel era un delincuente de poca monta que no merecía los problemas que ocasionaría su detención. Al jefe de división le repelía la idea de chuparse un montón de papeleo por culpa de un mocoso que volvería a estar en la calle con una sonrisilla a los quince minutos. Sin contar con que el papaíto entorpecería cualquier ascenso durante los diez años siguientes. «Aunque tenga el perfil de un Pablo Escobar en potencia, que no digo yo que no, siendo quien es este pájaro tuyo, más vale que te olvides de él», añadió. A Rosière le había gustado volver a ver a su amiguete y, de paso, haber levantado una bolsita de hierba marroquí, pero también la apenaba sinceramente haber fracasado en su misión diplomática. Le sabía mal decepcionar así a los demás.

—Ya veo —dijo Capestan—. Gracias por intentarlo, capitán.

En el fondo, había sido un día muy prolífico en conocimientos. Fomenko, más galante que Valincourt, pero igual de firme, se oponía a las peticiones desestimándolas por improcedentes. Resumiendo: Buron prohibía las actuaciones oficiales y los señores del número 36 rechazaban las colaboraciones oficiosas. La brigada estaba sola. Completamente sola. Tendría que apañárselas al margen de todo. O forzar las cosas. Con sus propios recursos.

Capestan salió al pasillo y llamó a la primera puerta de la derecha. En las paredes del despacho ya habían florecido carteles de las representaciones más prestigiosas de la Ópera de París. Un difusor de aceites esenciales exhalaba un delicado olor a mandarina, y la radio, sintonizada en France Musique, sonaba en sordina. En una mesa alta de vidrio ahumado se apilaban varios tomos de derecho, entre ellos un ejemplar viejo de jurisprudencia de la editorial Dalloz. El capitán Orsini estaba tomando notas en una libretita. Orsini: el chivato con guantes de terciopelo, el taquígrafo de la prensa judicial, la carta marcada de Capestan. Alzó el rostro con expresión atenta.

—¿Capitán Orsini? ¿Podría usted echar una mano en una investigación, por favor? Se trata de Villa Scheffer, en el XVI. Ya tenemos allí a un equipo que lo pondrá al corriente.

Sentado en una silla junto a la litera de sus hijas, con los pies bien juntos dentro de las pantuflas de lunares, Torrez leía con su hermosa voz de bajo las aventuras de *Clementina baila hip-hop*. Sus hijas, muy atentas, se retorcían sendos mechones de pelo negro, una con la mirada fija en el techo y otra en el somier de su hermana.

Tras una estudiada pausa para darle más emoción a la historia, Torrez volvió la página. La ilustración de estilo naif representaba una sala de baile con un televisor y un lector de DVD.

El lector de DVD. Seguía estando en el salón de Marie Sauzelle. Hoy los ladrones ya no se molestaban en llevárselos, pero en 2005... El asesino había maquillado la escena deprisa y corriendo. ¿Fue un olvido o es que no podía ir cargado con un saco?

19.

Gabriel estaba en su cuarto contemplando el retrato de su madre en un marco viejo de plástico negro. En toda la casa, ya no quedaba más que esa foto. Poco a poco las fotos habían ido desapareciendo de las paredes y luego de las estanterías. Nunca había habido muchas, tampoco es que tuvieran tantas.

Gabriel había dibujado decenas de retratos a partir de esa foto. La mayoría de sus ejercicios con carboncillo, con acuarela e incluso de cómic habían arrancado de ese retrato. Conservaba dieciséis de aquellas copias, todas con el mismo formato, colgadas en cuatro hileras de cuatro encima de la cómoda. Una ligerísima variación en los rasgos de cada dibujo podía dar la sensación de que su madre iba envejeciendo.

Gabriel oyó que llamaban a la puerta una vez y la silueta de su padre se recortó en el vano ocupando toda la altura. Desde que le había anunciado su intención de casarse, de vez en cuando se esforzaba por sonreír, pero a todas luces sin ninguna ilusión. A Gabriel le habría gustado reconfortarlo, decirle que, aunque se fuera siendo tan joven, no se iría muy lejos, que volvería todos los domingos, o los sábados, o por las tardes entre semana, o las tres cosas si fuese necesario. Pero su padre no era para nada el tipo de hombre al que se le dicen esas cosas. No era de esos a los que se les dan palmaditas en la mano.

Seguía plantado en el umbral, con su eterna chaqueta de punto azul con los codos dados de sí y sujetando un martillo y un tornillo. De hecho, parecía que se había quedado allí parado por casualidad. Gabriel le tomó el pelo:

—No sé qué reforma tienes entre manos, pero yo creo que sería mucho más fácil con un clavo. O con un destornillador.

Su padre sonrió y fingió que acababa de descubrir el martillo.

—Ya decía yo que la pared no estaba muy colaboradora...

Como siempre, a Gabriel le dio apuro que lo pillara delante de la foto enmarcada. Intentó justificarse y sacarle una aprobación a su padre. Señalando la foto desenfadadamente con el pulgar, dijo:

—Estoy seguro de que le habría encantado Manon. Lo tiene todo para ser la nuera ideal, ¿no? Se habría sentido orgullosa, ¿no crees?

—Seguramente.

Gabriel hizo por no esperar que añadiera algo. Se volvió para rebuscar un clavo en el portalápices. Tuvo que apartar las figuritas de Marvel que empantanaban el escritorio.

—¿Qué edad tenía cuando la conociste? Toma —añadió alargándole un clavo que había encontrado en medio de un montón de clips, tornillos y gomas elásticas.

—Gracias —dijo su padre cogiendo el clavo y metiéndoselo en el bolsillo junto con el tornillo—. Tenía veintiséis años, ya te lo he contado.

—En esta foto parece de más edad.

Su padre inició un ademán, como para darle la vuelta al marco, pero se detuvo a tiempo. Sin saber qué hacer con esa mano, ahora inútil, se la metió en el bolsillo de los pantalones grises. Gabriel desvió la mirada hacia la ventana. Veía las filas de coches del bulevar de Beaumarchais. Coches de todos los colores, entre el tono gris de los gases de combustión. Tascaban el freno en el disco rojo. Aunque estuvieran parados, seguían con el motor rugiendo y el tubo de escape echando humo, impacientes por marcharse. Antes incluso de que el disco se pusiera en verde, algunos conductores ya habían metido la primera y avanzado diez centímetros ridículos.

—Y los padres de Manon ¿están contentos? —continuó su padre, casi a voces—. Hay que invitarlos a cenar. Elegid vosotros la fecha.

Gabriel no daba crédito a lo que oía. ¿Una cena? ¿Invitar a gente a su casa? Aquel era un progreso enorme. Para disimular la alegría, sin duda desmesurada, se quedó delante de la ventana y bajó el estor, perdiendo de vista la circulación, aunque el ruido de fondo no menguó. Cuando logró recuperar una sonrisa menos intensa, se hurgó en el bolsillo lateral de los bermudas en busca del móvil. Eran sus bermudas de la suerte, los beiges, que al parecer le hacían unas pantorrillas muy bonitas. Antes de conocer a Manon jamás se habría imaginado que una pantorrilla pudiera ser bonita. Pero ahora no se quitaba nunca esos pantalones, hiciera el tiempo que hiciese.

—Voy a llamar a Manon ahora mismo para proponérselo.

El momento de tirantez de la foto se había desvanecido y, mientras desbloqueaba el teclado, Gabriel preguntó:

—¿Y el libro de familia...? ¿Te has acordado?

—Sí, sí, estoy en ello. Pero igual me lleva cierto tiempo. Lo entiendes, ¿verdad, Gabriel?

—Claro que sí, papá.

Pero en realidad no. Gabriel no estaba seguro de entenderlo. En primavera, pasaría oficialmente al bando de los adultos. Manon diría que esa era una reflexión de adolescente. Y eso que él se había pasado a ese bando hacía tiempo.

Iba a casarse con ella, su pasión, su isla. Le costaba creérselo. Cada vez que se acordaba, sentía una vaharada de calor que siempre lo sorprendía. La dicha le atenazaba el pecho, una dicha tan vibrante que rayaba en la tristeza, como una nostalgia de efecto inmediato.

Gabriel se sentó en el extremo de la cama, enfrente de la foto de su madre. Había heredado su cutis mate y el óvalo perfecto del rostro. En el caso de Gabriel, esa perfección se interrumpía a la altura de las orejas: se había quedado sin el lóbulo izquierdo, arrancado de cuajo, cuando tenía apenas dos años. Un perro, le había contado su padre. Gabriel no se acordaba, ni de lo de la oreja ni de lo de la falange que le faltaba en el meñique de la mano derecha. Gabriel nunca se acordaba de nada.

Su madre. Seguía sin saber qué le había pasado. Su padre hablaba a menudo de ella cuando Gabriel era pequeño. Hasta que el manantial se secó. Las lágrimas que su padre trataba de contener desesperadamente habían ido liquidando poco a poco las preguntas de Gabriel. Aquel gigante con los ojos enrojecidos era un espectáculo espantoso. Como Gabriel no tenía alma de torturador, con los años había acabado por renunciar, se había quedado quieto voluntariamente entre los algodones de esas cosas que no se hablan. Dentro de poco, quizá, sería padre a su vez, y entonces le tocaría a él contestar las preguntas. Y no tendría nada que contar. Eso no podía ser. Ya iba siendo hora de buscar respuestas. Se imponía una investigación en serio.

20.

—Por supuesto, el peligro es real —volvió a decirle Torrez a una Capestan más que harta.

La única respuesta de la comisaria fue alzar la vista al cielo. Estaba delante del Clio de alquiler, con una mano en la manecilla de la puerta del copiloto. Del aparcamiento de la estación de La Souterraine salían los últimos viajeros, aliviados de haber llegado por fin. El tren había tenido una hora de retraso en un trayecto que normalmente apenas duraba tres. Tras la actuación de unos gamberros, una catenaria se había caído en la vía. Aunque el tren había cruzado kilómetros de paisajes preciosos, se quedó parado a la salida de una aglomeración urbana, una vía salpicada de hierbajos amarillos que bordeaba un amasijo de alambradas, matorrales y bobinas de cable eléctrico. El cristal a través del cual Capestan contemplaba aquel panorama industrial tan triste estaba salpicado de gotitas de detergente. El tren en el que viajaban no tenía vagón restaurante, y el carrito del servicio de cafetería móvil ya lo habían saqueado antes de llegar al vagón de segunda en el que iban ellos. Mientras compartía con Torrez la caja de pastillas de menta Ricqlès que llevaba en el fondo del bolso, Capestan se juró que la próxima vez usaría los fondos públicos con mayor dispendio y viajaría en primera.

Pero lo más penoso había sido tener que aguantar a Torrez disculpándose por el retraso durante todo el trayecto. Por mucho que Capestan insistiera en que lo más probable era que el teniente fuera del todo inocente en el tema de la catenaria, él seguía mascullando: «Yo sé lo que me digo, yo sé lo que me digo». Tenía miedo. Un presentimiento que aquel contratiempo parecía reforzar.

Torrez seguía empeñado en que era gafe y Capestan se preguntó si aquella sensación funesta también le contaminaba la vida privada o quedaba circunscrita a su condición de madero. Entre el ojo de Caín y la espada de Damocles, Torrez viajaba con mucha carga.

Sentado al volante de un coche recién aspirado y con la perspectiva de recorrer las carreteras de su querida Creuse, el teniente se relajó un poquito. No lo suficiente como para sonreír, pero sí para desfruncir el ceño. La comarcal serpenteaba entre colinas, campos y bosques. Capestan, con la cabeza erguida, descubría la realidad que encierra el término «otoño». Adiós a la unidad cromática de las ciudades o al verde infinito de los abetos de montaña, aquí la naturaleza pirueteaba con los colores. Los robles, de rojo y anaranjado; los castaños, de pardo; las hayas como una explosión de amarillo: cada especie reaccionaba a su manera al mes de octubre. El verde de los prados remataba aquella gama cromática sacada directamente de un delirio ecologista. Ni un solo ruido, ni un solo gris, y por todas partes el olor del mundo al nacer. Un aire franco y rotundo limpiaba todas las células de golpe y embriagaba los cerebros urbanos llenos de mugre. Capestan estaba embobada. Torrez, que se había dado cuenta, sacaba pecho tomándoselo como un halago personal.

Después de cruzar un pueblo, vislumbraron un caserón dieciochesco. Una parra virgen escarlata cubría la fachada hasta el tejado de pizarra negra. El edificio tenía dos plantas. Los restos de óxido de las contraventanas metálicas estaban pidiendo una mano de pintura. Desde la calle, Capestan vio que en la puerta arañada había una nota.

Empujó la verja, que chirrió discretamente, y se acercó haciendo crujir la gravilla al andar. Estos son ruidos de verdad, pensó al tiempo que se sorprendía de aquella reflexión tan pintoresca. André Sauzelle les había dejado un recado: «Estoy en el estanque. En la caseta de pesca del islote».

Antes de reunirse de nuevo con Torrez, que la esperaba apoyado en el coche, Capestan se fijó en las bolas de sebo que colgaban para los pájaros de varios árboles. Y eso que aún no estaban en invierno.

—André Sauzelle nos espera en la caseta de pesca. Me gustaría pasarme por el cementerio antes de ir allí.

—¿Quiere usted darse a la meditación? —se sorprendió Torrez.

—No, es que allí está enterrada Marie y quiero comprobar una cosa.

En el coche, Torrez falló dos veces al abrocharse el cinturón, por culpa de la pelliza que abultaba demasiado.

—¿No tiene calor, ahora, con una pelliza?

—Un poco, pero dentro de un mes me vendrá de perlas. Y, además, tiene bolsillos. No me gusta el frío —concluyó Torrez girando la llave de contacto.

El cementerio estaba encaramado en el flanco de la colina, por encima del pueblo. De lejos se veía el campanario, y la silueta negra de la veleta en forma de gallo se recortaba contra el cielo de un azul intenso. Los prados se extendían hasta donde alcanzaba la vista, salpicados de vacas rojizas. Los muertos disfrutaban de muy buenas vistas. Había que trepar para llegar hasta el panteón de los Sauzelle, pero estaba bien resguardado del viento, contra un muro de piedras redondas.

El mármol y las inscripciones estaban impecables. Ni un solo resto de musgo, de lluvia o de tierra, la lápida brillaba, perfectamente cuidada y rodeada de flores frescas. En el suelo, tres hileras de azaleas plantadas en un mantillo denso dibujaban un marco tirado a cordel. Capestan seguía teniendo en mente el caos de la casa de Issy, pero para la tumba parecía que André no reparaba en gastos.

La comisaria ya había visto lo que quería ver. Torrez se había quedado junto a la verja. Leía los cartelitos que cubrían el tablón municipal y parecía preocupado. Anne Capestan bajó de un tirón los escalones para reunirse con él. Cerca de un paseo, una placa que prometía que «Nunca te olvidaremos» se había caído y estaba clavada en la tierra, con una esquina rota. Capestan miraba las fotos de todos aquellos muertos que sonreían para la posteridad. Ya no existían más que en aquella parcela, atrapados en los marcos recargados.

—¿Vamos allá?

—Es una trampa —declaró Torrez con voz lúgubre.

—¿Qué me está contando ahora?

Con el índice doblado sobre el tablón, Torrez golpeó el folleto amarillo como si llamara a una puerta.

—Sauzelle no pinta nada en la caseta. La temporada de pesca ha terminado.

Capestan descartó la amenaza encogiéndose de hombros. Torrez hundió las manos en los bolsillos y fijó la mirada en la punta de sus zapatos.

—No deberíamos ir, no me da buena espina.

El teniente insistía, y esa angustia suya tan comunicativa estaba empezando a irritar a Capestan. De tanto hacer de Casandra, Torrez acabaría por traerles problemas. La comisaria no creía en los gafes, pero le tenía miedo a la perseverancia de los pesimistas.

Llegaron al estanque en pocos minutos. Dos niños alborotaban en la plataforma giratoria de la zona de juegos. Más allá, un islote plantado de robles y castaños albergaba una caseta de tablones. Llegaron a él cruzando por una lomita que hacía las veces de vado. La sombra de los elevados árboles cubría cada centímetro de musgo y el aire estaba impregnado de olor a humus. Avanzaron en dirección a la caseta, que tenía la puerta abierta. La alfombra de ramitas y de hojas secas crujió al pisarla. Torrez esbozó un gesto hacia el brazo de Capestan. Estaba intentando sujetarla, pero ella se negó a ceder. El teniente tenía que liberarse de aquel lastre, ella le demostraría que se podía trabajar con él sin que se le hundieran las esferas encima a nadie. Con mano resuelta, dio unos golpecitos en la madera de la puerta y entró en la caseta.

El cuartito estaba oscuro. A los ojos de Capestan no les dio tiempo a adaptarse a la penumbra, un fuerte golpe le machacó la sien y un dolor fulgurante le invadió la cabeza. Con el flujo de adrenalina, un pensamiento reflejo le electrizó el cerebro inmediatamente antes de desplomarse: «Cuando me despierte, seas quien seas, te mato».

21.

—¡No me pillaréis tan fácilmente! —dijo Sauzelle, febril.

Torrez, con las manos en alto, estaba a dos metros del fusil que le apuntaba al torso. El arma, un Browning viejo, probablemente de los años setenta, temblaba en las manos del hombre, cuyo rostro, empero, reflejaba una gran determinación. Le lanzaba ojeadas inquietas a Capestan, que se había desplomado en la entrada. Resultaba difícil saber qué le asustaba más, que se despertara o que, por el contrario, no lo hiciera.

Torrez, por desgracia curtido en aquellas lides, intentaba canalizar el torrente de emociones. No podía perder a su compañera de equipo, otra vez no. Capestan tenía la sien manchada de sangre espesa. Parecía que respiraba, pero se había quedado lívida y no se movía.

Él la había avisado, ¿por qué no le hizo caso? Torrez se resistió a los envites de la angustia e hizo acopio de sangre fría. Si existía alguna posibilidad de salvar la situación, tenía que mantenerse centrado.

Sauzelle estaba nervioso. Los ojos azules, pequeños y vivaces, se le movían en todas direcciones. Algunos mechones de pelo blanco se le habían quedado pegados a la frente, que relucía de sudor. Torrez debía restablecer la calma en el espacio reducido de la caseta. Le correspondía impedir que aquella situación degenerase. Impostó la voz y procuró emitirla con un flujo regular.

—No estamos aquí para pillarlo, señor Sauzelle, solo queremos hacerle unas preguntas.

—¡Mentira, ya estaba avisado! ¡Han venido a meterme en la cárcel, pero no voy a ir! ¡A mis años, ni hablar!

Sauzelle tenía un nudo en la garganta y se aferraba a la culata del arma. Presa a la vez del pánico y de la energía fruto de la desesperación, se negaba a rendirse sin pelear. El estado de ánimo más indicado para que se le escapase un disparo. Le costaba vocalizar, las palabras se le agolpaban en la boca:

—Ya intentaron colocarme el asesinato la última vez, antes de inventarse lo del robo...

—¿No cree usted en la teoría del robo?

—¡Pues claro que no! ¡Pero yo no fui!

Qué interesante. El hermano tampoco estaba convencido. Y sin duda tendría sus razones, solo quedaba saber cuáles eran para que avanzara la investigación. La investigación. Por lo pronto, hacía falta que la comisaria saliese viva del trance. Torrez no tendría que haber aceptado trabajar con ella. Ni con ella ni con nadie. No debería haber cedido.

La silueta inmóvil de Capestan yacía en el suelo de madera negro de humedad. Encima de ella, un impermeable caqui colgaba de un clavo oxidado. Un par de botas altas de goma, también de color caqui, se habían caído y uno de los tacones le rozaba la cabeza a Capestan. Torrez tenía que tranquilizar al agresor.

—¿Por qué no se la cree?

—No lo sé. Por las flores. Marie aborrecía las flores cortadas, nunca las habría comprado.

Ese pretexto era aún más nebuloso que las observaciones de ellos referidas al lector de DVD, las contraventanas cerradas o el gato desaparecido.

—Puede que alguien le regalara el ramo.

Sauzelle asintió con la barbilla enérgicamente. Precisamente ahí era donde quería llegar.

—Sí, precisamente: el asesino.

—O cualquier otra persona: algún noviete...

—No. Marie me lo habría contado.

Torrez vio que Capestan se estremecía. Estaba saliendo del limbo. Sauzelle no debía darse cuenta, tenía que tenerlo entretenido a toda costa. En un rincón de la caseta había un haz de cañas de pescar con los sedales enredados, al alcance de la mano de Torrez. El teniente barajó la posibilidad de volcarlo, pero era arriesgado. El anciano estaba al límite, bastaría un sobresalto para que apretase el gatillo. Era más prudente distraerlo acusándolo de palabra. Torrez cogió aire y afirmó:

—Usted no quería matarla, fue solo un accidente.

La acusación soliviantó a Sauzelle.

—¡No! No fue un accidente y no fui yo. Y, de todas formas, ¿por qué iba a querer matarla?

—Por la casa, los dos millones.

—Pero si ni siquiera la he vendido.

Capestan estaba abriendo los ojos. Al cabo de un rato, se pasó la mano discretamente por la sien. Notó la sangre en los dedos y la mirada se le endureció con una expresión que Torrez nunca le había visto. Examinó atentamente el perfil de Sauzelle. Tenía intención de intervenir. Torrez siguió diciendo:

—Tiene usted antecedentes por violencia.

—¿Yo?

El anciano parecía sinceramente sorprendido. Torrez señaló el arma con la mirada y Sauzelle hizo una mueca como si le hubiera pillado en falta. El teniente le asestó el golpe final:

—Un hombre que pega a su mujer bien puede matar a su hermana.

Sauzelle bajó el fusil, estupefacto.

—¿Yo? Nunca le puse la mano encima a Minouche. ¿Qué me está usted contando?

En una fracción de segundo, Capestan encogió las piernas y se le echó encima a Sauzelle de un salto. Usó todo su peso para caer con él al suelo, rodando. Con una mano empuñó el cañón del fusil y se lo arrebató de un tirón seco. Lo envió, resbalando, al otro extremo de la caseta. Sauzelle se incorporó apoyándose en el tabique que tenía detrás, pero Capestan no le dejó recuperar el equilibrio. Lo agarró por la garganta y lo aplastó, de pie, contra las tablas, que se estremecieron con el golpe. Lo mantuvo así, con los brazos extendidos, apretándole la tráquea. Sauzelle tenía los ojos azules desorbitados de terror. Por un instante, Torrez creyó que Capestan lo iba a matar y se preparó para intervenir. Pero súbitamente Capestan soltó a su presa. Sauzelle se dejó caer al suelo y tosió para recuperar el aliento.

22.

La farmacéutica pisó el pedal del cubo de la basura metálico y tiró dentro el algodón empapado en alcohol.

—Ya está limpia —le dijo a Capestan.

Esta se levantó del escabel gris con ruedecitas en el que se había sentado para que le examinaran la herida. De pie delante de las estanterías llenas de infusiones, Torrez y Sauzelle contemplaban el final de la cura, ambos con la misma expresión de culpabilidad. En el cuello de Sauzelle ya empezaban a asomar varias equimosis. Aunque no estaba herido, Capestan se sentía incómoda. Aquel hombre tenía más de setenta años y ella lo había tratado con la misma brutalidad que si tuviera treinta.

Salieron de la botica bajo un cielo azul transparente. Un avión había dejado una estela de humo blanco, una señal de vuelo de altura que solo se podía ver en el campo. Después de haber metido a Sauzelle en el asiento de atrás del coche, Capestan y Torrez se quedaron fuera del vehículo para decidir cómo debían actuar.

Ese hombre había secuestrado a dos oficiales de policía amenazándolos con un arma. Incluso había dejado inconsciente a uno de ellos. Por otra parte, la reacción de Capestan había sido desproporcionada, aunque fuera en legítima defensa. Y la comisaria prefería ahorrarse la declaración en Asuntos Internos. Ya había agotado los puntos del carné. En lo que se refería a Torrez, también prefería no añadir una losa más a su reputación. De modo que acordaron no emprender diligencias contra el hermano de Marie. Pero sí que tenían unas cuantas preguntas que hacerle.

Sauzelle, aún un poco aturdido, esperaba el veredicto mirándolos a través de la ventanilla. Capestan le indicó por señas que la bajara y el hombre obedeció al instante. Recibió la noticia de su impunidad con alivio y agradecimiento, y acto seguido inquirió si no era mucha molestia que le dejaran responder a las preguntas mientras hacía el reparto de sus pedidos. Con todo aquel jaleo, ya iba con retraso. Se marcharon, pues, en dirección al estanque.

En cuanto llegaron, Sauzelle abrió la puerta de carga de una furgoneta blanca con el rótulo «Pomares Sauzelle», sacó un cajón de manzanas y les ofreció las mejores piezas a los policías. Torrez se sirvió y dio las gracias como si tuviera al lado a un niño de cinco años. Capestan las rechazó moviendo la cabeza. El cuero cabelludo le escocía y aún estaba recelosa. Le lanzó una mirada de complicidad a Torrez y este se puso al frente de las operaciones. Ella se mantendría al margen como observadora hasta que se le pasara el mal humor. El teniente le dio un mordisco a la manzana y se lanzó a la carga sin demasiados miramientos para mantener la relación de fuerzas a su favor.

—¿Fue Naulin quien le dijo que lo íbamos a detener?

—Sí. Me dijo que lo habían interrogado ustedes y que vendrían aquí probablemente a ponerme las esposas...

De pie delante del maletero de su vehículo, Sauzelle se limpiaba las manos en los pantalones, unos vaqueros muy lavados con la raya marcada. Ya no sabía muy bien a qué atenerse.

Torrez le alargó la manzana a Capestan para sacarse del bolsillo la libretita y el bolígrafo y anotar unas palabras antes de hacer la siguiente pregunta:

—¿Se llevaba bien con su hermana?

—Sí, estábamos muy unidos.

—¿A trescientos kilómetros de distancia?

—¿Y qué? Eso no es nada, unas horas de carretera, y además hablábamos por teléfono a menudo.

125

—Es verdad que no es nada, unas horas de carretera...
En esa ocasión podría haber ido y haber vuelto en una
noche para matarla.

—Qué va, no salí de esta zona, se lo puede confirmar
un montón de gente...

—Un montón de gente que no lo vigilaba todos los
días y menos aún todas las noches.

—Eso es lo mismo que dijeron sus colegas.

—¿Y qué fue lo que les contestó? —dijo Torrez con el
bolígrafo pegado al papel.

—Que no había comprado gasolina para un trayecto
tan largo... Bueno, en fin, qué más da. Nada. No contesté
nada, pero yo nunca habría matado a Marie.

Con mano torpe, Sauzelle se atusó un mechón rebelde
en la sien. Tenía la cazadora de gabardina beige sucia en
los codos. Prosiguió con voz sorda:

—Mire usted... Nuestros padres ya habían muerto.
Ella era viuda y yo estaba divorciado. Ninguno de los dos
tuvimos hijos... Así que ella tenía un montón de amigos,
pero yo solo la tenía a ella.

Capestan se alejó unos pasos con la manzana en la
mano. Tenía delante cuatro árboles de tronco esbelto y
copa esférica de color amarillo intenso, como si fueran
unas cerillas gigantes colocadas allí para iluminar la hierba
que aún verdeaba.

La superficie lisa y densa del estanque brillaba como el
mercurio. En el centro, un pato solitario trazaba una estela
de trayectoria rectilínea, muy decidido. Sabía adónde iba.
«Al contrario que el asesino», pensó la comisaria. Ese nadaba en zigzag, indeciso. Primero mataba con las manos, siguiendo un impulso salvaje a flor de piel, y luego sentaba
al cadáver y le devolvía cierta dignidad. Asfixiaba pero luego peinaba. Ese hombre pasaba de la rabia al remordimien-
to en cuestión de segundos. Albergaba demasiadas emocio-

nes en un cuerpo excesivamente estanco. No sabía regular la válvula de escape. Sauzelle encajaba con ese perfil, pero ¿tenía alguna buena razón para matar a su hermana?

Torrez, que se había olvidado de la manzana, seguía con el interrogatorio. Debía de opinar que el hermano ya estaba descartado y quería estudiar otras pistas. Cambió pues el ángulo de ataque y se puso en plan colaborador; ponía en práctica él solito la técnica del poli bueno y el poli malo:

—¿Se llevaba mal con alguien?

—Puede que con el promotor ese de París...

—¿Ah, sí? —continuó Torrez con voz regañona y alentadora a la vez.

Capestan se preguntó cómo lo hacía. El teniente iba encadenando preguntas y registros. Se notaba que era un madero acostumbrado a trabajar en solitario.

—Marie no quería vender y él le insistía. Pero de ahí a... De todas formas, yo no estaba muy al tanto.

—Era maestra jubilada, ¿verdad? ¿Puede hablarme de ella? Su vida, su carácter...

—Sí. Por supuesto. Aunque, la verdad, ¿no les importa que empiece el reparto? Pueden subir a la furgoneta, estarán un poco apretados en el asiento de delante pero no vamos a ir muy lejos.

Torrez consultó con la mirada a la comisaria, que accedió.

Se apretujaron en los asientos delanteros y Sauzelle arrancó a toda mecha.

—¿Adónde vamos? —preguntó Capestan para reanudar las relaciones.

—A Bénévent-l'Abbaye, organizan un mercadillo de otoño de tres días y yo le suministro el zumo de manzana al kiosco de bebidas —dijo el hermano señalando con la barbilla las cajas con botellas que llevaba en la parte trasera del Berlingo.

La entrada del pueblo estaba vallada por lo del mercadillo y Sauzelle tuvo que apartar las barreras para llegar a la plaza de L'Église. Por el camino se enteraron de algunas cosas más sobre Marie. Cuando le dieron destino, el azar la llevó hasta la región parisina, donde una mujer tan activa como ella enseguida se sintió como en casa. Le encantaba viajar, y cuando murió su marido visitó toda Europa, ella sola. También había peregrinado a Tierra Santa, cruzado el Atlántico para ver las Américas y recorrido la India y Oriente Medio. Pero no encontró otro marido en ningún rincón del globo. Además, Marie practicaba asiduamente el tango y el tarot, y le chiflaban el cine y Goscinny. Su gato se llamaba Petibonum. André Sauzelle no creía que hubiera muerto cuando ocurrieron los hechos, pero tampoco se había planteado lo que le sucedió.

Con los ojos aún empañados, el hombre sacó unas cuantas cajas de botellas de la furgoneta y con el codo cerró la puerta de carga de golpe. Le colocó una en los brazos a Torrez:

—Aquí tiene, grandullón.

No se atrevió a hacer lo mismo con Capestan, pero la comisaria notó que le había faltado poco. Fueron los tres hasta el kiosco de bebidas y, mientras Sauzelle hablaba con sus clientes, Capestan y Torrez decidieron catar la mercancía. Una mujer risueña con un mandil de flores les sirvió en sendos vasitos de plástico un zumo más turbio que las aguas del Sena. Fueron a sentarse en uno de los bancos corridos y observaron el acontecimiento tomándose el néctar a sorbitos.

—Me estaba acordando del cerrojo sin forzar, de la tele con el sonido silenciado... Marie quitó el volumen para ir a abrir la puerta, estoy convencida. Conocía al agresor.

Torrez asintió. Obviamente, había llegado a las mismas conclusiones:

—El hermano encaja bastante bien.

—Sí... Aunque me parece menos violento de como lo describe el informe... —empezó a decir Capestan.

Torrez estuvo a punto de atragantarse con el zumo. Cuando recuperó el resuello, señaló la sien magullada de su colega.

—No, no es realmente violento... —sostuvo la comisaria—. Es más bien inestable. Da el perfil, pero no tiene móvil, le tenía apego a su hermana, no se enriqueció con la herencia, no vendió.

—Puede que sea paciente. O que no tenga medios para pagar la sucesión. Habría que comprobar los títulos de propiedad, escarbar un poco. Y el móvil podría estar precisamente a otro nivel: rencor familiar, alguna traición... Puede que le tuviese un cariño posesivo.

No le faltaba razón, muchas personas impulsivas tenían ese defecto, pensó Capestan. Torrez pasó el índice por el borde del vaso antes de continuar:

—¿Y Naulin? Ese también se las trae.

Tras investigarlo, Torrez había descubierto que a Naulin lo tenían fichado los estupas. Había sido adicto a la heroína y al opio en los años sesenta; la generación emergente lo había dejado atrás y ahora parecía reformado. Aunque no por ello su fuente de ingresos actual dejaba de ser bastante opaca.

Capestan meditó sobre el asunto brevemente.

—Parece un excelente candidato, en efecto. No estoy segura de que esa venta fallida constituya un móvil lo bastante sólido, pero con las riñas entre vecinos nunca se sabe...

—Se empieza subiendo el volumen de la tele y se acaba envenenando al perro...

—... o azuzando a un sospechoso antes de que llegue la pasma. Y de paso se quita estorbos de en medio.

En la plaza había puestos de antigüedades, de charcutería y de productos hortícolas locales. Una señora sentada en una silla de playa bordaba allí mismo los pañitos que vendía. Apoyada contra el puesto había una bicicleta con un cartel que rezaba: «No está en venta».

Capestan fue a buscar dos raciones de empanada de patata en platos de cartón. Se la comieron con los dedos, en silencio, disfrutando del espectáculo que ofrecían los vendedores. En un utilitario con un lateral abierto como un *food truck* de venta ambulante, un cincuentón enjuto miraba amorosamente sus extensas colecciones. Más de tres metros de expositores abarrotados con centenares de sorpresas Kinder, agrupadas por series y metidas en cajitas transparentes. El hombre estaba radiante, orgulloso de exhibir la obra de toda una vida. A su lado, en un puesto minúsculo, su mujer, de vuelta de todo, enhebraba cuentas de madera para hacer pulseras de la suerte.

Sauzelle llegó e interrumpió la pausa para la merienda. Capestan dejó la empanada en el plato reblandecido y soltó la pregunta que la obsesionaba.

—¿Por qué no limpió usted la casa? Hay empresas que se encargan de eso.

—Ni hablar. Un hombre mata a mi hermana. Lo dejan suelto. Se archiva el caso. La casa se limpia y se vende. Y ya está, se acabó, a otra cosa mariposa. ¿Algo más? Esa casa se quedará como está mientras ese desgraciado siga por ahí.

La casa se queda y envenena la ciudad, pensaba Capestan pasándole revista al anciano. Un bloque de memoria que contamina el paisaje. Mientras su hermana no descansara en paz, aquella calle no dormiría tranquila. La comisaria sabía reconocer las reservas de ira de buen grosor. Ese hombre estaba esperando un culpable. Sauzelle se rascó la mejilla y clavó la mirada en el suelo por un segundo antes de continuar:

—Marie donde está es aquí, no allí. Lo que cuenta es que todo esté limpio y bien cuidado aquí. En el cementerio.

—Una última cosa, señor Sauzelle. ¿Su hermana era de carácter desconfiado o es posible que le abriera la puerta a un desconocido?

—Era confiada, pero sin pasarse. Los desconocidos, mejor fuera que dentro.

—Usted no cree en la versión del robo. ¿Pero no será solo por lo de la flores?

Capestan no creía en el instinto. El instinto no era más que un detalle grabado en un pedacito de cerebro y que había que subir hasta el centro de análisis. La sensación de que algo quedaba inconcluso al morir su hermana. ¿Una conversación telefónica quizá?

—¿Qué le dijo a usted la última vez que habló con ella por teléfono?

El esfuerzo por recordar le arrugó la cara a Sauzelle. Y, de repente, se le iluminó:

—¡Sí! Tenía una velada, en una de sus asociaciones o de sus clubes...

—¿De tarot? ¿De tango? ¿De la asociación de vecinos?

—Ya no me acuerdo. ¡Ah, sí! Era una velada «que no iba a ser divertida pero que le importaba mucho». Eso es. Eso fue lo último que me dijo —concluyó Sauzelle, con la voz un tanto apagada.

Se frotó la nariz con el reverso de la mano.

—Bueno, ¿les acerco hasta su coche?

—Sí, gracias —dijo Capestan levantándose.

Buscó dónde podía tirar el vaso y vio una papelera de la que rebosaba ya más de medio metro de vasitos. Consiguió colocarlo en equilibrio arriba del todo. Torrez le pasó también el suyo para que repitiera la proeza. Mientras iban hacia la furgoneta, se paró en un puesto y compró dos tarros de miel. Le alargó uno a Capestan.

—Tenga, para ayudar al comercio local —le dijo sin sonreír.

—Gracias —contestó Capestan, sorprendida—. Lo dejaré en comisaría para que la disfrutemos todos.

—Como prefiera.

Isla de Cayo Hueso, sur de Florida, Estados Unidos, 19 de enero de 1991

Metido en un rincón al otro extremo de la sala, mareado con el jaleo de los gritos y los sollozos, Alexandre se retorcía las manos mirando fijamente el fondo de las vitrinas.

—¡Un empujoncito más! ¡Le estoy viendo la cabeza! —alentó la comadrona.

De pie, a su lado, la joven de la recepción asistía al acontecimiento con total indiscreción. Hasta el director del museo había acudido, con camiseta de rayas y la sonrisa blanqueada de un presentador de concurso televisivo. Alexandre debería haberlos echado al principio, pero no los había visto entrar. La comadrona aceleraba las palabras de ánimo y Alexandre se puso a sudar como un buey.

Del exterior le llegaban los ruidos del gentío de Mallory Square. Los turistas se aglomeraban en la plaza y a lo largo de los muelles. A esa hora daban la espalda a los malabaristas para contemplar el mayor espectáculo de Cayo Hueso: la puesta de sol sobre el golfo de México. La tensión de ese momento de belleza pura se extendía por toda la isla, que durante unos minutos dejaba de respirar. Alexandre estaba temblando. Su hijo iba a nacer allí, iba a nacer ahora.

Su primer grito taladró el silencio.

Con un solo aliento, el hijo se apoderó del padre.

Alexandre dio un paso y se plantó al lado de Rosa, que le cogió la mano con fuerza. Ambos, igualmente anonadados, contemplaron a la criatura roja, pegajosa y arrugada.

—Gabriel... —murmuró la flamante mamá.

Ya estaba aquí.

Durante casi nueve meses, se habían imaginado al que iba a ser el eje de su vida sin haberle visto nunca la cara. Hoy se encontraban con él por primera vez. Lo recibieron con los ojos llenos de lágrimas, como dos mamíferos de pro maravillados.

La comadrona arropó al recién nacido con una amplia toalla sobre la cual el enternecido director colocó la pegatina *I lifted a gold bar.*

Antes de que Alexandre tuviera tiempo de protestar, Rosa se echó a reír. Qué razón tenía, pensó él. El clamor estalló en Mallory Square. Fuera, la muchedumbre aplaudía espontáneamente a los últimos rayos de sol. Gabriel había nacido, rodeado de alhajas, entre los hurras de un público que saludaba a un astro venerado.

No podía haber venido bajo mejores auspicios.

23.

Évrard había organizado un torneo de dardos improvisado clavando una diana en la puerta del pasillo. Dos puertas más allá, refugiado en su despacho, Torrez debía de albergar la esperanza de que nadie se hiciera daño, pero aquí todos gritaban. La mayoría de frustración, porque Capestan acababa de ganar la cuarta ronda consecutiva. De cuatro.

—Propongo que juguemos sin ella —dijo Rosière arrancando su dardo del círculo exterior.

Évrard, Merlot, Orsini e incluso Lebreton la apoyaron enérgicamente antes de volver a la marca, pintada directamente en el parqué.

—Eso no vale —protestó Capestan, encantada de la vida.

Cada vez que alguien lanzaba un dardo, el perro salía corriendo como loco para luego volver, perplejo, con las orejas apuntando hacia delante.

—La verdad es que jugar con una campeona de tiro no tiene ninguna emoción —abundó Évrard.

—¡De tiro con pistola, que no tiene nada que ver!

Capestan había ganado la medalla de plata de tiro con pistola en los juegos olímpicos de Sídney en 2000. Doce años después, ni siquiera le estaba permitido mirar un arma.

—Aun así —dijo Évrard colocando la punta de las deportivas en la línea roja.

El teléfono sonó en el salón. Como estaba segura de que la llamaban a ella, Capestan le dijo al equipo, medio sonriendo:

—Hala, ya no molesto más.

Se fue hasta su escritorio de zinc y apartó las muestras de papel pintado inglés que Rosière había llevado para elegir uno entre todos. Cogió el aparato antes de sentarse en la silla con ruedas. Debía de ser Buron, dispuesto a echarle la bronca del siglo.

Aquella mañana, la primera plana de todos los periódicos gratuitos y de pago la ocupaba íntegramente el rostro ultrajado de Riverni. La foto se completaba en páginas interiores con artículos sorprendentemente detallados y estupendamente documentados sobre las andanzas de Riverni hijo durante varios años. Orsini, que era un especialista avezado, sabía cómo iniciar la filtración de un caso. Primero encendía el fuego a través de Internet, lo atizaba proporcionando los documentos a *Le Canard enchaîné,* y todo acababa prendiendo en el telediario de las ocho, que no tenía más remedio que mencionarlo, dejando el rescoldo para todos los diarios. Orsini suministraba historias auténticas, y los periodistas sabían que era de fiar. Aquella mañana, Buron debía de estar sujetando el teléfono con mucha fuerza.

Capestan descolgó, sin resuello.

—Típico de usted —empezó a decir Buron—. ¡Supongo que era de esperar!

—Buenos días, señor director. Reconozco que era muy tentador. Un arreglo justo.

—¡Qué justo ni qué justo! ¿Sabe lo que le ha valido a Riverni esa justicia suya? ¡Una dimisión forzosa!

A Buron se le atragantaban las palabras al otro lado del teléfono. Capestan se lo estaba imaginando con la cara de color bermellón y la pajarita a punto de estallar. El auricular debía de estar rociado de perdigones.

—¿Me permite limpiarme las lágrimas?

—¡No eran lágrimas lo que le pedí que limpiase, Capestan! Es usted insoportable, no cambiará nunca. La

135

Dirección General, la prefectura, el ministerio, todas las aves del corral se me han echado encima desde las siete de la mañana para preguntarme de dónde había salido esa fuga. ¡Pero qué fuga ni qué ocho cuartos, si es un Aqualand! Porque usted hace las cosas a lo grande. La prensa no solo sabe lo del hijo y la cocaína, también se ha enterado de que el padre presionaba para frenar las investigaciones y silenciar a los recalcitrantes.

La partida de dardos había seguido sin Capestan y los jugadores se estaban divirtiendo mucho más. Parece mentira lo poco que a la gente le gusta perder. A ella, sin ir más lejos...

—No me dejó usted otra alternativa. Y, además, lo sabe —le recordó Capestan.

—Siempre hay otra alternativa. Y usted elige sistemáticamente la que mejor le sienta a su orgullo.

—Al orgullo de la brigada —matizó Capestan.

Se había puesto mecánicamente a revisar las muestras de papel pintado y finalmente había elegido el ocre rojo.

—Será eso. Bueno. No le he contado al prefecto que era cosa de su brigada. No le convenía a usted nada, Capestan, ya se lo imaginará, habría sido la gota de agua que la habría enviado al calabozo. He asumido la responsabilidad de protegerla. No hace falta que me dé las gracias...

—Pero si no es ninguna molestia, señor director: muchísimas gracias. Gracias por ser tan comprensivo y tan incomparablemente discreto —dijo con un tono que incluso a ella le sorprendió.

No era insolencia. Solía andarle muy cerca a Buron, pero generalmente en situaciones menos espinosas, para animar las conversaciones. Él no se lo tenía en cuenta, sabía cómo era el aprecio que Capestan sentía por él: infinito e inoxidable. Nunca le faltaba al respeto realmente. Sin embargo, por la respuesta que le había dado se notaba que pasaba por completo del rapapolvo que Buron acababa de echarle. Había sentido como una inspiración en ese preciso momento, Capestan no habría sabido explicar a qué se debía aquella indolencia repentina y campechana, esa sensación de dúo de comedia. De todas formas, Buron, aunque refunfuñando, siguió en la misma línea informal:

—Bueno, y aparte de eso, ¿qué tal la brigada?

Al cabo de unos minutos de cháchara festiva, Capestan colgó el teléfono, que volvió a sonar inmediatamente, como un rebote.

—¿Se le ha olvidado decirme algo, señor director?

Alguien vacilaba al otro extremo del hilo. Luego respondió una voz melosa que Capestan reconoció con un escalofrío de asco.

—Buenos días, comisaria.

—Señor Naulin, buenos días —contestó ella—. ¿Qué se le ofrece?

—Quería comunicarle que ha llamado a mi puerta un joven que buscaba a Marie Sauzelle.

—Anda, ¿y para qué la buscaba?

—Solo quería hablar con ella, según me dijo. Se quedó muy sorprendido y apenado al enterarse de que había muerto así, hace siete años.

—¿Qué aspecto tenía? —preguntó Capestan echando mano del bloc y de un bolígrafo que no escribía.

Probó otros tres garabateando rápidamente en el reverso de las muestras de papel pintado y acabó por encontrar un *roller* rojo que sí funcionaba. ¿Por qué siempre eran los negros o los azules los que se secaban?

—Parecía una ardillita de pelo rubio rojizo. De cutis mate, de pelirrojo también. Como un metro ochenta de estatura, un chico guapo pero frágil, que ha crecido demasiado rápido, ¿ve lo que le digo? Tímido aunque de mirada avispada. Le falta el lóbulo de la oreja izquierda. Y puede que también un dedo, no estoy seguro. Llevaba una sudadera naranja con capucha, una camiseta como las de esos dibujos animados nuevos...

—¿Los manga?

—Exactamente. También llevaba unos bermudas beige y deportivas de esas enormes, ¿sabe cuáles?, esas con las que parece que tienen los pies de Mickey Mouse.

Capestan oyó cómo sonreía Naulin, convencido de su irresistible comicidad.

—Y un casco de ciclista verde césped...

Era admirablemente preciso, tanto que resultaba sospechoso. Capestan se había pasado por su casa el día antes. Quería que supiera lo que le había parecido el recibimiento que les habían prodigado en Creuse gracias a su intervención. Contaba con que le diera alguna explicación, pero Naulin se había dedicado a echar balones fuera, negando cualquier responsabilidad y mostrándose luego impenetrablemente misterioso cada vez que le hacía una pregunta. Exasperada y con el recuerdo del culatazo taladrándole la cabeza, Capestan había estado un poco brusca, pero Naulin no soltó ninguna novedad. La comisaria tuvo que bajar la presión. Se marchó de allí convencida de que aquel fantoche era culpable, pero sin poder seguir insistiendo. Hoy, sin duda, Naulin estaba intentando comprar de nuevo su inocencia y por eso le servía en bandeja, con descripción y todo, una distracción perfecta.

—¿Le dijo cómo se llamaba?

—Por desgracia no.

Faltaría más...

—Lástima, pero gracias de todos modos, señor Naulin, ha sido un retrato muy detallado —dijo Capestan con un deje de ironía.

—Para mí ayudarla es muy importante, comisaria —concluyó él en tono untuoso.

Capestan se despidió y colgó. Se quedó de pie unos segundos releyendo las notas que tenía en el escritorio.

Finalmente, rompió el trozo de papel pintado garabateado, llamó a la puerta del despacho de Torrez y esperó a que contestara antes de entrar.

El teniente estaba sentado en el sofá estudiándose los informes fiscales de André Sauzelle, y muy especialmente el de la herencia, a la luz de un flexo sujeto a un taburete. En el radiocasete viejo que había en el suelo sonaba un tema de Yves Duteil, una canción un tanto melancólica. En la habitación hacía un calor sofocante. Clavado con chinchetas en la pared había un cartel nuevo. Un equipo de fútbol micro, el Paris Alésia FC: tres filas de niños con pantalones cortos que les quedaban grandes, flanqueados por dos entrenadores con chándales que les quedaban ceñidos.

Capestan repitió palabra por palabra lo que le había contado Naulin por teléfono y Torrez apuntó a su vez la descripción.

—¿Qué le parece? —preguntó la comisaria frotándose la cicatriz con el índice.

—Un paquete de regalo, con su lazo y todo.

—Sí. Y, además, sin nombre no sé cómo lo vamos a investigar... Chico, pelo rubio rojizo, sudadera con capucha... Pero fíjese que con bermudas en esta época del año... irá calentito.

—En cuestión de ropa, para los adolescentes lo que importa no es la temperatura.

—¿También tiene un adolescente?

—Tengo de todo —contestó Torrez muy serio—. Quizá podríamos empezar a buscar por el casco verde césped. No es un color muy habitual. Seguramente lo ha sacado de una tienda de bicis especializada. En cambio, si lo venden en Decathlon, despídase.

—Suponiendo que ese joven exista fuera de las estrategias de Naulin, ¿qué relevancia puede tener? Un chico visita a una viejecita que lleva siete años muerta. ¿Por qué?

Torrez cerró a medias los ojos negros, rastreando el indicio, la clave, el guijarro de Pulgarcito.

—¿Un antiguo alumno? Había sido maestra —dijo.

—Sí, podría ser. Bueno, voy a analizar lo del casco y nos quedamos con la descripción *in mente,* pero sin obsesionarnos con esto. Los hallazgos de Naulin...

Con la mano en el picaporte, Capestan se disponía a salir cuando le vino a la memoria la velada que había mencionado André Sauzelle. Se volvió hacia Torrez:

—¿Ha encontrado alguna velada o reunión en la agenda de Marie?

—¡Pues no, precisamente de eso quería hablarle!

Torrez levantó un índice para atraer mejor la atención de la comisaria, mientras con la otra mano buscaba un documento entre todos los que tenía esparcidos por el escritorio.

—En la agenda no había nada anotado. Así que se me ocurrió consultar el correo, para ver si había recibido una invitación... Pero... Aquí está —dijo exhumando una hoja del expediente de la Criminal—. Resulta que en la lista de las piezas recogidas en casa de Sauzelle no figura ninguna carta.

—A lo mejor no vieron nada que mereciese la pena recoger.

—Eso es lo primero que pensé, así que fui a comprobarlo *in situ* —contestó Torrez irradiando conciencia profesional—. Allí registré el secreter del salón, los cajones de la librería, la consola de la entrada..., y nada. Aparte de una factura de la luz y una carta para participar en un concurso de La Redoute, no había ningún sobre.

—Pues sí, es muy curioso. Sobre todo para una persona con una participación tan activa en las asociaciones.

—El asesino se llevó el correo, no se me ocurre otra alternativa. En mi opinión, no solo conocía a la víctima, sino que ambos compartían alguna actividad.

Antes de que a Capestan le diera tiempo a añadir nada, el teniente levantó una manaza resignada.

—Ya sé, ya sé. Habrá que empollarse el historial de los clubes del barrio.

*

La partida de dardos había terminado. Capestan se fue a la cocina, donde oía a la tropa. El ventanal estaba abierto de par en par. En la terraza, Rosière y Lebreton fumaban un cigarrillo, y Évrard sujetaba una taza de café con ambas manos. Orsini, firme como una torre de observación, los vigilaba a todos. Capestan se le acercó y se lo llevó aparte para hablar con él discretamente.

—Capitán, seguramente le pareceré una ingenua por lo que le voy a pedir, pero...

—No se preocupe, comisaria. En lo que a esta brigada se refiere, no tengo intención de largarles todo lo que vea a Asuntos Internos o a la prensa —la interrumpió—. Yo solo denuncio a los corruptos. Y esos, o están en la cárcel o en su cargo, pero no en un aparcadero. Sin querer ofenderla, las historias de polis incapaces o de cara a la pared no son de mi negociado.

—Pero ese es el destino que le ha correspondido —le recordó Capestan, deseosa de mitigar el desprecio que Orsini sentía por sus colegas.

Este acusó el golpe con deportividad, se arregló la chalina de seda azul marino con un rápido ademán y sonrió:

—Yo creo que estoy aquí más bien para ayudar, comisaria.

Capestan le dio la razón asintiendo y se alejó del capitán. Aquella última precisión la había parado en seco y prefería dejarla macerar en un rincón de la cabeza.

Abrió la nevera para servirse un zumo de fruta y salió a tomar el aire con los demás. Merlot se sumó al resto del equipo en la terraza llevando en una mano una cuchara y en la otra el tarro de miel obsequio de Torrez. Sin tener en cuenta a quienes pudieran querer tomar miel después, metió la cuchara en el tarro y se la llevó directamente a la boca. Se disponía a hundirla de nuevo cuando Capestan saltó en defensa del tarro:

—Es un regalo de Torrez —dijo, a sabiendas de que ya nadie más lo tocaría.

Merlot pareció contrariado durante un segundo y luego volvió a centrarse en la cuchara, que lamió con deleite:

—¡La miel, muchachos, la miel! ¿No es maravilloso lo que nos otorga la naturaleza?

Pilú asintió con la nariz, esperando que le cayese algo.

—La naturaleza no otorga nada de nada —replicó Rosière apuntando a su interlocutor con un dedo gordezuelo—. Varios cientos de abejitas se pasan varios meses currando a destajo para tener reservas, y según terminan llega un humano y arrasa con todo como un miserable mafioso. Y las abejas se quedan con un ala delante y otra detrás, de vuelta a la fábrica, amiguitas. Que la naturaleza nos «otorga». ¡Y una mierda! Las esquilmamos y punto. «Maravilloso», dice, puf...

Rosière solía rematar sus diatribas con un suspiro exasperado. Merlot seguía sonriendo y contemplaba admirativamente la cuchara meneando la cabeza. Parecía muy contento de que Rosière fuese de su misma opinión. A Merlot le gustaba su vida. Su ego seleccionaba los hechos con una simplicidad bíblica: le correspondía el conjunto de logros y beneficios y todo lo demás no tenía nada que ver con él.

En el otro extremo de la terraza, Orsini se dedicaba a quitarle las hojas secas a la adelfa. Le había proporcionado a la prensa información sobre Riverni con un lujo de detalles notable. Capestan ya contaba con ello, incluso lo tenía previsto, pero el resultado había sobrepasado con mucho sus expectativas. El capitán con esa elegancia suya pasada de moda juntó todas las hojas entre ambas manos y fue a tirarlas al cubo de la basura en la cocina. Capestan se dio cuenta de que, en el fondo, nunca le había tenido miedo a Orsini. Desde el principio, en efecto, lo había considerado una solución, no una amenaza.

Los pensamientos de la comisaria volvieron a Buron, al que seguro que no había pillado desprevenido, a pesar del espectáculo que había montado luego para echarle un sermón. De hecho, hasta lo había reconocido en el preámbulo. El director conocía a Orsini y, sobre todo, conocía a Capestan. La comisaria tenía que admitir, a su pesar, que era muy previsible cuando la ponían entre la espada y la pared. No soportaba las prohibiciones arbitrarias y siempre se las apañaba para sortearlas. Buron lo sabía desde hacía mucho. Capestan tuvo de pronto la certeza de que la había manipulado. Como a una novata y sin miramientos. Le quedaba saber hasta qué punto y con qué finalidad.

Siguiendo un impulso súbito, se fue derecha hacia Merlot, que había dejado la cuchara en el asiento de una tumbona.

—Capitán, ¿le puedo pedir un favor?

—No faltaba más, estimada amiga, me tiene a su disposición.

—Si alguno de sus conocidos tiene noticias de alguna desavenencia entre Buron y Riverni, me gustaría saberlo.

24.

Emprendieron el viaje en plena noche. Las calles de París se sucedían, desiertas. En la fachada de los edificios las ventanas estaban apagadas y los escasos ruidos del tráfico se oían a lo lejos, casi amortiguados. En el semáforo en rojo, Lebreton se había fijado en un grupito de treintañeros achispados que fumaban a la salida de un club, bajo la luz de neón del rótulo. Al cabo de unas cuantas señales de stop y varios semáforos, cogerían la circunvalación y el Lexus podría por fin lanzarse libremente, como un perro al que le sueltan la correa en la linde de un bosque.

Lebreton conducía con movimientos fluidos y saboreaba el hálito apenas perceptible del motor. El habitáculo de cuero los arropaba muellemente y la luz anaranjada del salpicadero apenas les iluminaba el rostro. Piloto iba en el asiento de atrás, muy tranquilo, hecho un ovillo en su manta polar, y emitiendo de vez en cuando un ronquido aparatoso. Excepcionalmente, Rosière no se había perfumado con bidones de Guerlain y predominaba el olor a coche nuevo. Para aquel trayecto, Louis-Baptiste se había preparado una lista de reproducción: imprescindibles del *country*, música de surferos californianos y algunas canciones de Otis Redding. Temas que daban ganas de conducir y de llegar hasta el océano.

Eva Rosière llevaba dormida desde que tomaron la A11, pasado Saint-Arnoult. Se despertó cuando Lebreton tuvo que reducir la velocidad al llegar al peaje de Roche-sur-Yon. Se estiró, rebuscó en el bolso e insistió en pagar, pero la tarjeta de Lebreton fue más rápida. Al reanudar la marcha, inició una conversación que debía de estar incubando desde hacía rato.

—¿Es cierto que fuiste negociador en el RAID? —preguntó con toda naturalidad.

—Sí, diez años.

Diez años que se le habían pasado como un suspiro. A Lebreton le apasionaba aquel oficio que aunaba acción, serenidad, método y capacidad para escuchar. Buscar soluciones pacíficas en medio de las crisis de locura, concentrarse en ese último baluarte —la negociación— antes de recurrir a la fuerza y a los carniceros con pasamontañas. Diez años entrenándose, perfeccionándose, en los que no se había aburrido ni un segundo. Por contraste, como un fogonazo, el comandante se vio a sí mismo el día antes, en la brigada, delante de un ordenador en cuyo teclado faltaban las teclas A e Intro.

Como Lebreton no parecía dispuesto a explayarse, Rosière volvió a la carga:

—El RAID es lo más, ¿cómo te dio por meterte en Asuntos Internos?

—No me dio por nada, no tuve elección.

Durante las fases de selección, Lebreton no había mencionado su orientación sexual. En el templo de la testosterona, los prejuicios estaban muy arraigados y Louis-Baptiste ambicionaba aquel puesto. Lo consiguió. Los resultados que obtuvo posteriormente lo situaron por encima de toda sospecha.

—¿Por qué? —dijo Rosière girándose en el asiento para apoyar el hombro rollizo en el hueco del respaldo y observar a su interlocutor con mayor comodidad.

—¿Te haces idea de lo que significa ser gay en la policía?

—Para empezar, eres el único que dice «gay».

Lebreton sonrió ante semejante obviedad.

—Sí, eso de entrada.

Y luego llegó Vincent, los años fueron pasando y al alcanzar la madurez uno se harta de tener que esconderse. Una mañana, a la orilla del canal Saint-Martin, Lebreton y su compañero se cruzaron con Massard, el comandante del RAID. Lebreton le presentó a Vincent como lo que era. En ese momento, Massard se las dio de liberal, aunque nadie le había pedido nada.

—Cuando todo el mundo se enteró, me trasladaron en menos de dos semanas. Aunque con ascenso a comandante, para dorar la píldora.

Asuntos Internos, el cementerio de los elefantes, el fin del mundo, el hoyo. Lebreton nunca se imaginó que podría caer aún más bajo. Al menos, no antes de la brigada de Capestan. Pero, a fin de cuentas, los casos nunca carecieron de interés. Siempre encontraban maderos que se creían que su carné era como un cheque en blanco.

—Al parecer fuiste tú quien le apretó las tuercas a Capestan cuando pasó por allí.

Sin ir más lejos, pensó enseguida Lebreton. El síndrome del superhéroe. Decidió guardarse para sí esa reflexión y se limitó a desviar la mirada. En lo alto de las lomas que bordeaban la carretera, las hojas de los árboles empezaban a amarillear. El campo, que a trechos asomaba por detrás, aún estaba verde.

—Sobre su última metedura de pata, sí —confirmó él.

A continuación, volvió a mirar a Rosière a la cara brevemente antes de añadir:

—Pero no puedo hablar de eso, lo siento.

Recordó el caso. Un profesor que secuestra a dos alumnos. Capestan tardó seis meses en localizarlos. Al llegar donde se encontraban, se cargó al hombre, sin más.

—Pero fue en legítima defensa, ¿no? —insistió Rosière.

—Pues sí.

Legítima defensa, si no fuera porque el tío aquel estaba a cinco metros, armado con un bolígrafo, y que Capes-

146

tan le había metido tres balas en el corazón. Que no es precisamente donde se le dispara a un sospechoso para inmovilizarlo. Capestan sostuvo que, al tratarse de una situación de emergencia, no había podido ajustar el tiro. Ese argumento en boca de una tiradora condecorada era casi una provocación. Lebreton seguía sin entender que la jerarquía lo hubiera dejado estar.

—¿Y tú? Desde Asuntos Internos, ¿cómo acabaste con nosotros? —preguntó Rosière.

Pilú se había puesto a mordisquear el reposabrazos y su dueña le levantó un índice autoritario. El perro, dócil, dejó de hacerlo y bostezó ruidosamente antes de emitir un gañido satisfecho. Se obsequió con una vueltecita sobre sí mismo antes de volver a echarse. La luz del alba iba llenando paulatinamente el habitáculo, trayendo consigo las ganas de tomar café. Un sol de color naranja atravesaba el parabrisas trasero iluminando la carretera en línea recta. Lebreton sentía como si fuera rodando por pedacitos de América. Le habría gustado mucho que volviese a reinar el silencio.

—¿Qué pasó, eh? —dijo la capitán, con la machaconería de un taladro.

Rosière, con esa efusividad tan directa y esa energía campechana que la caracterizaban, tenía ganas de intercambiar confidencias. Lebreton no podía zafarse sin ofenderla. Se metió en el carril de la izquierda para adelantar a un par de camiones.

—La muerte de Vincent me dejó traumatizado —dijo con tono uniforme—. Pero a los quince días del entierro tuve que reincorporarme al servicio.

Lebreton se vio de nuevo deambulando sin rumbo por los pasillos, con andares indecisos, incapaz de localizar su despacho. Los colegas le daban palmaditas en la espalda, por simpatía, que era lo máximo a lo que se sentían obligados.

—No conseguía concentrarme, fui a ver al jefe de división para pedirle un permiso sin sueldo.

—Al menos, no te lo negaría, ¿verdad?

—Me contestó que en aquel momento no le venía bien.

Louis-Baptiste argumentó que le hacía falta pasar el duelo. Damien, que había perdido a su mujer el año anterior, había tardado cuatro meses en recuperarse, era una pausa necesaria. Perplejo, el comisario jefe le había soltado: «¡Oye, no compares!».

Aunque se lo hubiera explicado varios millones de veces, no habría bastado para moverle el alma a ese animal. Lebreton estaba harto. Harto de tener que justificarse, harto de seguir las directrices del partido. Si el propio servicio de limpieza de la policía era discriminatorio, tenía que denunciarlo.

—¿Y qué ocurrió? —dijo Rosière, que seguía esperando el resto.

—Interpuse una queja por discriminación. En la Dirección General y en el Ministerio del Interior.

—¿Y qué hicieron?

—Nada, por supuesto. Asuntos Internos no iba a investigar a Asuntos Internos.

—¿Y ese jefe de división tuyo se fue de rositas?

Lebreton apartó la vista de la carretera un breve instante para dedicarle una sonrisa divertida a su compañera:

—¿Quién está sentado contigo en este coche, él o yo?

Distrajo su atención el cartel situado a la entrada de la localidad de Les Sables-d'Olonne, que apareció a su derecha. Haciendo gala de una perfecta sincronización, Lebreton y Rosière bajaron sus respectivas ventanillas. Un aire húmedo y cargado de yodo penetró en el habitáculo. En el asiento de atrás, el perro se enderezó y gimió de impaciencia. Rosière sacó la mano y meneó los dedos para sentir el viento. Piloto clavó las uñas en el reposabrazos e intentó colarse delante para acercarse a la ventana y olfatear aquel tufo a algas tan prometedor. Eran las ocho de la mañana. Demasiado temprano para ir a casa del arquitecto naval, pero buena hora para tomarse un café mirando al mar.

Lebreton cruzó la barrera del aparcamiento al aire libre del puerto pesquero y aparcó la berlina en batería. Echó el freno de mano y quitó la llave de contacto. Antes de salir, Rosière volvió al caso de Capestan. No podía dejar de darle vueltas a ese disparo de tiro al blanco de feria:

—Su compañero no estaba allí para cubrirla, a lo mejor le entró el canguelo...

—En la brigada, ha elegido a Torrez para formar equipo. A Torrez —recalcó Lebreton—. A Capestan no le asusta nada.

25.

A Capestan le asustaba todo. Una vez duchada y vestida, volvió al dormitorio a cerrar la ventana que había abierto para ventilar a fondo y, antes de estirar el edredón encima de la cama, sacó el revólver de debajo de la almohada, donde lo colocaba todas las noches. Era un arma vieja de repuesto que se había convertido en el arma, a secas, desde que le confiscaron su Smith & Wesson. Ya no podía dormir sin él. Tenía la sensación de que todo París la acechaba detrás de la puerta y necesitaba ese somnífero con cargador. Aquella profesión la había destrozado. La eligió porque le gustaba, pero también por pura provocación, para chafar su destino ya trazado de jovencita con estudios superiores y un marido a juego. Su entusiasmo y su sentido del deber la habían llevado muy lejos. Y se había estrellado contra un muro por culpa de la compasión y la emotividad. A partir de ahora, Capestan tendría miedo. Pero no se daba por vencida. Era el límite que se había fijado y mantenía el rumbo gracias a su orgullo. Por otra parte, controlaba mejor el miedo que la ira, aunque sabía que ambos eran harina del mismo costal.

Esa mañana había decidido estudiarse el expediente Sauzelle al aire libre para que sus componentes pudieran orearse. Puede que si les daba el viento se imbricaran de otra manera. Para aprovechar el sol, que no calentaba mucho pero al menos daba la cara, decidió acomodarse en una silla del jardín de Le Luxembourg. Frente al estanque, volvió a leer todas las declaraciones y observó el desfile de transeúntes.

Llamó por el móvil al catastro, al ayuntamiento de Issy-les-Moulineaux y, por último, al consorcio Issy-Val-de-Seine para seguirle la pista a Bernard Argan, el promotor. Así fue como se enteró de que los contratos para el nuevo emplazamiento se firmaron un mes antes de que asesinaran a Marie Sauzelle. En el momento de los hechos, Argan no tenía ningún motivo para presionarla. El resultado era un sospechoso menos.

Con la mente sosegada gracias a la tranquilidad del parque, Capestan fue bulevar de Saint-Michel arriba pensando en lo bien que olía el otoño al pasar por debajo de los castaños. Cuando tuvo a la vista los muelles del Sena, se quedó contemplando Notre-Dame en la magnificencia de su autoridad, que juzgaba el alma de todos los parisinos.

Al otro lado del muelle, sentado al pie de un parapeto, había un rottweiler. Capestan no tenía nada en contra de los rottweiler, pero se alegraba de que Rosière hubiese preferido el formato de Piloto. Como siempre, la comisaria alzó la vista hacia el dueño para ver si se parecía al perro. Estaba sentado en el parapeto, con los pies colgando, y a todas luces tenía pinta de ser mucho menos simpático que el perro. Dio una palmada en la piedra, exactamente a su lado, para que el animal se subiera. El perro tenía miedo y se negaba a saltar, no sabía lo que había detrás del parapeto, se olía el vacío. Agachó las orejas y metió el rabo entre las patas, pero el dueño insistía; tiró de la correa y le ordenó a voces que subiera. Una descarga de ira dejó petrificada a Capestan. Ese perro estaba aterrorizado y el tío aquel no hacía más que empeorarlo dándole órdenes de retrasado mental. El semáforo estaba en verde y Capestan no podía avanzar. Los coches le pasaban por delante a toda velocidad, imposibilitándole llegar hasta el muelle. Ahora el perro estaba pegado al suelo y el dueño había bajado de su atalaya para achantar al animal abusando de que era más alto, el muy impresentable. La comisaria lo veía berrear.

No tardaría en pasar a las manos. A Capestan le zumbaba la rabia en la cabeza, como si cientos de avispones se le estamparan contra las sienes, y una cascada escarlata empezó a velarle los ojos. Avanzaba poco a poco por la calzada, mientras los coches la rozaban cada vez más, mirando intensamente el verde del semáforo, agachando la frente como si fuera a embestir. Iba a cruzar y a cogerle con una mano la cabeza a la víbora esa para golpeársela contra el parapeto y que así dejara de joder a su perro. Ya estaba oyendo el crujido del hueso contra la piedra, compensando por adelantado el choque, el efecto retorno. Le corría por las venas la sangre de los primates, la sentía latir. De repente, todos los coches se pararon a su altura. El paso de peatones, despejado al fin, se abría ante ella, inmenso. En la otra orilla, el rottweiler había conseguido saltar y sentarse. Con la lengua fuera, disfrutaba de la tregua. A su lado, el miserable estaba encendiendo un pitillo. Capestan empezó a cruzar, respirando hondo. Seguía notando en la piel brotes de efervescencia que la incitaban a matar al tipo aquel. Hoy el perro no se había matado, pero seguramente se mataría mañana. Capestan oía cómo la sensatez le martilleaba el cerebro, ordenándole que aflojara los puños, la emergencia había pasado, ese no era motivo para matar a nadie. No tenía autorización para matar. El mensaje trataba de abrirse paso a duras penas, le rezumaba la prudencia por dentro de la cabeza y Capestan se desvió bruscamente.

Aceleró el paso en dirección al puente para ir a la oficina. La cosa iba de mal en peor. Ahora hasta por los perros perdía el control. Dentro de poco ya no podría enfrentarse a las pruebas que conlleva ser policía. Como esas epidermis que, de tanto exponerse al sol, acaban desarrollando una alergia; en lugar de endurecerse con el tiempo, se ablandaba, las defensas se le pulverizaban con el uso, se estaba volviendo totalmente permeable. Y pronto sería inútil para el servicio. Y una salvaje, también ella. Mientras andaba, se acurrucó en un rincón de su subconsciente para calmarse.

La ira.

Matar a un hombre, pero salvar a un perro.

Capestan se paró en mitad del puente.

¿Y si el gato de Marie hubiese estado vivo en el momento del robo? Ya no había cuencos, pero el asesino podría habérselos llevado. ¿Y si hubiera decidido indultar al gato? ¿Adoptarlo?

¿Qué clase de asesino hace eso?

Sentado a la mesa delante de sus arenques con patatas y aceite, Merlot se sirvió una copa de Côtes-du-Rhône y volvió a tapar la botella golpeando firmemente el corcho con la palma. Se estaba acercando el vino a los labios cuando una revelación repentina lo detuvo en seco.

—¿Y si Rosière estuviese soltera?

Se le iluminó el rostro con una sonrisa rijosa. Presa de la costumbre, se llevó la mano a la frente para alisarse un mechón que hacía mucho que le había desaparecido de la calva. El capitán cabeceó.

—Je, je. Y puede que hasta Capestan —añadió, esperanzado.

26.

Rosière y Lebreton bordearon a pie el puerto pesquero para llegar al espigón, que contaba con dos faros enfrentados, uno verde y uno rojo, a ambos lados del canal. El verde se escoraba como un cocotero que ha soportado demasiadas tormentas. La vista abarcaba la inmensidad de la bahía de Les Sables-d'Olonne. El océano, plácido a esa hora tan temprana, apenas formaba unas olitas. En el terraplén, el largo paseo marítimo que bordeaba la playa, el bar Le Pierrot estaba abriendo. El camarero, con delantal y deportivas, sacaba las mesas de la terraza.

Se sentaron y pidieron café y un poco de agua para el perro. Cuando las consumiciones estuvieron servidas en el velador y el camarero se hubo vuelto a su territorio, Rosière cogió aire y empezó a recapitular antes de entablar batalla.

—Bueno, lo del objetivo es muy sencillo: si Jallateau no canta, no tenemos nada, cero patatero y si te he visto no me acuerdo. No es que sea nuestro sospechoso número uno, es que es el número único. Si no le sacamos algo, aunque no sea más que el principio de una confesión o de una pista, nos volvemos como hemos venido. Y le comunicamos a la viuda que dentro de tres meses prescribe el caso.

—La última vez que la pasma interrogó a este tío, se estrellaron.

—La última vez la pasma hizo una auténtica chapuza. Nosotros tenemos que demostrar que somos mejores.

Rosière tomó la galleta que acompañaba el café y se la alargó al perro. Este la cogió entre los dientes con delicadeza, la engulló y, ya con el hocico cerrado, levantó la nariz dispuesto a repetir la operación. Rosière miró a Lebreton, que renunció también a su galletita antes de decir:

—Me da la sensación de que tienes un plan.

—No, pero me quedan cartuchos que quemar, he hecho unas cuantas averiguaciones, no vamos en cueros. Nos ganamos su confianza con un encargo de pega...

—No estoy seguro de que eso sea de recibo, Eva...

—Mira, Loulou, guapo, eres muy buen chico, pero hay que usar los medios de a bordo. Nosotros no tenemos por dónde agarrarlo, no tenemos elementos, él tiene dinero y abogados, no nos queda más remedio que atacar al bies. El asunto de Guénan es historia antigua, no se lo esperará. Nos acercamos despacito, le echamos bien de talco en los huevos y luego se los agarramos.

Lebreton estuvo unos instantes revolviendo el café en silencio. Si actuaban como sus predecesores, obtendrían los mismos resultados. A Rosière no le faltaba razón. Había que cambiar de estrategia.

—De acuerdo —dijo, dejando la cucharilla en el plato—. Me sorprendería que funcionase, pero soy todo oídos.

*

A las nueve y cuarto dejaron el coche en el aparcamiento de la lonja, junto a un camión de treinta y ocho toneladas del que estaban descargando cajas de poliestireno blanco llenas de sardinas, y se dirigieron a pie a la empresa de Jallateau. Entre el tufillo a algas y los excrementos de gaviota, iban más que servidos de aroma local, pensó Rosière. En los almacenes del puerto comercial había poca gente y la capitán era la única mujer. Se quedaban mirándolos, no tenían pinta de ser de esos turistas que buscan sensaciones nuevas fuera de las rutas más trilladas. Estaban rodeados de silos de hormigón gigantescos cuya altura sobrepasaba la de las naves de chapa cubierta de raspaduras oxidadas. El chirrido de las grúas competía con el graznido de las aves marinas, más allá los mástiles de las naves de recreo tintineaban al viento como un millar de cantimploras de hojalata. Aquí el mar olía a grasa de motor. Llegaron frente a las puertas acristaladas de un edificio alargado de una sola planta. Encima, un rótulo con letras azules rezaba: «Jallateau Construcción naval».

—Vamos a camelárnoslo —recordó Rosière—. Ponte la sonrisa de galán.

En la recepción, un joven de pelo rubio casi blanco les preguntó si tenían cita.

—Sí, a las nueve y media —contestó la capitán, que había tomado la precaución de reservar hora—. La señora Rosière y el señor Lebreton.

—Perfecto. Para un catamarán de 42 pies.

—Eso es.

No tuvieron que esperar, Jallateau salió a recibirlos enseguida. Los saludó y se presentó con amabilidad. Vestía traje gris y zapatos puntiagudos. Tenía la cara de un jeep dispuesto a tragarse una duna. Las cejas pobladas en forma de parachoques le protegían los ojos de murénido y Rosière pensó que no sería fácil engañarlo.

Entraron en el despacho, donde las suelas se les hundieron en una mullida moqueta de un beige inmaculado. A lo largo de la pared, varias estanterías mostraban una colección de maquetas de barcos y artículos de prensa enmarcados. Detrás de Jallateau se abría una amplia ventana corredera que daba a la entrada del canal. En la orilla opuesta se vislumbraba el muelle, con un despliegue de edificios bajos de todos los colores. Era un paisaje encantador que hacía aún más penoso tener que mirarle el careto a Jallateau, pensó Rosière.

Inició su número de ilusionismo mientras Lebreton acechaba las reacciones del constructor. Este no se perdía palabra. Dejó que Rosière recitara todo el texto y, cuando hubo terminado, los miró a la cara en silencio. Sacudió unos restos de goma de borrar del escritorio y cruzó las manos.

—Ustedes no quieren ningún barco.

—¿A qué viene...?

—Cuando uno quiere comprarse un barco, se pone a soñar. Y ustedes no están soñando —añadió con una sonrisa antipática—. Así pues, ¿qué quieren de mí?

Necesitaban un plan B. ¿Proveedores? ¿Mafia? ¿Agentes de seguros? Rosière pensó todo lo deprisa que pudo, pero Lebreton le tomó la delantera:

—Comandante Lebreton y capitán Rosière. Estamos investigando el asesinato de Yann Guénan.

Jallateau se cerró de golpe. El ambiente se tornó gélido. El silencio se prolongó, tenso y vibrante como cargado de electricidad.

—La policía.

La mímica del empresario perdió el barniz de cortesía que les reservaba a los clientes. Encajó los hombros en el sillón y escupió con tono de descargador de muelles:

—Ya me hicieron ustedes perder mucho tiempo por entonces. Aire.

Lebreton se arrellanó a su vez, apoyándose en el respaldo.

—Antes nos gustaría hacerle unas cuantas preguntas.

—Ya las oí todas y no me gustaron.

—Guénan vino aquí con unos documentos sobre el *Key Line* justo antes de morir. ¿Tenía usted algo que ocultar?

—¡Nada, absolutamente nada! —estalló Jallateau—. ¡No son más que alucinaciones de madero, una paranoia colectiva! Me están empezando a jorobar con tanta teoría de la conspiración. ¿Qué se creen?, ¿que ese naufragio no lo han analizado ya del derecho y del revés? ¿Han visto el expediente del comité de investigación acerca del barco? Son seis tochos de treinta centímetros. Expertos, ingenieros, aseguradores, jueces e inspectores: ¡los tuve a todos metidos en el astillero durante meses! Americanos, franceses y ¡hasta cubanos! ¡Diez años de investigación administrativa y nadie encontró nada contra mí! ¿Y saben por qué? ¡Porque no tuve nada que ver con el naufragio de los cojones! Con aquella previsión meteorológica nunca tendrían que haber zarpado, punto pelota. Hala, y ahora olvídenme.

Los dos policías se quedaron donde estaban y Jallateau se puso como la grana. Señaló la puerta con una mano llena de grietas.

—¡Les he dicho que se larguen!

Lebreton se volvió hacia Rosière:

—¿A ti qué te parece? ¿Nos largamos? ¿Te apetece?

—Pues no mucho. Aquí se está bien, hay una buena vista del puerto.

Fuera, una zódiac subía por el canal, con las morcillas de goma gris rebotando en el agua rizada. Lebreton volvió a dirigirse a Jallateau:

—Nos lo hemos pensado bien y nos quedamos.

Por un momento, Rosière se preguntó si el marino estaría dispuesto a llegar a las manos. Sacaba pecho, pero no acababa de decidirse. La complexión de Lebreton causaba ese efecto. Era una de las claves de sus logros como negociador. Con expresión aviesa, Jallateau optó por examinar a Rosière. A esta le hizo gracia y decidió continuar:

—Los expertos no se encontraban a bordo del barco, pero Guénan sí. ¿Le estaba chantajeando?

—No voy a decir nada más. Si quieren quedarse, pues vale. Tengo cosas que leer.

Jallateau cogió una pila de documentos que tenía al alcance de la mano, sacó un bolígrafo del portalápices y empezó a garabatear unas líneas en la primera página. Al cabo de un rato, Rosière abrió el bolsillo exterior del bolso y sacó el móvil. Empezó a pasar la lista de contactos ostensiblemente.

—¿Le suena de algo Loïc Cleac'h? Sé que tengo su número por alguna parte...

Jallateau conocía muy bien al empresario bretón. Tal y como Rosière había leído en la prensa especializada, el millonario acababa de encargarle el mayor catamarán de lujo que había fabricado nunca en sus astilleros. La capitán se llevó el móvil a la oreja.

—Le tranquilizará saber que, según los expertos, sus barcos nunca se hunden. Está sonando —añadió señalando el micrófono con el índice.

El constructor soltó el bolígrafo encima de los documentos y se frotó los ojos antes de interrumpir a Rosière.

—Está bien, está bien.

Estaba cansado de aquel asunto. En tono más bajo continuó:

—Oigan, no pretendo faltarle al respeto a la memoria de Guénan, pero no veía más allá de sus narices. No sé de qué iban esos documentos suyos, pero, aparte de una petición, no creo que apuntara más allá. Y para lo que sirven las peticiones... Además, no solo la tenía tomada conmigo. También buscaba a un pasajero.

Un pasajero. Qué práctico, pensó Rosière. ¿Tan pava te crees que soy?

Lebreton y Rosière salieron de la entrevista unos minutos más tarde, algo cabizbajos. El móvil de Jallateau perdía muchos puntos con aquella historia de investigación de altura. Efectivamente, el constructor no iba a matar a un hombre que lo amenazaba con ir a juicio cuando todos los Estados estaban ya a punto de echársele encima. El apoyo incondicional de la viuda a su heroico marido había enturbiado la percepción lógica de los acontecimientos. Aun así, Rosière estaba convencida de que Jallateau tenía algo que reprocharse, y la coincidencia temporal entre la visita y el crimen no hacía nada creíble su inocencia. Quedaba por saber quién era ese pasajero misterioso sobre el que el constructor no había podido aportar ningún detalle.

Finalmente, los policías se quedaron en un hotel, en dos habitaciones contiguas que se comunicaban a través de un balconcito. Dejaron el aviso en comisaría y decidieron disfrutar del océano Atlántico durante la velada, para amortizar el viaje. Estuvieron recorriendo la playa. La arena compacta oponía resistencia a la presión de su peso, anduvieron con pasos lentos por aquella amplia pista, hablando poco para saborear el ritmo de las olas y de la resaca. Por su parte, el perro galopó haciendo eses varios kilómetros, honrando todos los flanes de arena deshechos con una meada ufana. Les ladró a las gaviotas, que se alejaban de pronto con un aleteo perezoso, excavó varios hoyitos y fue a pegarles la nariz llena de arena a los pantalones. Luego volvieron al hotel y a su marisquería. El océano ya estaba en la postura de irse a dormir: terso y callado.

*

En mitad de la noche, Lebreton se despertó de golpe: «No sé de qué iban esos documentos suyos...»: la frase de Jallateau había aprovechado el sosiego para subir a la superficie. Si Guénan y el constructor no habían entrado en esos documentos, ¿de qué habían estado hablando?
Puede que el pasajero misterioso, que los policías habían interpretado como una escapatoria, existiera de verdad.
El comandante apartó la sábana y cruzó la habitación para coger su bolsa de viaje, un modelo antiguo de piel cuyas correas estaban artísticamente raídas. Sacó la carpeta

que Maëlle les había entregado y empezó a revisar las hojas por tercera vez, buscando la lista de peticionarios de Guénan. La escritura fina y prieta del marino resultaba casi ilegible, pero entre decenas de nombres se fijó en uno que le llamó la atención.

Era tan inconcebible que se acercó a la hoja para asegurarse de que había leído bien. No cabía duda. Lebreton dejó la lista, reflexionando sobre lo que implicaba aquel descubrimiento.

Era impresionante.

A Rosière le iba a encantar. Lebreton estuvo a punto de llamar a su puerta, pero el despertador digital que había encima de la mesilla de noche marcaba las cuatro de la madrugada. El asunto podría esperar hasta el desayuno.

Salió al balcón y se acomodó en la silla de plástico blanco pegajosa por la humedad salina. Encendió un cigarrillo en el aire fresco de la noche y contempló el mar a la luz de la luna. Intentaría dormir poco antes del alba.

*

Rosière estaba saboreando un té y unas rebanadas de pan con mermelada en la terraza del café Les Sauniers, un reducido edificio azul en el que un poeta había pintado en trampantojo una bandada de gaviotas alzando el vuelo. El perro estaba rebañando su cuenco a lametones, empujándolo contra las patas de las sillas que había alrededor de la mesa. Rosière siempre le llevaba previsoramente en el maletero una bolsa de croquetas y un cuenco. Llamó a Lebreton que salía del hotel y Pilú corrió a su encuentro. El comandante le sobó las orejas al perro y se encaminó hacia Rosière, con sus andares serenos. Después de ducharse, se había dado una fricción en el pelo, pero no se lo había secado. Llevaba la abundante cabellera peinada hacia atrás.

Agarró el respaldo de la silla con una mano mientras se frotaba la barba incipiente con la otra.

—¿Hoy no tocaba afeitarse? —observó Rosière.

Lebreton pidió un café y un cruasán antes de sentarse.

—Cogí la maquinilla, pero se me olvidaron las hojas. *Mea culpa.*

Hacía meses que Lebreton no se olvidaba de nada, pues disponía de todo el tiempo del mundo para organizarse. Puede que la alegría de salir de viaje lo hubiese alterado.

—*Tea perdona* —respondió la capitán levantando el codo para sacudir con gesto impaciente una miguita pringosa de mermelada—. Bueno, pues supongo que va a ser cosa de volver. Una vez más, Jallateau ha sabido apañárselas para no salir muy mal parado. Parece mentira que nunca haya encontrado nadie ni una prueba contra él.

—Porque puede que no sea tan sencillo —contestó Lebreton deslizando un documento por encima de la mesa.

Con el índice, le señaló una línea a Rosière. Esta cogió la taza y se inclinó sobre la hoja. Frunció el ceño, intentando hacer memoria.

—De qué me suena a mí ese nombre...

De pronto se acordó y se quedó mirando a Lebreton con expresión incrédula. El comandante partió el cruasán por la mitad, asintiendo con sonrisa triunfante.

Gabriel se tiró en la cama, cuyos muelles chirriaron. Venía del registro civil del ayuntamiento, donde había tenido que batallar durante horas para que le dieran unas copias. Él era el chico que nunca encuentra la casilla adecuada en los impresos administrativos. Qué de tiempo llevaba casarse con la chica a la que quieres en este país.

El viejo gato se deslizó dentro del cuarto y lo recorrió olfateando las patas de los muebles. Luego brincó silenciosamente encima de la almohada de su dueño, se acomodó y se quedó dormido ronroneando. Gabriel lo acarició brevemente antes de sacarse una lista del bolsillo lateral de los bermudas. Estaba arrugada y la alisó mecánicamente contra el muslo. Todos los nombres estaban tachados excepto uno. Desbloqueó el móvil. Había hablado con los supervivientes, pero no había sacado nada, nadie se acordaba de su madre ni de su padre. Ya solo quedaba Yann Guénan, un marino que estaba de servicio a bordo. La última llamada. Después, lo dejaría.

27.

Aquella mañana, Capestan convocó a todas sus tropas o, para ser exactos, aprovechó la presencia excepcional de cierto número de policías en la brigada para intercambiar puntos de vista.

Lebreton y Rosière aún estaban de camino, pero no tardarían en llegar. Habían prometido que causarían impacto. Capestan les reservó dos sitios selectos en el viejo sofá escocés, amarillo y verde, con el que Orsini había contribuido al equipamiento comunitario. El capitán precisó que se trataba de un sofá cama, y en ese momento Capestan rezó para que nadie levantase acta de sus palabras. La comisaría empezaba a tener ya muchos muebles, pero el salón era grande. Corrieron un poco los escritorios y el sofá, un tres plazas muy cómodo, pasó a ocupar el sitio que había delante de la chimenea.

Las obras de empapelado ya estaban en marcha. Dos días antes, Évrard y Orsini habían preparado la pared mientras Merlot les daba consejos con una copa en la mano. A continuación, Capestan y Torrez pegaron el papel pintado de medio salón. En un rincón, a la entrada, había una cubierta de plástico manchada de pintura y doblada de mala manera, junto a un cubo de engrudo, una brocha, un rodillo y los tres rollos de papel que quedaban. Por teléfono, Lebreton se había comprometido a terminar la tarea aquella misma tarde. Después de la reunión.

Todo el mundo estaba en su sitio, dispuesto a pensar. Merlot estaba apoyado en la ventana, al lado de Évrard, que canturreaba mientras le daba vueltas a su moneda de euro. Évrard siempre estaba tarareando retazos de canciones, unas cuantas notas que se interrumpían cuando cogía un bolígrafo y continuaban en cuanto se presentaba una oportunidad. Seguía el ritmo moviendo la cabeza o tamborileando con el pie. Solo se quedaba quieta del todo cuando veía un juego, el que fuera. Orsini, con las manos y los tobillos cruzados, ocupaba una silla de plástico moldeado de color naranja y miraba a su alrededor con expresión displicente pero resignada. La puerta que daba al pasillo permanecía abierta y dejaba entrever la pata del taburete en el que se había acomodado Torrez para asistir al debate sin imponer su presencia a nadie.

Había dos polis que estaban allí por primera vez. Quince días después de la apertura oficial y tras varias visitas relámpago para familiarizarse con el lugar, habían acudido, por fin, esa mañana. Como les había gustado el ambiente, habían decidido quedarse para ocupar su puesto.

Uno de ellos era Dax, un joven boxeador que se había dejado en el ring sesos y sudor a partes iguales. Con aquella nariz aplastada y una sonrisa de felicidad, observaba la vida con el mismo entusiasmo que una foca entre las olas. Antes de que los ganchos le dejaran la chola demasiado perjudicada, Dax había sido uno de los tenientes más astutos de la Cibercriminal. Corría el rumor de que aún tenía momentos de brillantez, pero ningún testigo directo podía confirmarlo.

A su lado se hallaba su amigo Lewitz, el loco del volante al que la dirección de equipamiento había enviado allí como alternativa a cruzarle la cara. Al brigadier Lewitz le chiflaban los coches y lo que más le había motivado para enrolarse en la policía eran las sirenas. No sabía conducir, pero se negaba a reconocerlo. El coche era su pareja de baile; Fernando Alonso, su ídolo en este mundo; y sus manos no estaban en paz más que cuando se aferraban a un volante.

El Estado había asignado generosamente a la brigada una pizarra blanca de gran tamaño y tres rotuladores que se podían borrar, uno de los cuales aún no se había secado del todo. Para completar, Torrez había traído una pizarra escolar con un caballete de tubo metálico rojo, además de una caja de tizas y una esponjita que se había sacado del bolsillo de la pelliza. Sus hijas ya no utilizaban todo aquello y siempre sería mejor aprovecharlo. Capestan había recapitulado en ella el caso Sauzelle y, en la pizarra blanca, el caso Guénan. Todo estaba dispuesto para iniciar el intercambio de ideas. Capestan decidió empezar sin esperar a Rosière y Lebreton, e ir calentando motores.

—Bueno —dijo con voz clara—. ¿En qué punto estamos?

Se oyó un rumor de vasos y tazas, y todas las miradas convergieron en las dos pizarras.

—En punto muerto —dijo Orsini para sí mismo.

—Empantanados —recalcó Évrard apretando el euro.

—¡Atascados! —exclamó Merlot, muy orgulloso de su hallazgo.

Como si acabaran de entender en qué consistía el juego, Dax y Lewitz chillaron:

—¡Jodidos!

Capestan los cortó en seco:

—Bueno, lo del intercambio de ideas está muy bien, pero vamos a intentar ser más constructivos, gracias.

Nadie más dijo ni pío. Para evitar que reinase el silencio, Capestan resumió los casos. Todas las pistas llevaban a un callejón sin salida. Después de tantos años, los expedientes eran una tierra baldía. Desguazaron los casos de Naulin y de André Sauzelle, pero sin dar con nada nuevo. Capestan observó a las tropas: participaban sin ninguna convicción. El fatalismo ganaba terreno y la curiosidad se marchitaba. Si no lograban desbloquear las investigaciones, la brigada acabaría pareciéndose al club de jubilados que había ideado Buron.

Merlot, aunque lo único que pretendía era pegar voces destempladas, consiguió, sin embargo, reflotar el debate:

—¡El móvil, muchachos, el móvil! Partimos del principio de que Marie Sauzelle es una anciana inocente, pero ¿quién sabe si no llevaba una vida descarriada? ¿Y si estuviera manteniendo a un *gigolo*, a un aficionado al tango con una pasión devoradora? ¿Y si su afición por vagabundear por ahí la hubiera arrojado en las garras de la droga y sometido al capricho de su camello, Naulin? En el fondo, ¿quién era Marie Sauzelle, amigos míos, quién era en realidad?

Dax asentía con la cabeza, estaba de acuerdo con todo. La cazadora de cuero crujió cuando se arrimó al oído de Lewitz para susurrarle con voz estentórea:

—¿No tendrás un chicle?

Lewitz se sacó un paquete del bolsillo de atrás de los vaqueros y le alargó una gragea a Dax, que a partir de ese momento se dedicó única y exclusivamente a mascar.

—Y del chico que describió el vecino ¿sabemos algo? —preguntó Orsini.

—No —reconoció Capestan.

Buscar el casco verde no había dado resultado. Era un punto de partida demasiado etéreo. De todas formas, lo más probable era que Naulin ofreciera detalles al azar.

Por centésima vez, Capestan recorrió con la vista la pizarra. Robo domiciliario, cerrojo, contraventanas, posición del cuerpo, vecino, gato, flores, hermano, correo... Le resultaba difícil acotar los elementos del caso. Tenía la cabeza como un pisapapeles de esos en los que nieva, sus reflexiones flotaban, revoloteaban en todas direcciones. Tenía que esperar a que los copos se posaran para ver con claridad.

El equipo estaba ahora pendiente de la pizarra de Yann Guénan. En medio del silencio reinante, todos oyeron a Lewitz decirle a Dax con suficiencia:

—Si lo ha matado un profesional, no merece la pena seguir buscando. Al cabo de veinte años no vamos a encontrar nada.

—No se trata de encontrar, se trata de estar haciendo algo —contestó Dax sin que le supusiera mayor problema.

Orsini asintió con la cabeza mientras se sacudía una pelusa de los pantalones. Opinaba a todas luces que, tal y como estaban las cosas, aquel caso no les llevaría a ningún sitio. Llegó, con frialdad, a la conclusión más acertada:

—Lo que nos haría falta es sangre fresca.

Un estremecimiento recorrió a los presentes y se oyeron algunas risitas bobaliconas. La voz de Évrard se elevó tímidamente, y abrió los ojos azules de par en par:

—Es verdad, necesitamos elementos nuevos para alimentar los expedientes. Nosotros no tenemos nada. No tenemos medios para investigar, tardamos siglos en acceder al Fichero, por no hablar de los interrogatorios inconclusos...

La teniente seguía sin digerir la intervención en casa de Riverni.

—Desde luego, más que a los de *Caso abierto* nos parecemos a los «casi lerdos» —abundó Merlot—. Antes, cuando estábamos en la policía de verdad...

—¡Paren! ¡Paren!

Aunque Capestan no levantó la voz, los presentes en la sala se callaron. La reunión se estaba convirtiendo en una sesión de desmotivación, tenía que intervenir. La comisaria paseó la mirada por los allí reunidos, sin fijarse en nadie en concreto, pero lo realmente excepcional fue que se dirigió a ellos sin sonreír:

—En las películas de guerra, el que dice «la vamos a palmar» nunca ayuda a nadie. Así que vamos a dejarlo ahora mismo y a olvidarnos de una vez para siempre del «antes, antes». Antes de aterrizar aquí, ya éramos unos apestados. Todos nosotros. No merece la pena presumir de que éramos los reyes de los mares en el muelle de Les Orfèvres, el castigo nos lo impusieron hace mucho tiempo.

Todos agacharon la cabeza, desviando la mirada, contritos. Pero Capestan tampoco quería que el equipo se quedase con ese mal sabor de boca. Se levantó de la esquina del escritorio en la que estaba sentada.

—La diferencia es que ahora, precisamente, ese papeleo que se lleva el setenta por ciento del tiempo se acabó. Las rondas nocturnas, los trabajitos en los cementerios, las cámaras en los baños de la comisaría..., se acabó. Tenemos libertad para hacer nuestro oficio tal y como soñábamos cuando nos enrolamos. Investigamos sin presiones, sin rutinas, sin tenerle que rendir cuentas a nadie. Así que vamos a aprovecharlo en lugar de quejarnos como unos niñatos a los que no les dejan ir a una fiesta. Seguimos siendo de la judicial, solo que de una división aparte. Una oportunidad como esta no se presenta dos veces.

Capestan vio cómo aquella evidencia le levantaba el ánimo y le enderezaba los hombros a su gente. Un impulso vibró imperceptiblemente, no era gran cosa, un movimiento de conjunto que pareció soldar entre sí a los polis repartidos por toda la estancia. El grupo se aglutinaba.

Un breve gañido saludó aquella solidaridad en ciernes. Pilú, recién llegado, le daba el visto bueno al ambiente. Rosière y Lebreton lo seguían de cerca. Mientras soltaban bolsas y chaquetas en la entrada, saludaron con un «hola» general y se acercaron a las pizarras.

Rosière consultó rápidamente a Lebreton con la mirada. Él, con una leve sonrisa, la invitó a tomar la palabra que tanto anhelaba. Eva se atusó la pelambrera para ahuecarla, se frotó las medallitas con la palma de la mano y, sintiendo que el suspense estaba en su apogeo, empezó su exposición con voz solemne:

—Yann Guénan, el marino que murió a tiros sobre el que hemos estado investigando Louis-Baptiste y yo las dos últimas semanas, conocía a mucha gente. Y gente que nos interesa. Había juntado un carpetón tan gordo como un bloque de hormigón, donde recogió cientos de nombres con una letruja imposible. Lebreton, aquí presente, comandante meritorio y madero minucioso, ha sido capaz de chaparse todas esas listas. Y allí, en mitad de la noche, con el océano bramando fuera, se le metió de repente por los ojos un nombre...

Lebreton movió las cejas para indicarle a la oradora que abreviase. Rosière se resolvió a ir al grano:

—Era el nombre de Marie Sauzelle, la ancianita a la que estrangularon en Issy-les-Moulineaux. Los dos casos están relacionados.

—¿¡¿Cómo?!? —dijo a coro el equipo estupefacto.

Tras lo cual se quedaron como estatuas, pendientes de la continuación. Rosière saboreó la calidad del silencio de aquel público totalmente cautivado y prosiguió:

—Figura en la lista de pasajeros a los que Yann fue a ver y que le dieron su testimonio. Ambos viajaron en el mismo barco.

Impactante, en efecto, pensó Capestan. La ancianita y el marino habían navegado y luego naufragado juntos, y se habían visto después de aquello. Para terminar asesinados. Todas las líneas de investigación se mezclaban de repente.

—Eso lo cambia todo —dijo la comisaria, pensativa.

—Todo —confirmó Lebreton.

28.

Capestan agarró una hoja y, tras comprobar que en el anverso no había nada esencial, la utilizó como borrador. Tenía que anotar lo más deprisa posible todas las preguntas que le inspiraba aquel descubrimiento. Por supuesto, una vez más, el bolígrafo negro no escribía y, sin siquiera molestarse en probar el azul, eligió uno verde. Con ese color, igual que con el rojo, nunca había problemas.

—¿Sauzelle y Guénan se conocieron en el barco o, por el contrario, se conocían de antes y viajaban juntos? ¿André Sauzelle o Naulin habían visto al marino alguna vez? ¿El hecho de que Marie Sauzelle esté vinculada al naufragio exculpa o incrimina a Jallateau?

Al alzar la cabeza por un momento, Capestan vio cómo se afanaban los policías y se pasaban los bolígrafos, intentando dar con el milagroso. Los únicos que lograban tomar notas siguiendo el ritmo de la dicción de la comisaria eran Orsini, que tenía una Montblanc, y Lebreton, que tecleaba en su *smartphone*. Capestan se enderezó:

—Necesitamos una pizarra más.

Deseando hacerse útil, Lewitz se ofreció voluntario y se puso inmediatamente la cazadora. La comisaria abrió el bolso y le entregó su monedero al brigadier. Le encargó también rotuladores y unos cincuenta bolígrafos.

Hecho lo cual, hizo una pausa mientras observaba a sus hombres. Había que repartir las misiones.

—Capitán Orsini, ¿puedo encomendarle que rastree en la hemeroteca lo que se publicó sobre el naufragio? Y puede que en Internet, pero...

—No, me parece a mí que es demasiado antiguo para estar digitalizado. Mejor pruebo con mis amigos.

—Perfecto.

Capestan se fue al pasillo donde estaba Torrez:

—¿Podría usted llamar a André Sauzelle a Marsac y a Naulin? Para preguntarles si el nombre de Guénan les suena de algo. El hermano no nos contó nada del naufragio, pero es normal, sucedió diez años antes de que muriera Marie.

Torrez se rascó maquinalmente la barba, que sonó como un felpudo recién estrenado.

—Sí, no podía establecer ninguna relación. Le preguntaré si Marie comentó algún hecho destacado por entonces.

Lebreton, sentado en el sofá, había tirado de una caja de casos cerrados para usarla como reposapiés. Hasta la fecha, Rosière y él solo conocían el caso Sauzelle por encima, de modo que se estaba estudiando la pizarra para familiarizarse con los distintos elementos. Uno de los problemas de Torrez y Capestan era fácil de resolver. Lebreton podía soltarlo delante de todo el mundo, pero no quería que Capestan lo interpretara como que quería cerrarle el pico en público. Su mutuo enfrentamiento dificultaba el trabajo en equipo. Que los hubieran aparcado allí ya era lo bastante duro como para, encima, andar peleándose. Lebreton observaba cómo Capestan llevaba el timón. Tenía un don inconsciente: era amable sin ser blanda, firme sin ser dura, tenía una autoridad empática. De no ser tan impulsiva, podría haberse convertido en una negociadora de altos vuelos, pero no sabía resistirse a las provocaciones. En las investigaciones, en los interrogatorios, y hasta en las partidas de dardos, Capestan nunca actuaba a la defensiva, sino siempre al ataque. Lebreton se dio unos golpecitos en la rodilla con el pulgar. Vacilaba. Esperaría el momento propicio.

Ahora la comisaria iba en busca de Dax. Al pasar delante del sofá, le hizo un gesto interrogativo con la cabeza a Rosière, que estaba cómodamente sentada entre dos cojines, con el perro echado a sus pies. Levantó el móvil inerte:

—Maëlle no lo coge. Volveré a llamarla dentro de un rato para preguntarle si conocía a la ancianita.

Capestan asintió y se reunió con el especialista en informática. Se trataba de averiguar qué estaba haciendo Jallateau cuando asesinaron a Marie Sauzelle. Como la brigada tenía las mismas posibilidades de conseguir una comisión rogatoria que un sapo de ganar un Nobel, había que sortear los permisos administrativos. En teoría, Dax parecía el hombre indicado.

Pero, al acercarse, Capestan vio que el teniente estaba dibujando a Bart Simpson en la pizarra que acababa de montar Lewitz y le entraron ciertas dudas. Cuando Dax pegó el chicle en la nariz del personaje, ya estaba resignada. A pesar de todo, lo intentó:

—Teniente, como usted viene de la Cibercriminal, ¿sabría saltarse un cortafuegos y burlar las medidas de seguridad?

Dax se enderezó y movió las manos muy satisfecho.

—¡Tengo la memoria en los dedos! ¿Qué estamos buscando?

—Todo lo que tenga que ver con Jallateau entre abril y agosto de 2005: extractos bancarios, listas de llamadas, desplazamientos, la empresa, los esbirros..., todo lo que pueda encontrar.

Dax asintió enérgicamente con la barbilla varias veces e hizo crujir los dedos. Se estaba preparando para volver a lo grande.

Capestan le dirigió una sonrisa al teniente y volvió a su silla giratoria. Ahora a la comisaria le tocaba peinarse el informe de Guénan con una minuciosidad renovada. Aquel caso ahora también era suyo.

Empezaba a dibujarse una línea. Al centrarse en Jallateau, Lebreton y Rosière habían pasado por alto el carácter de la víctima. Un marino tan perseverante, que reúne cientos de documentos y deja constancia de todo por escrito, debía de tener a la fuerza un cuaderno de bitácora. Ahí era donde se ocultaban sin duda los indicios determinantes. Capestan no quería desbloquear ese callejón sin salida delante de todo el grupo para que la relación con Lebreton no se tensara aún más, quería evitar que el malestar cristalizase. Pero anotó mentalmente que tenía que tratar el tema cara a cara.

El roce de la silla de Torrez quebró el ambiente aplicado que reinaba desde que había acabado la reunión. El teniente cruzó el salón por el fondo, con la pelliza puesta. El silencio se prolongó hasta que se oyó el portazo de la entrada. Las doce, pensó Capestan.
Ya era hora de ir a comer. Progresarían más con el estómago lleno.

29.

Lebreton y Évrard, que habían bajado a comprar hamburguesas y patatas fritas para toda la brigada tras tomar nota de las preferencias de cada uno, estaban terminando de repartir los pedidos. Apretujados en la terraza, que se les había quedado pequeña, los polis metían la nariz en su bolsa de papel marrón para comprobar que no les faltaba nada. Pilú trotaba de uno a otro, buscando al eslabón débil.

Merlot se enfrentó a su hamburguesa con queso con cara de explorador aventurero. Estaba descubriendo el territorio virgen de la comida rápida y le hincó el diente valientemente al bollo de pan. De la parte de atrás de la hamburguesa salió disparado un chorro de kétchup. Cual surfista en equilibrio precario, una rodaja de pepinillo se deslizó por la salsa para aterrizar en la corbata, ya manchada, del capitán. Sin inmutarse, este cogió una servilleta de papel y frotó rápidamente el condimento, que acabó cayendo en las baldosas de la terraza. El perro acudió a olfatear el impacto, pero, poco convencido, prefirió esperar a que se cayese la carne. Lewitz señaló al animal y tragó antes de preguntarle a Rosière:

—¿Se llama Piloto por Senna o por los aviones?

—Por ninguno, se llama Piloto como los episodios piloto. El primero de una serie.

Dax, sorprendido, dejó de masticar:

—¿Quieres tener varios perros?

—No, serie. Una serie televisiva.

Évrard cerró la tapa de plástico de la ensalada, que apenas había probado. Sacó un paquete de galletas *petit-*

beurre de la bolsa del Monoprix que tenía al pie de la tumbona y rasgó el envoltorio. Mientras se comía la galleta por las cuatro esquinas, ofreció el paquete a quienes estaban a su alrededor. Dax estiró una mano interesada.

—Te apuesto diez euros a que no te puedes comer tres en un minuto —dejó caer Évrard.

—¡Sin dinero! —intervino Capestan—. ¿Cuántas en un minuto?

—Tres —repitió Évrard asintiendo con la cabeza para indicar que ratificaba la consigna.

—¿Solo tres? —dijo Dax echándose a reír.

Impaciente por entrar en liza, se plantó sobre ambas piernas, con los brazos caídos. Sacudió las manos y rotó la cabeza para relajar la nuca.

—Pásamelas —dijo sobriamente.

Enseguida se formó un grupo alrededor del campeón. Aquel desafío tan tonto le sonaba vagamente a Capestan, de algún vídeo de YouTube o puede que de una película. Tres galletas en un minuto. Una acción aparentemente sencillísima que resultaba casi imposible. Era una forma saludable de ridiculizarse entre colegas. Dax se metió en la boca las tres galletas a la vez y empezó a mover las mandíbulas frenéticamente para achicar aquella pasta.

Con la espalda apoyada en la cristalera, Capestan lo observaba de lejos picando pensativamente las patatas fritas. Lebreton aprovechó para acercarse a ella y plantearle el tema en voz baja:

—En lo de que no estuviera el gato, estoy de acuerdo con usted, es muy raro. Si queremos asegurarnos, hay que buscar la jaula.

Capestan se irguió para indicar que estaba atenta. Lebreton continuó en el mismo tono:

—Llamando al veterinario más cercano a la casa de Marie Sauzelle conseguiremos la fecha de la última visita y el estado de salud del gato, y el veterinario sabrá si el animal tenía una jaula para transportarlo. Si esa jaula ya no está en la casa, significa que el asesino se la llevó.

—Marie podría haberla tirado cuando murió el gato.

—Uno no se deshace de esas cosas tan deprisa y, si el gato hubiese muerto hace ya tiempo, el veterinario lo sabrá.

—Tiene usted razón. El veterinario, la jaula. Buena idea. Me encargo esta misma tarde. Gracias, comandante.

Dax miró fijamente el cronómetro. Un minuto y treinta segundos, había fracasado. Estaba sorprendido. Lewitz tomó el relevo adoptando un sistema diametralmente opuesto: fue royendo las galletas una a una, moviendo los incisivos sin parar, como Bugs Bunny comiéndose una zanahoria.

Capestan podría haber aprovechado la ocasión a su vez para comunicarle a Lebreton sus conclusiones sobre Guénan, pero habría parecido una revancha, como si jugara a «si tú me das una lección, pues toma, chúpate esa». Pero a la comisaria no le gustaba moverse a ese nivel. Lebreton le notó la reserva y le preguntó:

—¿Y el caso Guénan? Usted lo ve con ojos nuevos.

—Sí, en mi opinión, con esos reflejos de oficial de marina, seguro que Guénan tenía un cuaderno de bitácora. Y probablemente el pasajero misterioso ande por allí.

—Un cuaderno de bitácora. Pues claro —dijo Lebreton—. La viuda nos comentó que hablaba mucho. Puede que escribiese, para desahogarse.

Lebreton se reprochaba haber descuidado esa posibilidad. No habían diversificado las preguntas lo suficiente cuando hablaron con Maëlle. Definitivamente, tenían que volver a verla cuanto antes. El comandante le hizo un gesto con la cabeza a Capestan a modo de agradecimiento y se fue a hablar con Rosière. Ahora era ella la que estaba engullendo la tercera galleta mientras Évrard la vigilaba, con el reloj de goma en la mano.

—¡Un minuto diez, ha batido el récord! —anunció el árbitro—. Pero seguimos sin tener ganador con un minuto.

—Con un poco más de entrenamiento, lo tendremos... —dijo Rosière, tosiendo.

*

Unas horas después, mientras Merlot dormía concienzudamente la siesta en el sofá, sus colegas habían avanzado en sus pesquisas.

Desde su madriguera, Torrez había llamado a André Sauzelle y ambos estuvieron mucho rato conversando. El hermano se acordaba de Guénan. No lo conoció personalmente, pero Marie le había hablado de él después del naufragio. Por lo visto, habían pasado varias veladas llorando juntos, evocando y, sobre todo, evacuando sus traumas. Un buen día, el marino se esfumó; André no sabía nada más. Pero Marie no lo conocía antes del viaje, de modo que debieron de hacer amistad en el barco o durante la estancia en Florida. Torrez también se había puesto en contacto con Naulin, que no sabía nada del marino.

Orsini había recibido por fax una serie de artículos sobre el naufragio. Ofrecían un enfoque distinto, a la vez más cargado de emoción que el artículo de la Wikipedia que ya había impreso Lebreton y más escueto que el carpetón del marino. Pero ninguno incluía ni un solo indicio al que agarrarse. Orsini esperaba poder profundizar en las investigaciones en la biblioteca municipal.

Por su parte, Rosière y Lebreton no habían conseguido ponerse en contacto con Maëlle Guénan, pero sí con Jallateau. El apellido Sauzelle le «sonaba vagamente de algo», «sí, puede que de una petición», pero lo que más claro quedaba era que «ya le estaban tocando los cojones». Rosière le estaba resumiendo la conversación a Capestan mientras esta incluía los datos en la pizarra, cuando Dax las llamó desde su ordenador:

—¡Lo tengo!

En menos de un segundo, los policías convergieron hacia el teniente y su amigo Lewitz, que ya lo estaba felicitando palmeándole el hombro. Con los dedos en el teclado y expresión satisfecha, Dax señaló la pantalla con la barbilla:

—¡Los antecedentes penales de Jallateau! He tardado siglos en reventar el sistema de seguridad de la prefectura, pero lo he conseguido: Jallateau, sin antecedentes.

Capestan, que al principio no daba crédito, intentó reponerse. Durante varias horas había estado viendo cómo el teniente manejaba el ratón en todas direcciones y aporreaba el teclado al ritmo de un Petrucciani puesto de anfetas. Con la frente brillante de sudor, Dax solo había parado una vez para beberse tres pintas de agua del grifo hasta la última gota. Tanta energía y tanto empeño para finalmente dar con un documento que ya estaba incluido en el expediente original de la Criminal. Capestan sonrió amablemente para disimular lo consternada que estaba:

—Ha hecho un gran esfuerzo, teniente. Pero los antecedentes ya los teníamos. Rosière ha llamado para actualizarlos. Se lo comenté a usted hace un rato...

—Ah.

Dax se mordió la mejilla unos instantes:

—Pues es que, como oí algo de antecedentes, me puse a buscar.

Capestan asintió como si aquella conclusión estuviera plenamente justificada y se fue a la cocina. Necesitaba un buen café.

Desdobló un filtro de papel y lo colocó en la cafetera. Desde la terraza le llegó la voz guasona de Rosière, que estaba fumando con Lebreton.

—¡Eso ha tenido gracia! ¡«La memoria en las manos»! Nos habría venido bien que también le quedara algo en el coco. El tío ese sabe buscar, lo malo es que no entiende el qué. ¡Imagínate qué papelón! —dijo volviéndose hacia Lebreton para ver si coincidía con ella.

Aunque no obtuvo reacción alguna, prosiguió con el mismo entusiasmo:

—En todos los equipos hay un genio de la informática, pero en el nuestro no. Nosotros tenemos un gilipollas de la informática.

Se echó a reír:

—¡Anda que no nos queda nada por delante, de verdad, anda que no nos queda!

A su lado, Lebreton no comentaba ni contestaba nada. ¿Era por indiferencia o por una férrea voluntad de no hablar mal de los demás? Capestan no se habría arriesgado a afirmar nada, pero intuía que se trataba de la segunda alternativa.

Se unió a ellos, y no tardaron en llegar también Évrard y Lewitz. Mientras revolvía el azúcar en el café, les comentó a sus colegas un último motivo de sorpresa:

—No he encontrado la lista de pasajeros en el expediente de la Criminal. En el tocho de Guénan está la de los peticionarios, pero nada sobre el embarco.

Rosière y Lebreton sacudieron negativamente la cabeza, ellos tampoco habían podido echarle mano.

—No importa. Voy a solucionar el tema con la compañía naviera estadounidense —dijo Évrard mirando el reloj de pulsera para calcular el desfase horario—, los llamaré esta noche.

—¿Eres bilingüe? —preguntó Lewitz, impresionado.

—Pasar las vacaciones en Las Vegas no lo arregla todo, pero para el inglés algo ayuda.

Ya solo quedaba llamar a Maëlle Guénan, que seguía estando ilocalizable.

Louis-Baptiste Lebreton estaba sentado en la sala de atrás de un comedor vietnamita de la calle de Volta. Desde el techo, una tele colocada a la altura de los tubos de neón emitía vídeos musicales sin sonido. El comandante la miraba sin verla, mientras removía su *bu bon* con salsa nem. Mientras sujetaba el cuenco de gran tamaño en una mano para escurrir la pasta cogiéndola con la punta de los palillos, el iPhone que había dejado en la mesa de formica empezó a vibrar. Era Maëlle Guénan. Soltó el cuenco y los palillos y se limpió los dedos con la servilleta de papel antes de contestar.

—¿Diga?

—Buenas noches, disculpe que le llame tan tarde, pero es que he pasado el día en el campo, con mi hijo, para celebrar su cumpleaños. Ha sido estupendo, pero no había cobertura.

—No se preocupe.

—Podemos vernos mañana por la mañana, si le parece. No sé qué pasa últimamente que todo el mundo quiere hablar conmigo.

30.

Lebreton cerró el buzón con media vuelta de llave y salió a la calle de Le Faubourg-Saint-Martin. Aquella mañana el cielo gris le chupaba los colores a la ciudad. París, asfixiada, latía débilmente bajo esa tela de paracaídas sucio. Lebreton giró a la derecha, en dirección a la calle de L'Échiquier. El cuaderno de bitácora, el vínculo con Sauzelle, los pasajeros y lo que la viuda había olvidado u ocultado. El comandante había estado toda la noche tratando de juntar las anécdotas de Maëlle Guénan: un salero, unas gafas, pies aplastando caras, mujeres que ahogan al marido... El pánico llevaba al alma humana al punto de ebullición y dejaba aflorar cientos de actos irreparables. Aquellas burbujas debían de seguir estallando en la cabeza muchos meses después y, por qué no, inducir al asesinato.

Al doblar la esquina de la calle de Mazagran, que era muy corta, Lebreton vio tres coches de policía. Las luces giratorias se movían en silencio. Varios agentes de uniforme iban y venían, colocaban un perímetro de seguridad alrededor del edificio de Guénan. De los *walkie-talkies* brotaban voces metálicas dando órdenes. Un furgón de Identificación judicial se detuvo a unos metros de la puerta cochera, los técnicos se bajaron dando un portazo y desaparecieron enseguida en el patio.

Aunque era el mismo edificio, aquel revuelo no tenía por qué estar forzosamente relacionado con Maëlle, se dijo Lebreton sin llegar a creérselo.

Se sacó un brazal que ponía «Policía» de la chaqueta y se lo puso. Le alargó rápidamente el carné a uno de los agentes y subió los escalones de cuatro en cuatro.

No podía dejar de pensar en el rostro dulce de la viuda. No deberían haber desempolvado aquella investigación.

En el rellano del primer piso se cruzó con dos policías que iban llamando de casa en casa para preguntar a los vecinos. Aunque ya era media mañana, el hombre que les abrió la puerta, con el pelo revuelto, no parecía haberse espabilado aún. Lebreton los dejó atrás rápidamente. El hule agujereado, las uñas mordidas, el jersey rozado, el día de campo para celebrar el cumpleaños de su hijo..., detalles que iba repasando mentalmente como otros tantos remordimientos.

En el cuarto piso, la puerta de la viuda estaba abierta y a los oídos de Lebreton llegaron los sonidos de una actividad característica. El comandante dio un paso dentro de la casa y vislumbró una de las deportivas que calzaba el cadáver. Una estrella plateada brillaba en los cordones. Penetró en el vestíbulo y reconoció a Maëlle Guénan sin ni siquiera verle la cara. El cuerpo había caído a plomo en la moqueta del salón. Las manchas de sangre habían convertido las mariposas bordadas de los vaqueros en esponjas escarlata. A la altura del abdomen asomaba el mango de un cuchillo de cocina.

El olor cobrizo de la sangre impregnaba el ambiente. Los técnicos del laboratorio y de Identificación judicial, vestidos con el pijama de papel blanco, espolvoreaban los alrededores y colocaban marcas amarillas mientras el fotógrafo disparaba violentamente con el flash a Maëlle la tímida. Lebreton aún no tenía una visión de conjunto de la escena, y se disponía a entrar en el salón cuando una chaqueta negra, abrochada impecablemente, se interpuso en su camino. De ella salía un rostro afilado como un cuchillo, de tez morena y mirada avizora. Lebreton reconoció al comisario jefe de división Valincourt, el director de las Brigadas Centrales, que le soltó lapidariamente:

—¿Quién es usted?

A Lebreton le atraía tan irresistiblemente la escena del crimen que no pudo evitar lanzarle unas ojeadas furtivas por encima del hombro del jefe de división, pero, obviamente, lo que urgía era contestar a su pregunta. La información de que disponía cambiaba radicalmente el enfoque del asesinato de Maëlle, y la Criminal la necesitaría para ponerse en marcha. Lebreton dio su nombre, su grado y su destino.

—Sí, ya veo. ¿Y qué hace usted aquí, comandante?

Lebreton expuso los hilos conductores de su investigación sobre Yann Guénan mientras observaba la actitud corporal de Valincourt. Este se balanceaba muy levemente, altanero, distraído e impaciente por terminar con aquello. Lo escuchaba, pero sin darle demasiada importancia. Seguía dando consignas, respondiendo a tal o cual de sus oficiales, leyendo por encima los documentos que le tendían. El comandante acabó callándose para obligarlo a comportarse con un mínimo de cortesía. Al producirse ese silencio repentino, Valincourt se decidió a prestarle a su interlocutor algo más de atención.

—Bien, muy bien. ¿A qué fecha se remonta el caso?

—Julio de 1993.

—Ya veo.

Los labios del comisario jefe dibujaron una media sonrisa que a Capestan le habría hecho pegar un brinco, y articularon con afectación:

—Comandante, esto que usted me cuenta es muy interesante, vamos a estudiarlo...

Cogió a Lebreton por el codo y lo guio hacia la salida. Una forma cortés pero firme de expulsarlo de la escena del crimen. Lebreton se movió lenta y torpemente para dificultar la maniobra y conseguir el tiempo necesario para examinar el salón. Quería saber si habían registrado los muebles. Se fijó en una libreta roja muy gruesa que había encima de la consola del teléfono. Podía parecer un listín, pero después de tantos años en el RAID, donde normalmente solo disponía de unos segundos para fotografiar mentalmente una habitación, Lebreton había desarrollado una memoria infalible: esa libreta no estaba allí la última vez que estuvieron en la casa. Maëlle debía de haberla puesto aparte después de hablar con él la noche anterior.

Cuando hubo llevado a Lebreton hasta la puerta, Valincourt volvió a demostrar lo poquísimo que se fiaba de las investigaciones de la brigada:

—Envíenme un informe resumido directamente a Les Orfèvres. Y, mientras tanto, ya sabe usted cuál es el procedimiento. Volvemos a encargarnos nosotros. Muchas gracias, comandante, ahora ya puede retirarse.

El jefe de división le indicó por gestos a un agente que escoltara al intruso hasta abajo. Al comandante no le quedó más remedio que abandonar el lugar sin ningún elemento, despedido como si fuera el testigo menos fiable.

Lebreton no dejaba de pensar mientras bajaba las escaleras. Esperó a llegar a la esquina de la calle con el bulevar de Bonne-Nouvelle para llamar a Rosière, que descolgó enseguida:

—Hola, Louis-Baptiste... Piloto, ¡al suelo! ¡Siéntate! Ni te muevas ya.

—La han asesinado —anunció Lebreton, que aún tenía la mente algo aturdida por la noticia.

Habían estado con ella hacía apenas una semana. Le habían dicho que encontrarían al asesino de su marido, y pasaba esto. Dejaba un hijo. Y no tenían acceso a la investigación.

Pero seguían a cargo del caso de Yann Guénan. Y el reciente asesinato se podía considerar como una nueva pista.

La judicial tenía la obligación de comunicarles los elementos. Hasta entonces, no podían pasar nada por alto.

—La Criminal se ha agenciado el caso, claro, y no quieren cargar con nosotros. Pero tenemos que conseguir los datos. Avisa a Capestan. Os espero en el bar que hace esquina con el bulevar, enfrente de la oficina de correos. Voy a vigilar todo lo que pase. Hasta ahora.

31.

En el bar, el ruido de la cafetera exprés tapaba el rumor de las conversaciones a intervalos regulares. A lo que había que sumar la radio, sintonizada en una emisora cuyos anuncios histéricos tenían agobiada a la clientela. Lebreton no oía ni sus propios pensamientos. En un extremo de la barra, la expendeduría de tabaco surtía a una fila de fumadores disciplinados. Justo al lado de la caja, el dueño, con un trapo húmedo al hombro, tiraba cañas con la misma seriedad que un papa diciendo misa. El comandante se sentó un poco apartado, en una ventana saledizo que ofrecía una vista espléndida de la calle de Mazagran y la oficina de correos de arquitectura estaliniana.

Vio, al otro lado del cristal, el Lexus negro que se deslizaba a lo largo de la acera y se detenía limpiamente. Capestan salió al instante por la puerta del conductor y se dirigió hacia el café, con Orsini, Rosière y Piloto siguiéndola de cerca. Lebreton se levantó cuando entraron.

—Torrez está de camino —anunció Capestan—. Ha tenido que pasar por su casa para una idea que se le ha ocurrido.

Como solía ocurrir cada vez que mencionaba al teniente Malfario, todos cerraron las escotillas y nadie oyó lo que decía la comisaria. Pero ella insistía, a pesar de los pesares, en el esfuerzo por normalizar la situación. Se quitó la trinchera con ademán elegante y la dobló encima de la silla. Volvió a mirar a Lebreton.

—¿Y bien?

—Me he presentado, pero me han dicho que no les hacía falta, gracias: Valincourt estaba de guardia, para que se haga una idea.

—Me la hago. El truco del informe resumido, ¿no?

—Exactamente —dijo Lebreton.

Capestan sacudió la cabeza, no tanto ofendida como irritada. Ese tipo de recibimiento no le sorprendía. Lebreton se quedó de pie mientras Capestan se sentaba a la mesa. Merlot irrumpió en el café, se dirigió directamente a la barra y saludó al barman con un apretón de manos. Évrard y Dax le pisaban los talones. Ellos sí que se pararon en la mesa.

—Pues, si quiere un informe, lo tendrá. Vamos a cerrar la investigación antes de que les dé tiempo a empezar, así la cuestión quedará zanjada —continuó la comisaria.

—Para eso necesitaríamos las primeras comprobaciones, la hora de la muerte, el informe de la autopsia... ¿Las puede conseguir a través de Buron?

Capestan se quedó pensando. Las llamadas que había hecho anteriormente a los mandamases del número 36 le habían servido de lección. Si la brigada se lanzaba a competir por el caso de Maëlle, más les valía no enseñar las cartas o se arriesgaban a que se lo prohibieran categóricamente. En cambio, en el caso de Yann Guénan y, por extensión, en el de Sauzelle, el asesinato de la viuda constituía un elemento nuevo. Pero resultaba que para seguir con las investigaciones que habían iniciado no necesitaban ninguna autorización. Obviando la buena fe, se podía decir que no se estaban metiendo en el terreno de la Criminal, sino que actuaban en paralelo. Era un procedimiento algo burdo y Buron acabaría sermoneándola, pero les permitía sortear el escollo de la desobediencia frontal. No podían sancionarlos de ninguna manera.

Pero había un inconveniente: tampoco ellos podían pedir nada.

—No. Vamos a empezar siendo autónomos. Y discretos.

Lebreton puso mala cara. Hubiese preferido mantener informada a la jerarquía. Aunque en esas últimas semanas se había ido acostumbrando a estos procederes, no le gustaba demasiado ni andarse con rodeos ni los márgenes externos de la legalidad. Frunció el ceño y apoyó la espalda contra la cristalera, con las manos metidas en los bolsillos de los pantalones. A pesar de todo, asintió con la cabeza para indicar que lo acataba:

—Maëlle me había preparado el cuaderno de bitácora, lo he visto al lado del *router*.

—¿No le dijo a los colegas lo que era? —se sorprendió Capestan sonriendo amablemente.

—No —reconoció Lebreton—. Digamos que el tono de Valincourt tenía un deje de condescendencia que me hizo pensármelo.

—Tenemos que conseguir ese cuaderno.

—Pero tampoco vamos a robarlo.

Capestan hizo una mueca de indecisión y luego eludió el tema:

—¿Algo más?

—Cuando fuimos la primera vez, en el salón había un archivador azul donde estaban guardados la carpeta y todos los papelotes. Estaba cerrado con llave, pero no he podido acercarme para ver si lo habían forzado. Si fuera así, es que el asesino buscaba documentos, igual que nosotros.

—Tenemos que volver allí —dijo Capestan—. Están los de la Criminal, pero también los de la comisaría del distrito X, los de Identificación judicial... Les costará distinguir entre los polis que llevan la investigación y los nuestros. Si Valincourt se digna marcharse, podemos intentar entrar en la zona.

—Aunque consigamos echar un vistazo —objetó Rosière—, no podremos quedarnos y tomar notas sin que se fijen en nosotros. Para las comprobaciones, no queda más remedio que hacer preguntas.

—No, no me apetece —insistió Capestan sonriendo.

—No le vamos a robar a la Criminal el expediente a punta de pistola, ¿o sí?

—No, no vamos a hacerlo. Me gustaría más otra idea. Si es que alguien tiene alguna...

Todos intercambiaron miradas en silencio. Tenían un problema y ninguna solución. Ni siquiera sabían la hora de la muerte. Estaban alcanzando los límites de la investigación paralela.

A través del cristal, Capestan vio a Torrez que llegaba sin aliento, con una bolsa de papel debajo del brazo. Le hizo una seña desde la calle y la comisaria se reunió con él.

—¡Vamos a poder oír lo que dicen! —anunció.

—«Oír.» No me asuste, teniente, ¿no estará pensando en poner micros en la escena de un crimen?

Si así fuera, a Capestan le asignarían un nuevo destino rápidamente: la casilla de la cárcel. Tenía la esperanza de resolver el caso antes que la Criminal, pero no a costa de su libertad.

—Los canarios son ilegales, pero esto otro debería colar —dijo Torrez regodeándose.

De la bolsa de papel sacó una caja y se la puso a Capestan delante de las narices.

—¡Vigilabebés digitales! Fíjese qué maravilla: alcance de mil metros, detector de alejamiento, tres niveles de alarma, lamparilla y control de ondas. Lo último en vigilancia para criaturas. Los he usado con mis dos hijos pequeños —concluyó muy satisfecho.

Capestan contempló a aquel policía lleno de recursos. Estaba radiante de orgullo paterno. Vigilabebés en casa de una cuidadora. Los instrumentos de espionaje menos discretos del mundo y, sin embargo, a ningún poli le llamarían la atención.

32.

Évrard subía en silencio por los peldaños de madera desgastados. Iba acariciando maquinalmente la superficie lisa del vigilabebés que llevaba dentro del bolsillo. Tenía la redondez de un canto rodado de la suerte.

Se trataba de situarlo lo mejor posible. Si Évrard se las apañaba como es debido, tendrían una oportunidad de resolver los asesinatos de los Guénan y de que los reconocieran como policías legítimos, no como unos trastos viejos. Pero, si fracasaba, la pescarían in fraganti colocando escuchas ilegales. Doble o nada.

Discreción, que se olvidaran de ella, pasar como una sombra. A Évrard se le daba bien eso. No era ni rubia, ni pelirroja, ni morena, era anodina. Con el tiempo, lo que había empezado siendo una táctica se había convertido en una fatalidad. Ya no la veía nadie. Muy pronto, a fuerza de hacerse la insípida y la insulsa, había acabado siendo inapetente y necesitaba ir a buscar adrenalina a zonas cada vez más alejadas.

Primero empezó a jugar por la emoción de la victoria, y luego, como todos los adictos, había comenzado a jugar para perder. Ese segundo en el que se decide toda una vida, ese giro de ruleta que se traga los ahorros, ahonda las deudas y separa a las familias. La llamada del vacío. Rara vez alguien tiene ocasión de mirar al azar de frente y de verlo dudar.

Évrard nunca había tenido mucho que perder, pero esta vez la brigada le gustaba. Sentía que había vuelto a la superficie. Andaba por la línea de cumbres, ligeramente desequilibrada, pero avanzando. Tenía que colocar el vigilabebés.

El automático de la luz de las escaleras saltó de pronto. Évrard no veía nada, e instintivamente se quedó quieta, buscando con la mirada una luz de emergencia. Oyó a Merlot tropezar y despotricar vehementemente al llegar al rellano. La luz volvió después de un «clang» y Évrard vio a un agente joven que descendía a toda velocidad, agarrándose a la barandilla. Bajó los ojos mecánicamente y se pegó a la pared, el hombre le pasó por delante sin fijarse en ella. Unos metros más abajo retumbó la voz de Merlot: «¡Caramba, hijo, ve más despacio!». El agente se disculpó y redujo la velocidad antes de desaparecer. Merlot y su campechanía saboteaban cualquier intento de actuar con discreción. La alcanzó, recuperó el aliento trabajosamente y señaló con la mano hacia las alturas:

—Permítame que vaya delante, querida amiga.

Évrard aceptó a su pesar. Lo iba a fastidiar todo.

Ya tenían el cuarto piso a la vista. Desde la puerta entreabierta se percibía el ruido de los equipos que estaban manos a la obra. Un agente de la policía judicial, con la barbilla cuadrada y una sudadera con capucha, salió del piso de Guénan. Évrard reconoció a un antiguo miembro de la Oficina Central contra el Crimen Organizado que había colaborado en un caso de la Brigada contra el Juego. Un sudor repentino le humedeció la espalda. Si la reconocía, a la mierda todo. A Évrard empezó a temblarle la mano dentro del bolsillo y agarró el interfono aún más fuerte. En un primer momento, la mirada del oficial le pasó por encima sin verla, pero tuvo la corazonada de que se lo iba a pensar. Para una vez que alguien se acordaba de ella, tenía que ser justo ahora.

En el momento en que el policía fruncía el ceño, a punto de establecer la relación, Merlot lo interpeló con acento de gascón recién llegado del campo:

—¡Qué alegría volverte a ver, compañero! ¡Anda que no ha llovido desde lo del canal de Ourcq!

El de la barbilla cuadrada se detuvo para saludar a ese colega tan afectuoso. Estaba rebuscando en su memoria aquella historia del canal y Évrard aprovechó para colarse en el piso.

En el salón patas arriba, el forense estaba encendiendo el dictáfono para grabar todas las comprobaciones; a su alrededor, los lupas estaban terminando de sacar huellas digitales. Évrard saludó con uno de esos «buenos días» que suenan más naturales que el silencio, pero que no tienen suficiente alcance como para llamar la atención. Los equipos respondieron al saludo sin percatarse de la presencia de la teniente. Évrard era un ultrasonido: estaba allí, pero nadie la oía. Un reclamo para fantasmas.

Agarró firmemente el vigilabebés dentro del bolsillo y colocó el pulgar en el interruptor. Lo encendió y en el cuarto se oyó un ligero acople. Las cabezas se alzaron.

Évrard se contuvo para no dar media vuelta de golpe. Uno de los lupas que estaba examinando la moqueta se levantó, apagó su *walkie talkie,* que andaba rodando por encima de una silla, y siguió trabajando. Évrard se acercó al cesto lleno de juguetes que había en el salón y dejó el emisor en medio de unos cubos de goma. Habían tapado el piloto de encendido con un trozo de tirita.

Ahora lo que le faltaba era coger la libreta. «Métetela en la manga», le había aconsejado Rosière, guasona. Eso era exactamente lo que Évrard tenía intención de hacer. Localizó el *router,* se acercó y, con un movimiento ágil, afanó el cuaderno de bitácora.

Misión cumplida.

Antes de salir, se fijó en el archivador.

Lo habían forzado.

33.

Mientras esperaban a que volviera la avanzadilla, el equipo sentado a la mesa había pedido unos cafés. Era casi la hora de comer y el bar se iba animando con el tintineo de los cubiertos como ruido de fondo. Capestan observaba a Lebreton, que seguía apoyado en la cristalera. Encima de la ceja derecha se le había formado un hoyuelo de preocupación, siguiendo el trazado de la arruga que le cruzaba la mejilla. Parecía estar rumiando el giro que tomaban los acontecimientos. Por primera vez en toda su carrera, se estaba metiendo de lleno en la ilegalidad. Era por una causa justa, pero los medios empleados deslucían su pechera inmaculada. Debía de estar harto de bajar peldaños así. Capestan se sorprendió a sí misma compadeciéndolo, precisamente ella que, hacía una temporada, había bajado de culo toda la escalera como si fuera un tobogán. El comandante comprobó cuánto tabaco le quedaba, cuatro cigarrillos, y salió a fumarse uno con Rosière.

Siguiendo los consejos de Lebreton, Capestan se había puesto en contacto con el veterinario, que le había confirmado que Petibonum era un gato joven y sano en el momento de los hechos y que tenía una jaula de transporte, un modelo gris y burdeos con un forro de lana escocesa lleno de pelos. A primera hora de la mañana la comisaria había vuelto a la casa para hacer las oportunas comprobaciones. No había ni rastro de la jaula: el asesino se había llevado al gato, en efecto. ¿Para que no se muriese? ¿Para que no maullase?

Capestan aún se lo estaba preguntando mientras desembalaba el rechoncho receptor del interfono, cuando se presentó Lewitz. Aparcó el coche, un Laguna amarillo con alerón trasero y cuatro filas de luces de freno, en el paso de peatones. Lebreton agitó el cigarrillo delante del parabrisas y le ordenó al brigadier que se largara para que pudieran pasar las sillitas de niño y los minusválidos. Lewitz realizó entonces una maniobra audaz. Como si su Renault fuera un Smart, lo aparcó en perpendicular, con las ruedas traseras encima de la acera. El coche quedó con el tubo de escape apuntando a los clientes de la terraza. Lebreton tiró la toalla con un suspiro.

Torrez se había sentado aparte, en un banco pegado a un *flipper* antiguo apagado, para observar los acontecimientos. Además del material de puericultura, el teniente había traído varias novedades fruto de sus pesquisas sobre lo que había estado haciendo Marie Sauzelle. A fuerza de llamar a los clubes para localizar aquella famosa velada a la que debía asistir, había conseguido aislar varias fechas: el 30 de mayo por la noche había acudido —e incluso participado con mucho brío, según recordaba el profesor— al espectáculo de fin de curso de la clase de tango. El 4 de junio, en cambio, se había perdido el sorteo estival del club de tarot, y eso que le tenía echado el ojo a uno de los lotes: la pierna de cordero entera, había precisado el presidente. De modo que Marie había muerto entre esos dos días. Acotaba bastante el calendario, pero seguían sin dar con la velada clave: Torrez había vuelto a llamar al hermano para preguntarle por el espectáculo, y André sostuvo que su hermana se lo había estado contando largo y tendido antes de hacer referencia a la «reunión». Así que no era eso.

Capestan apretó el botón de encendido del receptor. Como un racimo de adolescentes en torno a un solo café exprés, la brigada se amontonó en la ventana salediza. Encima de la mesa, el vigilabebés chisporroteante ocupaba el lugar preferente entre las tazas, los platillos y los sobres de azúcar arrugados. De pronto empezó a emitir un sonido más nítido, al que siguió el timbre metálico de una voz amplificada. ¡Victoria! Évrard había conseguido colocar el aparato en el salón. Los policías se inclinaron como un solo hombre sobre el emisor.

«... dico-legales preliminares... se ha producido esta mañana entre las ocho y las diez...»

Todo el equipo asintió con la cabeza: tenían la hora de la muerte. Entre comentario y comentario había silencios prolongados, seguramente para tomar notas.

—Es el forense el que habla —dedujo Rosière.

«... no hay agresión sexual... no hay señales defensivas...»

—El asesino fue muy rápido o la víctima conocía a su agresor —concluyó Capestan.

«... cuchillada... no se han encontrado joyas, ni dinero, ni el ordenador...»

Por detrás de la voz deformada se distinguía el ruido al raspar los muebles, el roce de los plásticos de protección, una cremallera y varios diálogos lejanos, apenas perceptibles. «... cinco cuchillos idénticos al arma del crimen en la cocina... robo domiciliario...»

—Cómo no —comentó Lebreton con una mueca de estar de vuelta de todo.

El comandante tenía razón, el robo solo era una maniobra de distracción. Aun así, el ordenador había desaparecido.

«... Un hijo, Cédric Guénan, veinticuatro años, residente en Malakoff...» Valincourt ya debía de estar en camino para comunicarle la triste noticia. A Capestan se le hizo un nudo en el estómago.

Aparte de esos elementos iniciales, la brigada no se enteró de muchas más cosas interesantes, salvo que el jefe de grupo encargado de la investigación era el comandante Servier, un producto del número 36 de pura cepa. Capestan y Rosière lo conocían, pero nada más, no lo bastante para pedirle información en nombre de una vieja amistad.

Merlot y Évrard reaparecieron unos minutos más tarde con la cara de dos cruzados que hubiesen repatriado la Sábana Santa.

—¡Dejen trabajar a los profesionales! —exclamó Merlot con los brazos en alto y borboteando, muy satisfecho de sí mismo.

Después de recibir con afabilidad los parabienes de todos los presentes como si él fuera el único que los mereciera, el capitán se abrió paso entre el gentío con la barriga a modo de proa para dirigirse a la barra en busca de una merecida recompensa. Évrard se quedó junto a la mesa. Aún tenía algunos mechones sudorosos pegados a la frente.

—¿Y bien? ¿En qué punto estamos? ¿Tenemos alguna posibilidad de pillar algo? —preguntó.

Rosière le contestó mientras desenredaba la correa de Pilú, que había estado dando vueltas alrededor de la silla.

—Hemos hecho un pequeño avance en el caso del marido, pero tampoco es para tirar cohetes: ellos son más, tienen más medios y a todos los quepis del barrio se les hace el culo pepsicola por poder colaborar con la Criminal.

—Esto es una investigación, no una competición —intervino Lebreton.

—¡Pamplinas! —continuó Rosière—. ¡Pues claro que es una competición, poli de mis entretelas! ¿Cómo te crees que vamos a recuperar nuestros galones? ¿Entregándoles el expediente bien dobladito con lazo y todo? ¿Te parece que les chivemos también el código de nuestras tarjetas de crédito?

—Digamos que no es una competición, pero que queremos llegar los primeros —zanjó Capestan sonriendo.

—Entonces, ¿ahora qué hacemos? —preguntó Évrard.

—Hasta que no se abran, nos quedamos aquí para asegurarnos de que no hay nada nuevo.

Capestan se levantó para reunirse con Merlot antes de que amenazara seriamente las existencias del despacho de bebidas.

—Capitán...

—¡La jefa! —se regocijó alzando la copa de anisete—. ¿Qué puedo hacer por usted?

—Le encargué que averiguara si había algo coleando entre Buron y Riverni. ¿Se ha podido enterar de algo?

—¡Desde luego! Casi se me olvida.

Merlot soltó la copa con mucho cuidado, se palpó la chaqueta para encontrar las gafas y se las puso para leer un pedacito de papel arrugado que se sacó del bolsillo de los pantalones.

—2009. A Buron le tocaba ya tomar el mando de la judicial, pero entonces llegó Riverni, que estaba en Interior, y se opuso. Algo que ver con el amigo de un amigo y con el hoy por ti y mañana por mí. De todas formas, parece que en aquel momento Buron se lo tomó con filosofía. Y eso es todo.

Merlot volvió a doblar el papelito y se quitó las gafas.

—¿He colmado sus deseos, comisaria?

—Por completo, capitán, muchísimas gracias.

Capestan no sabía aún si se trataba de una buena o mala noticia, pero, innegablemente, era una noticia. Decidió meditar en solitario las distintas hipótesis antes de informar a las tropas. Tenía guardado un as, pero aún no sabía para qué partida.

*

Dos horas después, como la Criminal aún no se había largado, la brigada seguía rodando por el bar. De pie en la barra, Évrard, Dax y Lewitz lanzaban los dados de una partida de 421 mientras Merlot se esmeraba en ofrecerles una versión aumentada y mejorada de sus hazañas, aunque sin lograr emocionarlos ni un ápice. Orsini se había quedado en el ventanal, al lado de Capestan, pero sin participar en las conversaciones, enfrascado en la contemplación de sus manos largas y estrechas. Rosière había acercado a esa mesa la que tenían detrás y se dedicaba a cortar un confit de pato con patatas *à la sarladaise.* Los reflejos del cristal le iluminaban de lleno la pelambrera rojiza, nimbándola de gloria. Capestan se dirigió a Lebreton, que estaba sentado entre las dos mesas, en una silla reclinada contra el cristal.

—¿Algún sospechoso para Maëlle Guénan?

El comandante asintió despacio, mientras contemplaba el fondo de la taza.

—Precisamente estaba pensando en ello. Ayer, Maëlle dejó caer que había otras personas que querían hablar con ella. Puede que se hubiera citado con alguien esta mañana.

—¿Jallateau?

—No creo, no me lo dijo con tono hostil, y es eso a lo que le estoy dando vueltas, que tampoco lo dijo con tono íntimo. Debía de ser alguien a quien conocía por encima.

Lebreton hizo una mueca escéptica y alzó las narices de la taza para mirar a Capestan:

—O puede que no tenga nada que ver.

No parecía muy convencido. Capestan se volvió hacia Rosière:

—Y usted ¿qué opina?

Rosière tragó y meneó el cuchillo antes de contestar:

—Jallateau sigue siendo uno de mis favoritos. Está vinculado a Guénan, está vinculado también a Sauzelle, y, una semana después de que fuéramos a verlo a Les Sables-d'Olonne, liquidan a la viuda. Tanta coincidencia merece que le dediquemos tiempo. Quizá dijimos algo que lo alertó y decidió limpiar el terreno. Es el tipo de hombre al que le gusta tenerlo todo bajo control. En cualquier caso, que una mujer muera de forma violenta veinte años después que el marido, y justo en mitad de nuestra investigación, no es una casualidad.

Rosière sonrió entre dos bocados de pato:

—Sugiero que volvamos a Les Sables y le demos una somanta de palos.

Capestan no sabía muy bien qué pensar del constructor de Vendée. No lo había visto ni lo había oído hablar. Mientras se daba golpecitos con el índice en la barbilla, dirigió la mirada hacia la calle. En la acera de enfrente había un joven con bermudas bajándose de la bici. «Pues sí que va calentito», pensó, antes de que su cerebro se percatase de la mancha verde del casco.

De repente, ató cabos: el casco, los bermudas, las zapatillas de deporte; desde allí no podía ver si tenía la oreja mutilada, pero la silueta coincidía con la del visitante de Naulin. ¿Qué pintaba allí?

El chico, acalorado, se quitó la sudadera y la dejó en el sillín para ponerle el candado a la bici y atarla a una señal de tráfico. Alzó la cabeza y se apartó el pelo que sobresalía del casco. Fue entonces cuando se fijó en los coches de policía. Se quedó petrificado.

¿Por qué reaccionaba así? Capestan salió disparada de la silla e interpeló a Torrez a través de la sala:

—¡Torrez, la Ardilla de Naulin, ahí fuera! Voy para allá.

34.

Con paso vacilante, el joven se acercó al grupo de gente que se había formado junto al perímetro de seguridad. Había dos individuos plantados allí, hablando, y uno de ellos debió de decir algo que impresionó a la Ardilla, porque palideció de golpe y dio media vuelta. Capestan esperó a que volviese a la esquina del bulevar para poder hablar con él sin llamar la atención de los policías que montaban guardia.

Llegó a donde estaba ella, tirando nerviosamente de la correa del casco verde que seguía llevando abrochado por debajo de la barbilla. Se disponía a ponerse de nuevo la sudadera y a marcharse cuando Capestan dio un paso y le enseñó discretamente el carné de policía. La comisaria vio cómo se le dilataban los ojos color avellana; el joven se quedó inmóvil un segundo y luego salió disparado como una flecha por el bulevar, dejando allí la sudadera y la bici.

Sorprendida, Capestan se guardó el carné deprisa y corriendo en el bolsillo de la trinchera y se lanzó tras él. Cuando dejó atrás el bar notó que Torrez se le unía por el flanco izquierdo.

El chico era joven, ligero y rápido. Cogió la delantera bulevar abajo y llegó al cruce con la calle de Saint-Denis en pocos segundos. En el paso de peatones, el disco pasó de rojo a verde. En el preciso instante en que los coches se ponían en marcha, la Ardilla brincó para cruzar. Se formó un jaleo de neumáticos chirriantes y bocinas en concierto. A medida que avanzaba, los conductores arrancaban a su espalda, haciendo aullar de ira los motores e impidiendo que Capestan cruzara también. Estaba bloqueada del otro lado, balanceándose de un pie a otro y acechando que se abriera algún claro en el flujo del tráfico, pero no había forma de colarse allí. Desde lejos, a través de los coches que pasaban, vio al chico tirar por la calle de Saint-Denis. Un grupo de cuatro jovencitas apareció justo entonces, tapándole la vista momentáneamente. Cuando se apartaron, el chico había desaparecido.

Capestan dio un salto para localizarlo entre el gentío. No podía esfumarse así como así. Naulin lo había visto en casa de Marie Sauzelle y se lo encontraban delante del edificio de Maëlle Guénan. Al igual que el requerimiento del marino, ese chico era un vínculo. La brigada tenía un nuevo cabo del que tirar para relacionar los casos, con la diferencia de que si este tenía el don de la palabra bastaría con hacerle preguntas para conseguir por fin una explicación. No era posible que se les escapara nada más dar con él.

El disco se negaba a ponerse en rojo. Capestan intentó avanzar un paso, un Chevrolet la rozó, obligándola a retroceder precipitadamente y a subirse a la acera. La Ardilla le estaba cogiendo ventaja. Obedeciendo a un impulso, en el momento en que un coche aceleraba, Capestan forzó el cruce.

Oyó a su espalda la voz de Torrez, cargada de angustia, que gritaba «¡¡¡No!!!» a pleno pulmón, pero ella consiguió llegar a la mitad del bulevar. Alargando la mano para que los vehículos que se acercaban redujeran la velocidad, cruzó el último tramo de la calzada y subió de un salto a la acera. Cien metros más allá, distinguió el casco verde dándose a la fuga. Apretó el paso.

Sin dejar de correr, el chico volvió brevemente la cabeza y alcanzó a ver a Capestan que le ganaba terreno. Serpenteó entre los viandantes y dobló a la izquierda en el pasaje Lemoine. La comisaria volvió a perderlo de vista. Tiró de sus reservas de *sprint* para llegar al pasaje antes de que él saliera y alcanzó la esquina justo a tiempo de verlo girar a la derecha en el bulevar de Sébastopol. Al abalanzarse hacia él, se dio de bruces con dos dependientes de una tienda de vaqueros que se estaban echando un pitillo en la acera.

¿Quién era ese chico? ¿Qué hacía allí?

Acababa de cruzar el bulevar de Sébastopol a la altura de la calle de Tracy cuando una mujer desenganchó una bicicleta de la base de Vélib'. Al retroceder sin previo aviso, desequilibró al joven, que llegaba corriendo a toda mecha. Capestan tuvo miedo de que aprovechara la ocasión para apropiarse de la bici y se le escapase definitivamente, pero no fue eso lo que ocurrió. Hizo un quiebro brusco para esquivarla, lo que permitió a Capestan ganar unos metros. Los pulmones estaban empezando a arderle y se preguntó cuánto tiempo más sería capaz de aguantar. Allí delante, su presa corría a rienda suelta sin dar señales de cansancio. Veinte años menos y varios kilómetros de reserva más. Capestan tenía que encontrar una forma de acelerar y de alcanzarlo rápidamente: haciendo carrera de fondo no lo pillaría nunca.

¿De qué conocía a Marie y a Maëlle? ¿Qué quería de ellas?

La Ardilla bordeó la verja del parque Chautemps, desembocó en la calle de Saint-Martin y chocó contra un hombre que salía de la oficina de correos con un paquete que acabó tirado en la acera. El hombre, enfadado, le soltó una retahíla de insultos en el momento en que Capestan llegaba a su altura. Vio que el casco verde acortaba en diagonal por el cruce con la calle de Réaumur y se lanzó a su vez; en ese instante, el chirrido de unos frenos le hizo volver la cabeza. Un autobús se le venía encima. Pudo ver el rostro aterrorizado del conductor detrás del parabrisas. Capestan apenas tuvo tiempo de levantar el brazo para protegerse.

Notó un golpe, pero no era el autobús: dos manos acababan de empujarla por la espalda y lanzarla hacia delante, a la acera de enfrente. Al aterrizar, la cadera chocó con el asfalto arrancándole un grito de dolor. Capestan percibió a su espalda el sonido seco de un choque y los alaridos que brotaban a su alrededor. Se volvió hacia la calzada y vio a Torrez tirado en el suelo, con la cabeza ensangrentada. Con la mano en la cadera, reptó hacia él, llamándolo para que reaccionara, rezando para que no estuviera muerto. Lentamente, el teniente levantó el rostro hacia ella.

Sonreía con la mitad de la boca, y con un hilo de voz la tranquilizó:

—Estoy bien. Muy contento.

Volvió a sonreír y se desmayó.

El alarido de una sirena de ambulancia se iba acercando. Capestan la esperó sentada al lado del teniente.

35.

Un interno melenudo acababa de relevar al médico de guardia. Torrez se había roto la clavícula y tenía varios hematomas, entre ellos uno que le abarcaba todo el muslo derecho; se había llevado un golpe muy serio, pero su vida ya no corría peligro. Ahora estaba durmiendo.

Rosière, seguida de cerca por Lebreton, empujó las dos hojas de la puerta que separaba las urgencias de la recepción.

—Ya no hay nada que temer —les anunció Capestan.

Los dos policías suspiraron aliviados.

—Lo van a trasladar a una habitación individual. Su mujer está de camino, pero tendríamos que turnarnos también nosotros, que haya siempre alguien de la brigada con él.

—Por supuesto. Hemos recuperado la sudadera —dijo Lebreton tendiéndole la prenda.

Capestan se fijó en que tenía pelos de gato en las mangas. Había que llevarla al laboratorio. Se lo encargó a Lebreton, y pidió que dejasen a alguien de plantón delante de la bicicleta del joven.

Había sido un desastre dejarlo escapar.

—Así que el chico coincide con la descripción de Naulin, ¿es eso?—preguntó Rosière.

—Sí. Hay que conseguir su identidad como sea. Tiene relación con las víctimas, debemos descubrir cuál. Para eso hay que interrogarlo, y para eso hay que encontrarlo.

—Con esa edad, tiene que ser a la fuerza hijo, sobrino, alumno o hermano pequeño de alguien —empezó a decir Lebreton.

A Capestan se le iluminó el rostro de pronto:

—¿De los Guénan?

—No, tenían la foto de su hijo enmarcada, no es él.

La comisaria sacudió despacio la cabeza y se quedó mirando un punto al otro extremo del pasillo. Reflexionó unos segundos mientras se frotaba la cicatriz con el índice.

—Necesitamos que Naulin se acuerde exactamente de lo que habló con el chico, y también hay que llamar a todo el mundo: Jallateau, André Sauzelle, los amigos de las víctimas y hasta al promotor... Si fuera posible, habría que hablar con el hijo de Maëlle Guénan, los dos están en la misma franja de edad, puede que la Ardilla fuese a verlo a él.

Capestan se enderezó y se volvió hacia Lebreton.

—Comandante, le pongo al mando de todas las indagaciones. Lo que es yo, me voy a ver a Buron. La información que tenemos se está volviendo demasiado importante para guardárnosla. Le voy a pedir que nos meta en la investigación.

Rosière, con un mohín escéptico, previno a la comisaria:

—No accederá jamás. A menos que le metamos un buen cojín debajo del culo.

Antes de entrar en la sede de la policía judicial y enfrentarse al jefazo, Capestan se tomó un respiro a orillas del Sena. Había ido remontando las márgenes del río. Pasada Notre-Dame, se iban estrechando y perdían momentáneamente cualquier atractivo turístico. Las escasas farolas iluminaban los adoquines descolocados y cubiertos de heces y de plumas de paloma. Al pasar por debajo del arco oscuro del puente de Saint-Michel se oía el chapoteo de las aguas salobres contra la orilla. El olor del cieno se mezclaba con los efluvios de la cochambre urbana. El sonido de sus pasos retumbó en la bóveda y luego las orillas volvieron a ensancharse, era como regresar a París y sus acordeones. Capestan, por costumbre, se sentó en el mismo banco donde solía ir a pensar cuando estaba en la BRB*. Se estremeció con el contacto de la piedra fría. Mientras se concentraba en vaciar la mente, desde la orilla opuesta le llegó la risa franca de un hombre que hablaba con un amigo. La risa, la silueta..., durante una fracción de segundo Capestan creyó que se trataba de su exmarido. Una tremenda melancolía se le vino encima. Dispuso en el acto que bajase la marea y se levantó del banco. Era hora de ir a ver a Buron.

---

* *Brigade de Répression du Banditisme:* Brigada contra el crimen. *(N. de las T.)*

36.

El cubil de Buron tenía ahora las paredes cubiertas de vitrinas antiguas que albergaban sendas colecciones: medallas, pipas, pastilleros, antologías de poesía francesa encuadernadas en piel y, al alcance de la mano, las joyas de su colección de gafas de ver, a elegir en función de sus apetencias, coquetería o manipulación. Por el lado del río, faltaba poco para el ocaso y la estancia en penumbra solo contaba con la luz tamizada de una lámpara de banquero verde. Al acercarse Capestan, el director se quedó sentado y se limitó a señalar el asiento que tenía enfrente. Apenas apartó los papeles que había encima del vade. Le puso el capuchón a la pluma, pero la dejó encima de los documentos, lista para volver a usarla.

—Buenas tardes, Capestan. No tengo mucho tiempo, ¿qué la trae por aquí?

—Me gustaría que mi brigada colaborara con la Criminal en el caso de la calle de Mazagran.

—Ni hablar —sentenció Buron, alineando la pila de cuartillas.

—Tenemos otros elementos, estamos investigando el asesinato del marido y de una...

—No. He dicho que no.

Buron había decidido ponerse cabezota. Capestan se revolvió en la silla y se inclinó hacia delante. No entendía que opusiera resistencia, fuera cual fuera. No tenía ningún sentido.

—Pero, entonces, ¿para qué estamos aquí exactamente? Si ni siquiera podemos ayudar, ¿por qué se creó nuestra unidad?

—Para tenerlos a todos juntos, ya se lo he explicado, no me obligue a entrar en detalles... —dijo Buron dando en el aire un manotazo exasperado.

—Pues me gustaría saberlos.

—Capestan, los hemos metido a todos en el mismo tarro porque necesitábamos aislarlos. No hay quien haga carrera de ustedes y, más concretamente, resultan in-de-se-a-bles. No quiero a ninguno en medio de una investigación oficial.

—Nos hace parecer peores de lo que somos, no tenemos nada que sea tan espantoso —protestó Capestan antes de que el recuerdo de su propio palmarés le obligase a rectificar el tiro—. En lo que a mí se refiere, lo admito —añadió—. Pero los demás no son...

—¡Están ustedes ahí únicamente porque no podemos echarlos! —la interrumpió Buron haciendo hincapié en cada sílaba—. ¿Se entera de una vez? Les pagamos para que jueguen al dominó o hagan punto. Pídale a Évrard que le enseñe a jugar al mus y déjeme en paz de una vez por todas, comisaria.

A Buron parecía que le habían dado cuerda como a un cuco. Capestan estaba agotada y la había dejado molida la persecución, Torrez tirado en el asfalto, el chico en paradero desconocido, la cadera que le dolía... Había ido allí a ofrecer información y a cambio la trataban con una saña que no se merecía. No le quedaba energía, tenía el cerebro hecho puré, se sintió acorralada.

—Pero, vamos a ver, que en esta brigada no solo hay tarados, no lo entiendo...

—¿Que no solo hay tarados? Abra los ojos de una vez, Capestan. Dax y Lewitz, los imbéciles entusiastas; Merlot, que parece una uva por dentro y por fuera; Rosière, con sus culebrones ridículos; Torrez...

—Hablando de Torrez: está en el hospital...

—¡¡¡Pues que dimita en lugar de ir por ahí gafándolo todo!!! Orsini...

Capestan no pudo aguantarlo más. Buron estaba sobrepasando todos los límites, ella no tenía por qué justificarse. Optó por invertir de golpe la estrategia.

—¿Y en esa lista suya de caracteres perturbados no ha incluido a los farsantes?

—Capestan, no empecemos... —dijo el director recostándose en la silla y doblando las patillas de las gafas con montura de acero.

—No se lo tome usted a mal, pero me he estado enterando de algunas cosillas. El alto funcionario que se interpuso en su camino en 2009 ¿no sería Riverni, por casualidad? Y, ya que estamos, ¿qué son esos casos que nos han endilgado? ¿Somos los únicos en saber que están relacionados, o no? La Criminal se deshace de los expedientes, así porque sí, y usted no tiene nada que decir. Ni más ni menos que la Criminal. O sea ¿que estamos hablando de crímenes que acaban en la basura? Ahora en serio: ¿por qué?

Buron dio vueltas a las gafas pensativamente, sin contestar. Esos ojos de basset suyos siempre le lloraban un poco, y lo único que le daba perfil de oficial era el pelo gris cortado a cepillo. Se rascó la sien con la patilla de acero. Los dos estuvieron un rato callados.

Capestan dejó errar la mirada por la ventana. El plátano del muelle había perdido ya todas las hojas. Solo le quedaban esas bolas con pinchos en las ramas, erizos petrificados que se aferraban a toda costa formando un árbol de Navidad macabro. Capestan suspiró y continuó con Buron.

—En realidad, estoy segura de que nos ha enterrado ahí única y exclusivamente para que encontremos respuesta a las preguntas que usted se hace. Sabe qué palancas hay que mover para que yo actúe, pero yo también lo conozco a usted, señor director. Todavía no sé por qué, pero hay asuntos que prefiere usted tratar a escondidas. Por ese motivo ha organizado nuestra brigada. Eso es lo que hay. Así

211

que deme recursos para sus ambiciones. Si no hay más remedio, nos lo estudiaremos de extranjis, pero quiero el informe sobre la viuda de Guénan.

Buron sonrió como lo hacen los jugadores que saben y aceptan que han perdido. Capestan volvió a notar la desagradable sensación de haber llegado exactamente a donde él quería tenerla.

—Le enviaré una copia —dijo.

—Y una sirena —añadió Capestan—. Es para Torrez, la echa de menos.

37.

El fuerte olor a cebolla frita que había en el hueco de la escalera le despertó a Capestan un hambre repentina. Llevaba apretada debajo del brazo la copia del expediente de Maëlle Guénan que Buron le había conseguido finalmente. Después de limpiarse los pies en el felpudo, entró en la comisaría.

Eran las nueve de la noche y estaba todo apagado. Solo se veía una raya de luz por debajo de la puerta de la cocina. De ahí era de donde seguramente procedía aquel aroma, que no por apetitoso era menos extravagante para unas dependencias policiales. Capestan empezaba a sentirse a gusto en esa brigada tan acogedora, donde la vida resultaba agradable y tímidamente solidaria. Le quitaba algo de hierro a su oficio.

Dejó el expediente encima de su escritorio y, de pie en la oscuridad de la estancia, contempló la calle a través de los cristales. La luz amarilla de los faroles caía sobre los adoquines relucientes por la lluvia. Los toques de color que aportaban los neones de los *sex-shops* le daban a la calle de Saint-Denis una desfachatez muy Belle Époque. Al otro lado de la plaza había un tejado de zinc con tragaluces, y no se sabía quién iba a aparecer primero en ese París tópico y típico, si Toulouse-Lautrec o Ratatouille.

En el edificio de la derecha, a través de una amplia ventana sin cortinas, se veía una habitación mediana, probablemente un estudio. Sentado delante de una mesa, un joven con camiseta estaba abriendo un envase de plástico con jamón cocido sin dejar de mirar la pantalla del portátil. Sacó una loncha, la enrolló y se la zampó en dos bocados. Después de ejecutar del mismo modo otras tres lonchas, rascó la superficie del envase y despegó un cuadradito de color rojo fuerte, seguramente un cupón de descuento. Levantó una nalga para sacarse la cartera del bolsillo de atrás de los vaqueros, abrió la solapa y guardó el cupón cuidadosamente en una de las ranuras para tarjetas de crédito.

Los cupones de descuento. Capestan sintió un nudo de nostalgia en el estómago al acordarse de su abuela. Todas las mañanas, con el kimono de motivos pardos y dorados bien ceñido, se acomodaba en la cabecera de la mesa de la cocina, tan larga como la de un monasterio. Vertía el agua caliente en la achicoria, le añadía leche y dos terrones de azúcar, encendía un cigarrillo y ponía manos a la obra con la pila de prospectos que había recibido el día anterior. Pasaba las páginas meticulosamente y, cuando alguna oferta le parecía tentadora, encajaba el cigarrillo en el soporte del cenicero, cogía las tijeras colocadas al lado y recortaba la promoción elegida. Las iba clasificando sobre la marcha en tres montones: alimentación, droguería y servicios. Era como apilar billetes de banco, pero con más colorido y variedad; como asomarse a un mundo donde había que probarlo todo. A ninguno de los nietos sentados a la mesa se le habría pasado por la cabeza perturbar una tarea de tan crucial importancia. La observaban, fascinados.

Capestan se apartó de la ventana frente a la que se había apostado. Se disponía a reunirse con sus colegas en la cocina cuando estableció una conexión súbita que le electrificó las neuronas: la caja de cupones en casa de Marie Sauzelle y la pegatina de «Publicidad no, gracias» en el buzón. Eran absolutamente incompatibles. Si Sauzelle coleccionaba ofertas, no podía bloquear su principal fuente de abastecimiento. Aquella pegatina la había puesto otra persona. Y Marie no la había arrancado sencillamente porque no la había visto. Y no la había visto porque estaba muerta cuando apareció en el buzón.

El asesino la había llevado consigo.

¿Con qué fin?

Sin duda para evitar el efecto buzón lleno, que es un indicador de que alguien está ausente o tiene problemas. El vecindario se habría preocupado antes. El asesino quería retrasar el hallazgo del cuerpo.

Una vez más: ¿con qué fin?

Complicar la autopsia no servía de nada, la causa de la muerte, el estrangulamiento, resultaba obvia. Capestan reflexionó unos instantes. En cambio, gracias a ese retraso, no se había podido establecer el día de la muerte con exactitud. Y así el asesino no necesitaba coartada.

Había actuado solo y no conocía a nadie que le mereciera confianza suficiente para cubrirle.

Si el asesino se había presentado con la pegatina encima, el asesinato no había sido oportunista, sino premeditado. Ya no se enfrentaban a un asesino airado incapaz de controlar sus emociones, sino a alguien calculador. Capestan volvió a acordarse de la ancianita en actitud digna y del gato indultado. Un calculador con cierta conciencia moral, pero que, de ser cierto el vínculo con los Guénan, no había dudado en matar a tres personas.

La comisaria empujó sin hacer ruido la puerta de la cocina. Rosière, a pie firme delante de la vieja cocina de gas, revolvía con una cuchara de palo el contenido de una sartén de cobre de gran tamaño. Se oía el chisporroteo de las cebollas en el aceite de oliva. Pilú, con el flanco pegado a la pantorrilla de su dueña, se encargaba de que ninguna salpicadura ensuciase las baldosas. Lebreton fumaba sentado en una silla entre la terraza y la cocina. Habían descorchado una botella de vino y se estaban tomando una copita. Capestan se fijó en una pila de tablones de procedencia dudosa que Lewitz había almacenado allí. Aseguraba que sabía mucho de carpintería y se había propuesto montar una cocina bien equipada. Aunque la caja de herramientas aún sin estrenar delataba al principiante, el Tupperware lleno de bisagras y la bolsa con pomos a juego demostraban el alto grado de implicación del manitas. A falta de oficio, a la cocina nueva le sobraría ilusión.

Más que nada por anunciar su presencia, Capestan exclamó alegremente:

—¿Pero todavía están aquí? ¿Es que no tienen casa?

Moviendo mínimamente las cejas, Lebreton se volvió hacia la terraza para soltar el humo. Rosière le dirigió una sonrisita triste y Capestan se apresuró a añadir:

—Pues igual que yo, por lo que se ve. Qué bien huele.

—*Spaghetti* con cebolla, aceitunas y parmesano, una receta mía. Si gusta, he hecho bastante para una brigada...

—Me apunto —contestó Capestan recogiéndose el pelo con la goma negra que llevaba en la muñeca—. ¿Cómo está Torrez?

—Bien, el matasanos es optimista. En cambio, en eso de acompañarlo por turnos, los colegas no están muy convencidos... Les cae bien, pero...

—De acuerdo. Ya veo. Iré mañana. Y lo del chico...

—Cruz y raya —interrumpió Rosière sonriendo—. Comer. Beber. No currar. Luego.

—Tiene razón. Nos hemos ganado a pulso el recreo.

Lebreton salió a buscar una barra de pan. Rosière vigilaba la sartén mientras Capestan observaba distraídamente el *ballet* de la pasta en el agua hirviendo. El zumbido de la nevera vibraba en la habitación.

—¿Y tú qué? ¿Estás soltera? —preguntó Rosière con su aplomo habitual.

A la segunda copa de vino, ya había apeado el tratamiento.

—Sí —contestó Capestan.

—¿Desde hace mucho?

Capestan cogió aire, como si no se supiera la fecha.

—Desde la última bala.

—¡¿¡Has matado a tu ex!?! —chilló Rosière.

Capestan soltó una breve carcajada.

—¡Qué va, no llegué a tanto! Digamos que hacía algún tiempo que ya no... Aquel disparo fue el pretexto.

Su marido había opinado que ya no había marcha atrás, que ya estaba echada a perder. La sensación de que él estaba en lo cierto iluminó como un destello la conciencia de la comisaria, pero ahogó esa llama con un parpadeo y se puso a revolver el agua de los *spaghetti*.

—Dicho así por encima, él pidió el divorcio y yo acepté.

Capestan dejó la cuchara de palo encima del fogón que no estaban usando.

—Así la pasta se cuece mejor.

Aunque había cambiado de tema, los pensamientos se le iban hacia el día en que la espalda y las maletas de su marido cruzaron la puerta.

El futuro, la fuerza y la alegría desaparecieron como si se los hubiera tragado un desagüe. El sonido del portazo parecía retumbar aún. Capestan se sentó en el sofá y se quedó mirando al vacío varias horas hasta que se decidió a hacer otra cosa. Se inclinó hacia la mesita para coger el mando de la tele y seleccionó el menú de televisión a la carta. *Mes meilleurs copains* estaba disponible por 2,99 euros. La validó.

Al día siguiente, le confiscaron también el arma reglamentaria.

Le costó mucho separarse de ella.

Cuando se recuperó de la herida sentimental, Capestan descubrió con sorpresa que le gustaba vivir sola. Dis-

frutaba de la comodidad de un espacio dispuesto únicamente para ella, bajo la vigilancia afectuosa y callada de un
gato. Quizá se acabara cansando, pero no se puede estar
segura de nada en esta vida.

Mientras pensaba en otra cosa, Capestan llevó la olla
de *spaghetti* hasta el fregadero y la volcó cuidadosamente
para no quemarse. Se quedó plantada delante de la pila. El
nido de pasta se desparramó por el fregadero.

—No me lo puedo creer... Se me olvidó poner el colador.

Anne fue a buscarlo y recogió los *spaghetti* antes de
enjuagarlos.

—¿Y tú, Eva, tienes familia?

—Sí. Un perro y un hijo. Pero el que más me llama
por teléfono de los dos, aunque no lo parezca, es el perro
—confesó Rosière encogiendo los hombros con fatalismo.

*

Se zamparon la pasta en una cena regada con Côtes-
du-Rhône, anécdotas de maderos, aventuras televisivas e
historias de perros. Al acabar, Rosière y Lebreton salieron
a fumar un cigarrillo mientras Capestan encendía la chimenea bajo la atenta vigilancia de la nariz de Piloto, que
no tenía ningún miedo de chamuscarse el pelaje.

Los fumadores se reunieron con ella diez minutos después, trayendo consigo las copas y la botella de vino mediada. Capestan acercó las tres pizarras de la investigación.
Lebreton se sentó en un sillón desvencijado mientras sus
colegas acaparaban la amplitud del sofá.

Capestan les resumió sus reflexiones sobre la pegatina
y la premeditación, y remató el monólogo con una versión
edulcorada de la entrevista con Buron. Por un instante
dudó si contarles el papel tan extraño que el director parecía haberle atribuido al equipo, pero los propios límites de
ese papel resultaban demasiado ambiguos. Tenía miedo

de que solo consistiera en dar salida a unos rencores, y esa asignación tan poco digna no dejaba en buen lugar ni a la brigada ni a Buron. Un poquito por lealtad no carente de optimismo, Capestan había decidido, pues, esperar a tener más datos. Lo que importaba era que el director les había cedido el informe sobre Maëlle Guénan, cuyas páginas extendió encima de la mesita.

En conjunto, confirmaba las constataciones preliminares que habían captado con el vigilabebés y no aportaba nada especial, ya que la autopsia aún estaba pendiente. La Criminal se inclinaba por una agresión durante un robo domiciliario.

—No tiene ningún sentido —dijo Lebreton; tenía las piernas estiradas hacia delante y sostenía la copa redonda, haciéndola girar suavemente en la palma—. Por la mañana, tenemos al ladrón, que para que nadie lo moleste llama a la puerta para ver si en el piso hay alguien. A continuación, o bien se cuela por la ventana, que no es el caso, o bien fuerza la puerta. Que tampoco es el caso —dijo señalando con el pie de la copa una línea del atestado—. Y en lo que se refiere al arma homicida, estoy convencido de que la llevaron al lugar del crimen.

—¿Por qué, si han encontrado el mismo juego de cuchillos en la cocina? —preguntó Capestan.

—Porque Maëlle no tenía medios para comprar un juego de cuchillos de acero pulido. Y, de haberlos tenido, no habría elegido un modelo tan de diseño, sino algo más redondeado, más colorido. O de madera. Esos cuchillos se dan de tortas con el resto del piso.

—A lo mejor se los regalaron.

—No creo. En mi opinión, el asesino llegó con intención de matarla y de camuflarlo para que pareciera un robo o, en su defecto, un crimen oportunista: que fuera posible creer que el arma la cogieron *in situ*, en un ataque de pánico.

—El mismo modus operandi que en casa de Marie Sauzelle. Atado y bien atado: el asesino enmascara el crimen, pero, si por desgracia acaban pillándolo, por lo menos se ahorra la premeditación y las circunstancias agravantes.

—Con el marino no actuó así —señaló Rosière colocándose en la espalda un cojín bordado.

—Fue el primer asesinato, no había preparado ninguna estrategia. O bien los dos crímenes tienen que ver entre sí, pero no los cometió la misma persona.

—Y ese chico tuyo que ha aparecido en los dos escenarios ¿no será por casualidad el típico asesino que siempre regresa al lugar del crimen?

—Debía de tener dos o tres años cuando cometieron el primer asesinato... —le recordó Capestan, divertida.

—Como diría Corneille, «si un alma es bien nacida, el valor no depende de los años de vida» —recitó Rosière, que empezaba a estar piripi.

—Por cierto, ¿llevó los pelos de gato al laboratorio —le dijo Capestan a Lebreton.

—Sí. Tendremos los resultados dentro de seis o siete meses... —contestó este sonriendo a medias y dando vueltas a la copa despacito.

—... Perfecto —concluyó Capestan enarcando las cejas con resignación.

Estaba mirando las pizarras, por turnos. Cambió de postura en el sofá, como para colocarse bien el cerebro dentro de la caja ósea:

—Bueno, resumiendo: tres casos vinculados, tres asesinatos con premeditación. El primero, el del marino, con una puesta en escena mínima, hace veinte años; el segundo, la ancianita, hace ocho; y el tercero, hoy. ¿Por qué unos intervalos tan largos? ¿Por un aniversario? ¿Por un impulso? ¿Por un vencimiento?

—Al marino y a la ancianita los mataron casi el mismo mes, además —señaló Lebreton—. Pero a la viuda no.

Podríamos suponer que los que van juntos de verdad son los dos primeros y que el de Maëlle, hoy, es más bien un eco.

—Sí, Maëlle, y también la Ardilla, conectan ambos casos con el presente. El asesino está aquí y ahora, y sigue teniendo motivos para actuar. Estoy convencida de que el chico puede conducirnos hasta él. Seguimos sin tener nada, supongo. ¿Los amigos, los sospechosos, el hijo de Maëlle, qué han dicho?

—De momento, por la descripción no lo ha reconocido nadie, ni siquiera Cédric Guénan —informó Lebreton—. Pero, en cambio, Naulin se ha acordado de un detalle más: el chico iba a ver a Marie Sauzelle «en relación con el naufragio de un barco».

—Otra vez.

En la chimenea crujió un tronco y Piloto levantó una oreja atenta. Capestan observó los brasas fosforescentes rodeadas de gris. Se le arrebolaban las mejillas con el calor de las llamas. Estaba intentando agrupar las ideas:

—Es el barco, ese es el punto común de los casos...

—¡Y nosotros! —soltó Rosière mirándolos fija y alternativamente, con los ojos verdes y penetrantes a pesar del vino.

—¿Nosotros?

Rosière se incorporó de pronto, con tal ímpetu que le tintinearon las medallas.

—El marino y la ancianita. No deja de ser muy raro que nos topemos con los dos casos en dos cajas diferentes, y que estén conectados. ¡Menuda coincidencia!

—Pues tienes razón —observó Lebreton—. Pero ¿alguien más en la brigada ha encontrado algún asesinato?

—Qué va —contestó Capestan—. Hemos vaciado todas las cajas y estos son los únicos homicidios.

—O sea que, si nos daba por ponernos a investigar, nos quedaríamos con esos casos ineludiblemente.

—Los pusieron ahí para que los encontráramos —murmuró Capestan.

—Y, sobre todo, les ha entrado a saco el mismo madero, que los metió en esas cajas como si fueran el cubo de la basura —dijo Rosière martilleando en la mesa con el puño rechoncho—. Apesta a podrido el asunto este, apesta a podrido, os lo digo yo...

Capestan sintió en el espinazo un escalofrío fatal. Rosière estaba en lo cierto. El mismo poli. Corrupto. O criminal. Bastó un segundo para que le empezaran a desfilar por la cabeza posibilidades, como si fueran las letras giratorias de los aeropuertos. Las letras se quedaron quietas formando un nombre. No. No podía ser eso, no podía ser él. No concebía que pudiera haberle tendido esa trampa después de tantos años, no se atrevería. Se le cruzó la mirada con los ojos intrigados de Lebreton, que, hundido en el sillón, la veía ponerse pálida. Capestan se levantó para juntar los expedientes repartidos por los escritorios, haciendo un esfuerzo por recobrar la calma. Volvió a sentarse y abrió las carpetas encima de la mesita. Con una ojeada rápida filtró las líneas de las cuartillas y, con la misma facilidad con que se localiza una canica roja en medio de la grava, aisló el mismo nombre tres veces: Buron.

Buron. El mentor, el padrino, el jefe. El amigo. De modo que aquella era la finalidad de esa brigada. Pero ¿por qué le encargaba esos casos? Y, sobre todo, ¿por qué se los encargaba a ella, Capestan? ¿Qué clase de prueba era? ¿De inteligencia, de lealtad? O puede que estuviera jugando a la ruleta rusa con sus remordimientos. Súbitamente, empezaron a surgir preguntas por todas partes, abrumándola, conduciendo sus reflexiones hasta el umbral de la asfixia. Buron. Tenía que recuperar la serenidad y concentrarse. Lebreton y Rosière esperaban. También ellos habían visto el nombre.

—Bueno —prosiguió Capestan en tono seco—. Buron está en todos los expedientes. Cuando era comisario de sección en la Criminal, en el 93, dirige la investigación sobre Guénan. En 2005, antes de ponerse al frente de la Brigada contra el Crimen Organizado, se convierte en el jefazo de la Criminal. Es quien supervisa el caso Sauzelle. Y ayer, para Maëlle, no se desplaza, pero manda a Valincourt, que es adjunto suyo.

—Buron es oficial en el número 36 desde hace treinta años. Es normal que su nombre aparezca en los expedientes —comentó Lebreton.

«Es verdad», pensó Capestan, aliviada al recuperar la lucidez tras aquel golpe emocional.

—No, no es normal —afirmó Rosière apurando la copa de un lingotazo resuelto—. Con la reputación que tiene, esas investigaciones no deberían haberse quedado a medias. Lo que suele caracterizar a la Criminal es que cierran todas las puertas. Mientras que aquí da la sensación de que no abrieron ninguna.

Rosière se levantó trabajosamente del sofá y dio unos pasos para desentumecerse las articulaciones. Se le notaba que estaba pendiente de su equilibrio. A pesar del alcohol, seguía con las piernas firmes y le importaba mucho mantenerse pegada a la tierra. Rodeó la mesita y, con una uña de color bermellón, se fue a reventar las bolsas de aire del único rollo de papel pintado que Merlot se había dignado poner. Las paredes estaban flamantes y formaban un contraste llamativo con el techo amarillento y resquebrajado. Nadie había querido volverlo a pintar con la escalera; tortícolis garantizada.

—Estoy de acuerdo —admitió Capestan a su pesar—, esos expedientes carecen por completo de rigor, de tenacidad.

—Pero de ahí a deducir que haya cometido los crímenes, es un poco precipitado —insistió Lebreton.

Capestan se quedó mirando al comandante, pensativa. No le faltaba razón, de hecho esperaba que le sobrara.

De todas formas, desde que se fundó la brigada el comportamiento de Buron la tenía intrigada, lo notaba poco fluido. Su serenidad habitual parecía trabada. La comisaria no podía seguir demorando sus revelaciones:

—Hay algo más sobre Buron. No creo que haya creado nuestra brigada por casualidad.

—¿Y eso? —preguntó Lebreton particularmente atento.

Capestan expuso someramente la situación: lo que había descubierto Merlot sobre el enfrentamiento entre Buron y Riverni, sus propias dudas y el tenor de su entrevista con el jefazo del 36. Cuando concluyó su declaración, hubo dos segundos de silencio escandalizado. Pilú se enderezó, en posición de alerta.

—¿¡¿Y nos lo dices ahora?!? —exclamó Rosière, atragantándose.

—Pues sí, no pensé que tuviera ninguna utilidad hacerlo antes —contestó la comisaria con voz firme—. Se podía deducir cualquier cosa y todo lo contrario sobre las intenciones de Buron. Prefería esperar a ver qué pasaba.

Mientras Lebreton, con el rostro vuelto hacia las llamas crepitantes, digería la noticia, Rosière siguió desgraciando el papel pintado sin dejar de refunfuñar.

—Lo que está clarísimo es que esos casos apestan a poli —concluyó—. Y, si me apuras, el asesino es Buron y está esperando a que le entreguemos un buen chivo expiatorio para disfrutar de una jubilación sin sobresaltos.

—No tiene ningún interés en airear estos expedientes si es culpable —objetó Lebreton—. Los casos habrían seguido olvidados hasta prescribir, era la situación ideal.

—En ese caso, ¿por qué nos los cuela a la chita callando? Se guisa el asunto él solito; no le dice ni pío a Anne cuando va a verlo; nos endilga los dos jabones mojados y ahí os las apañéis. ¿Es así como actúa un inocente?

Rosière volvió a sentarse, se sacó de la manga un pañuelo hecho un gurruño y se empezó a secar la nariz rabiosamente. La comisaria estaba pensando. Una vez más, en lo que se refería al director y a su afición a manipularlo todo, no se podía excluir ninguna hipótesis.

Ahora, el olor del humo tapaba el de la cebolla, creando un ambiente igualmente agradable, pero de otra naturaleza. Bajo la mano de Capestan, el algodón áspero del reposabrazos del sofá pareció suavizarse. Había que impulsar la investigación con lo que había y que pasara lo que tuviera que pasar.

Capestan cogió aire a fondo antes de soltar:

—Efectivamente, de un modo u otro, Buron está metido en este asunto. Sabe cosas que nosotros ignoramos y que no quiere contarle a nadie. No podemos interrogarlo, pero sí troncharlo las veinticuatro horas para ver adónde nos lleva.

Buron, vestido con un traje negro de Lanvin que le quedaba un poco estrecho, le alargó la entrada a la acomodadora sin olvidarse de sonreírle. La joven lo guio hasta la tercera fila del patio de butacas y le señaló el cuarto asiento. Como de costumbre, los rasgos de Buron se contrajeron en una mueca fugaz al percatarse de que apenas había sitio para pasar. «Malditos teatros a la italiana», pensó, una vez más. En la sala Richelieu, el zumbido de los espectadores antes de la función empezaba a subir de tono, vaharadas de perfumes embriagadores flotaban entre las filas. El jefe de división se estaba relamiendo por adelantado. *Don Juan* en la Comédie-Française era una apuesta segura. Resonaron los tres golpes anunciando que iba a empezar la representación y se arrellanó en la butaca de terciopelo rojo. Disfrutaría de la velada con el ánimo sereno, sabiendo que, ahí fuera, Capestan estaba haciendo lo que había que hacer.

38.

Los tubos fluorescentes zumbaban en el pasillo descolorido del hospital. El aire estaba impregnado de un olor característico, mezcla de lejía y humedad. Las suelas de las bailarinas de Capestan chirriaban sobre el linóleo azul con vetas negras mientras avanzaba mirando el número en las puertas de las habitaciones. Por una de ellas, entreabierta, se veía a una paciente con la bata arrugada, metida en la cama delante de la bandeja de la cena. Capestan llegó a la 413 y llamó antes de entrar.

Torrez, con un pijama amarillo de franela que recorrían hileras de osos marrones, estaba recostado en la cama contra una almohada con funda blanca. Llevaba un vendaje que le multiplicaba por dos el perímetro de la cabeza y un cabestrillo que le inmovilizaba el hombro y el codo derechos. El tubo de la perfusión le unía la mano derecha a una bolsa de plástico llena de un líquido denso y transparente. Con el mando a distancia en la mano derecha, miraba la tele apagada. Se le iluminó el rostro al ver a Capestan. Esta le había llevado una radio y un CD de grandes éxitos de la canción francesa. Lo puso todo encima de la mesa que había junto a la cama.

—¿Qué tal estamos esta noche? —preguntó con el tono de la enfermera que viene a buscar el orinal.

—Estamos bien. Estamos contentos. Queremos hacer pis.

—¡Uy! ¿Quieres que llame a alguien? —preguntó Capestan, fijándose en que también ella empezaba a generalizar el tuteo.

—No, estaba de broma.

Torrez sonreía de oreja a oreja, con lo cual se le arrugaban los vendajes. Capestan no estaba segura de haberle visto antes aquella expresión en la cara. Él se incorporó un poco, con una mueca. El monitor que tenía al lado emitió varios pitidos que sonaron como el Breakout de una consola Atari antigua. Capestan no sabía cómo expresarlo, así que optó por ser sencilla y convencional, a falta de algo mejor.

—Gracias. De no ser por ti, no lo cuento.

Torrez parecía realmente feliz.

—¿Te has fijado? —señaló—. No estás muerta. Me ha tocado a mí.

La comisaria lo sentía muchísimo, pero Torrez, en cambio, estaba entusiasmado.

—Se acabó la mala suerte. Incluso se ha invertido. No solo no te he gafado, sino que te he salvado la vida.

—Estaba convencida de que no me pasaría nada. No creo en los gafes. Y, además, tengo suerte.

El rostro magullado del teniente se ensombreció:

—¿Crees que solo funciona contigo?

—¡No! No es eso —se retractó Capestan precipitadamente—. Pero no es más que una superstición y acabas de demostrarlo.

Capestan se acomodó en una silla. Recapituló los acontecimientos y expuso el plan de acción: una parte del equipo permanecía de plantón delante de la bici, otros seguían buscando datos sobre la Ardilla y también sobre el barco, y los que quedaban se turnaban desde hacía dos días para seguir a Buron. Quien, por cierto, había dado a entender que le iban a asignar una luz giratoria al teniente Torrez.

—¡Por fin, una distinción! —se alegró el interesado.

Siguieron hablando un rato de la comisaría de Les Innocents. Cuando terminaron de empapelar, habían puesto visillos en las ventanas para que quedara más acogedora y habían llevado lo necesario para cocinar un poco. Évrard decía que habría que cubrir las adelfas durante el invierno. Dax se había cargado el parqué con un clavo del zapato y Merlot había rematado la fotocopiadora sentándose encima. Lewitz le estaba dando los últimos toques a la cocina reformada, que tapaba un poco la cristalera, pero que, aparte de eso, había quedado bien. Esa misma mañana, Orsini había contado un chiste. Y, al equipo, estupefacto, se le había olvidado reírse. Pero Orsini tenía espíritu deportivo y había reconocido que solía causar ese efecto.

Torrez comentaba todas las noticias, tenía un juego para postre que ya no usaba y prometió llevarlo. La conversación fue declinando poco a poco hasta recalar en un silencio sosegado. Al igual que los policías de plantón, pensaban cada uno en lo suyo sin que supusiera ninguna molestia para el otro. Hasta que Torrez carraspeó suavemente y Capestan supo que le iba a hacer la pregunta que afianzaría su confianza mutua.

—Y el tío ese al que... ¿Qué fue lo que pasó?

Capestan se echó hacia atrás en la silla. No le apetecía mucho rememorar aquella época.

—No es una historia agradable. ¿De verdad te interesa?

Torrez agachó la cabeza, no quería insistir. Capestan sintió que la consideraba ya una auténtica compañera y que, si no quedaba más remedio, se conformaría con lo poquito que sabía, sentado junto a una incógnita. Pero a Torrez acababa de atropellarlo un autobús por su culpa y no podía seguir escurriendo el bulto. Suspiró de tristeza para sus adentros y cruzó los brazos, resignada a contestar a las preguntas del teniente.

*

—Hace tres años, yo formaba parte de la BRB...

—¿La del crimen organizado? —dijo Torrez pasmado.

Una brigada mítica, la culminación de una carrera, y ahora estaba ahí aparcada: el teniente se hizo cargo de la magnitud de la caída.

—Sí, la Brigada contra el Crimen Organizado —repitió Capestan, nostálgica—. Allí estaba muy a gusto. Y un buen día me llamaron para destinarme al muelle de Gesvres. La brigada de menores, con un muy buen ascenso. No pude rechazarlo.

—¿Y deberías haberlo hecho?

—Sí —dijo descruzando los brazos.

Los niños, las desapariciones, la angustia de las familias, los abusos. Los dramas a cual más desolador y aquello no se acababa nunca. Todas las noches Capestan contemplaba su impotencia, enterrada en el campo de batalla. Al cabo de apenas un año tuvo que admitirlo: no estaba a la altura. Nunca había tenido la calma instintiva ni la capacidad de distanciarse automáticamente. En sus anteriores destinos, le daba tiempo a recuperarse entre un caso terrible y el siguiente. Pero allí no, nunca. Agotó en unos meses sus reservas de indiferencia. Había consumido la sangre fría hasta la última gota, ya solo le quedaba la caliente, que podía empezar a hervirle con el menor pretexto. Solicitó un cambio de destino. Buron se lo negó. Tenía que aguantar un año más. Y allí siguió.

—Desaparecieron dos hermanos, niño y niña, de doce y ocho años —empezó a contar Capestan—. Teníamos la esperanza de que se hubieran ido de casa, pero obviamente nos temíamos que hubiese sido algún perturbado. Las investigaciones no cuajaban, estábamos empantanados. Las semanas iban pasando y luego los meses.

Los meses. Solo de pensarlo volvía a agobiarse.

—Los habían secuestrado. Al final encontramos una pista y localizamos al tío en un lugar perdido, cerca de Melun. Mientras los demás colegas registraban la casa, yo fui a comprobar la caseta del parque. Rompí el candado. Allí permanecían los dos niños, flacos, negros de roña. Al principio me quedé perpleja en el umbral. Estaban acurrucados juntos en un jergón en el mismísimo suelo. A su lado había un anciano iguales síntomas de desnutrición. Pero estaba muerto, desde hacía al menos un día. Cuando aparecí, los niños no hicieron ni un ruido, había el mismo silencio que en una tumba. Al final me acerqué para tranquilizarlos, y entonces oí un ruido detrás de mí. El hombre se encontraba allí, en el vano de la puerta. Estaba a contraluz, se le dibujaba perfectamente la silueta, pero no distinguía sus rasgos ni lo que llevaba en la mano. En una, muy probablemente, un bloc de notas, pero en la otra podía ser tanto un bolígrafo como un cuchillo. Al verme, ni siquiera intentó huir. Al contrario, me preguntó qué estaba haciendo allí, en su casa. Vi que la mano de la nena se aferraba a la tierra justo a mi lado. Me levanté y me coloqué entre el hombre y los niños para que no lo vieran. Y lo maté.

—¿Un maníaco sexual?

—Sexual, no. Un megalómano. Estudiaba la gran hambruna del Antiguo Régimen. El muy cabronazo quería datos reales. Estudiaba clínicamente las consecuencias del hambre en los grupos de población más débiles: niños y ancianos. No en el jugador de rugby de treinta años, qué va. Según él, la ciencia se merecía algunos sacrificios; los médicos bien que utilizan monos.

Capestan no pudo por menos de reconocer que, con el estado de ánimo que tenía en ese momento, a esos médicos tampoco le importaría liquidarlos. Torrez estaba alisando la sábana con la palma de la mano. Como padre, aprobaba el disparo; como poli, habría preferido una detención. Frotó distraídamente el mando a distancia con el pulgar. Por fin, preguntó:

—¿Te arrepientes?

La famosa pregunta. Tres existencias destrozadas a cambio de la vida de esa sabandija, a Capestan le gustaban demasiado las matemáticas para arrepentirse de lo que había hecho. Pero sabía que así iba a parecer una sociópata.

—Aún no lo he decidido —respondió hipócritamente.

Torrez pareció interpretarlo como un sí y volvió a la carga:

—¿Era un cuchillo?

—¿El qué?

—Que si llevaba un cuchillo.

—Un boli.

—¿Y los compañeros te cubrieron?

—Mejor aún: el jefe. El primero que llegó a la caseta fue Buron. Su testimonio fue categórico: legítima defensa. Si lo decía Buron...

Sin él, no solo habría acabado destituida, sino en la trena. Le había salvado el pescuezo.

Y, ahora, se lo estaba cobrando.

¿De verdad era así? ¿Realmente le estaba pasando factura? ¿Había montado la brigada con Capestan, la que estaba en deuda, a la cabeza para dar caza al chivo expiatorio? Cabía incluso la posibilidad de una amenaza implícita: Buron esperaba que ella lo protegiera a su vez, so pena de romper el pacto. ¿Se suponía que tenía que falsear la investigación, ocultar las pruebas y, por último, traicionar a las víctimas? No se lo planteó ni por un momento, claro está.

Pero no iba a ser fácil traicionar a Buron.

La conciencia de Capestan se iba abriendo camino por debajo de las manipulaciones del director. ¿De verdad que su mentor podía llegar a ser tan cínico? Capestan se negaba a creerlo. Se negaba incluso tan vehementemente que casi parecía un desmentido. Tenía que analizarlo fríamente. Que recuperar la capacidad de estudiar todos los elementos con absoluta objetividad.

Por su parte, a Torrez lo que más le preocupaba era la pasividad de la comisaria:

—Si Buron te exculpó, no entiendo por qué te han mandado a esta brigada. Es una falta grave, pero puntual.

Puntual. De eso nada. Los meses anteriores, Capestan ya les había disparado en la rodilla, por puro hastío, a varias malas bestias. Había alegado delitos de fuga muy cogidos por los pelos, que ni Buron en la Dirección ni Lebreton en Asuntos Internos se habían tragado en ningún momento. En realidad, el disparo de la caseta había cerrado una espiral terrible y Capestan se merecía una y mil veces estar en la lista negra.

*

En el pasillo se oyó un taconeo; luego llamaron a la habitación de Torrez y, aunque este invitó a entrar al visitante, hubo unos segundos de expectación hasta que por fin Rosière entornó la puerta y asomó la cabeza antes de abrir de par en par. Lebreton cruzó el umbral detrás de ella. Divididos entre la prudencia y el compañerismo, saludaron a Torrez haciendo con la mano un gesto prolongado. Tras lo cual Lebreton se estiró pulcramente el puño de la camisa y se colocó enfrente de la cama, con la espalda apoyada contra la pared. Rosière se quedó a su lado, estrujándose las medallitas con los dedos.

—¿Qué hay de esa lista de pasajeros, alguna novedad? —preguntó Capestan, que seguía en la cabecera del teniente con turbante.

—Sí, la compañía tiene la sede en Miami. Se la van a enviar a Évrard y llegará dentro de dos o tres días.

—Perfecto. ¿Y el seguimiento?

—Ahí tenemos un problema —admitió Lebreton apoyándose en la otra pierna.

—¿Y eso?

—Buron es un madero de los buenos. Es difícil troncharlo sin que se dé cuenta, sobre todo porque nos cono-

ce a casi todos. En la calle y de lejos, nos las vamos apa-
ñando...

—Hombre, que tampoco es una gacela el abuelete, no
hay cuidado de que nos despiste —interrumpió Rosière
con una risita.

Hasta la habitación llegaban los ruidos del pasillo. El
rodar del carrito, las bandejas apiladas y la voz sonora de las
enfermeras haciendo la ronda de última hora de la tarde.

—Pero, en cambio —continuó Lebreton—, no se puede poner a nadie de plantón delante del 36. Entre las cámaras y las ventanas que dan al muelle, no hay discreción que
valga. Está prohibido aparcar, los turistas solo pasan. Me
estaba preguntando si no valdría más descartar por completo la vigilancia directa y apostar equipos en los cruces de los
alrededores, pero nunca seríamos suficientes...

—Nos conformamos con el domicilio y nos olvida-
mos de las horas que pasa en el número 36, pero entonces
ya no es una troncha —dijo Rosière, que resplandecía con
su impermeable de vinilo blanco.

No, si estaban vigilando a Buron, desde luego no era
para dejar al margen su actividad profesional. Pero el 36 era
duro de roer, había que dar con un buen sistema.

—¿En la orilla de enfrente, con unos prismáticos? —sugirió Capestan.

Lebreton negó lentamente con la cabeza.

—Se vería desde las oficinas de arriba y quedaría muy
sospechoso. Estábamos pensando en alquilar un piso...

—... pero los estudios para salario mínimo no abun-
dan precisamente a orillas del Sena —enlazó Rosière—.
Y como los ricachones no son de los que te prestan una
ventana a base de viruta...

—Podríamos probar una requisa... —dijo Capestan
sonriendo.

—... pero los muy quejicas seguro que reclamaban
—remató Rosière jocosamente.

Con el impermeable de vinilo, se estaba asando en esa habitación donde Torrez había subido la temperatura de los radiadores. Se lo ahuecó reiteradamente para ventilarse y, al final, decidió quitárselo, doblarlo y colgárselo del brazo.

—Ahora están de obras, ¿no? —continuó Capestan.

—Afirmativo —contestó el comandante Lebreton—. Hay andamios en un extremo del último piso y en el tejado. Pero no podemos colarnos, ni siquiera con ropa de trabajo. Estamos hablando de vigilar a la judicial, no a unos gamberros, la empresa adjudicataria se negará en redondo. Y, en el nivel de calle, ya he comprobado que no hay sitio para montar una caseta de obra. No, in situ no hay forma de poner un topo de plantón, te lo juro, lo hemos intentado, pero es imposible.

—Tiramos la toalla —confirmó Rosière.

Torrez le daba vueltas al mando entre los dedos, toqueteando las teclas de goma con la uña. La comisaria pasó revista de memoria a los alrededores del número 36, con las amplias ventanas enrejadas, el porche de la entrada, el parapeto que dominaba las orillas del Sena, los castaños, las contadas plazas de aparcamiento que había detrás de la barrera automática. No podían esconderse en ningún sitio. Tenían que encontrar una alternativa. Se le empezó a ocurrir una idea.

—Si no podemos ser discretos, seremos descarados —anunció Capestan.

Isla de Cayo Hueso, sur de Florida, Estados Unidos, 2 de mayo de 1993

El aire, cargado de humedad, olía a sal y a flores. Dos cotorras esmeralda revoloteaban por el ficus, cuyas raíces rompían la acera. Esos colores, ese calor, ese silencio. Alexandre no quería volver a Francia.

Y, sin embargo, no les quedaba más remedio, tenían que cuidar de Atila.

Atila. Un mote de lo más lógico. En ese momento, el niño estaba explorando el fondo del jardín bajo la atenta mirada de Alexandre. Enarbolaba una pala pensada para hacer castillos de arena y se dedicaba a aporrear con ella los troncos que tenía a mano. Nunca construía nada con aquella pala. Alexandre suspiró y sacó un pañuelo para secarse el sudor que le chorreaba de las sienes.

El joven que regentaba la barraca de alquiler de bicis pasó por la calle y lo saludó con la mano. Su fiel loro de filibustero se le bamboleaba en el hombro con dignidad. Se dirigían al Sloppy Joe Bar, en Duval Street. A Alexandre también le habría apetecido apurar un *bourbon* viejo. Francia. Adiós al submarinismo. Adiós a vivir entre lino y algodón. Vuelta al oficio, a la lana y al uniforme, el paréntesis amoroso ya había durado bastante.

Un gallo apareció en el sendero. Por las anchas calles bordeadas de árboles circulaban pocos coches y siempre iban al paso. El gallo cruzó, pues, confiado, y se dirigió hacia el portón abierto de la casa de Alexandre. Este silbó para asustarlo y que se fuera, pero el avechucho estúpido se empeñó en seguir. Aquí los gallos estaban acostumbrados a andar sueltos, los habitantes los habían implantado para que ahuyentaran a los escorpiones y se los comieran. Los gallos respetaban su parte del contrato a cambio de que los dejaran en paz. Irguiendo la cresta y sacando pechuga, el gallo entró en el jardín. En cuanto lo vio, Atila se le echó encima, blandiendo la pala y gritando. Alexandre lo interceptó estirando rápidamente la mano y lo sujetó por debajo del brazo. Congestionado de ira, Atila pataleó, pero tuvo que ceder, sin resuello, a la firme presión de Alexandre. «Tiene sangre de guerrillero», decía su madre con un brillo de orgullo muy cubano en la mirada. «Los guerrilleros para la revolución, Rosa.»

Un *pick-up* blanco con salpicaduras de barro aparcó en paralelo a la acera. Rosa echó el freno de mano, bajó del vehículo y lo rodeó para abrir la puerta del copiloto. Desabrochó el arnés de la sillita infantil y tomó en brazos, con mucho cuidado, a un Gabriel muy pequeñito. Las lágrimas se le habían secado en la cara desde hacía tiempo y en la mano llevaba uno de esos caramelos de colores que regalan los pediatras. La venda que le rodeaba la oreja no facilitaba el cogerlo. Alexandre, con el corazón encogido, interrogó a Rosa con la mirada. Ella esperó a estar a su lado para señalar el vendaje de Gabriel.

—No han podido coserlo, el lóbulo estaba arrancado.

39.

—¿Tú crees que si el 36 hubiera estado en el 38 lo habrían llamado de todas formas el 36? —preguntó Dax.

Évrard tuvo la deferencia de fingir que se lo pensaba antes de contestar:

—No.

Sentada en el parapeto de piedra del muelle de Les Orfèvres, frente a la sede de la policía judicial parisina, vigilaba las ventanas del tercer piso, donde estaba la dirección.

—Pues 38 no sonaría igual de bien. Claro, hay cosas peores: 132 bis. ¿Te lo imaginas? «Pertenezco al 132 bis.» Los tíos buscarían otro nombre, te lo digo yo.

Évrard sonrió y fue deslizando la mirada hasta el Sena. Desde la amplia cabina acristalada del puente de una chalana, un marinero pilotaba con mano firme. En la otra mano tenía una taza y saboreaba el primer café de la mañana, bajo el sol otoñal que perfilaba los árboles, los puentes y los edificios con trazo ágil y preciso. Évrard le envidió su libertad de viajero. Balanceaba las piernas alternativamente para darse ritmo y mantenerse despierta a pesar de lo monótona que era la vigilancia. El tacto granuloso de la piedra la irritaba a través del vaquero.

Hoy le tocaba tronchar a Buron con Dax, y tenía la esperanza de que la sabiduría popular acertara en eso de que nadie se muere por hacer el ridículo. Por encima del chubasquero lucía una camiseta en la que Orsini, haciendo gala de su talento de calígrafo, había escrito el eslogan: «COMISARÍA EN HUELGA». Era una ocurrencia de Capestan. Ya que no podían poner un plantón de incógnito, se dejaban ver a la luz del día, en la postura estática ideal del huelguista de fondo. No tenían material y casi ningún derecho: su brigada de maderos aparcados tenía mucho que reivindicar, pues vamos a sacarle provecho, había dicho. Évrard, que no estaba demasiado convencida de esa estratagema, argumentó que si Buron se daba cuenta podía dejar de salir a la calle. Capestan insistió: «No sospechará que lo estamos siguiendo, pensará que es una huelga de verdad, se cree que somos idiotas perdidos. Y, de todas formas, tampoco importa, no sabemos muy bien lo que estamos buscando, pero si tiene relación con el 36 más vale vigilar lo que pasa por esa zona. También veremos quién reacciona a nuestra presencia».

Dax, que estaba a su vez sentado en el parapeto, había rotulado su camiseta personalmente con grandes mayúsculas chorreantes: «BRIGADA MARGINADA». A él y a Lewitz también se les había ocurrido «Pipas de disparar, no de fumar», «Queremos una placa, no una cloaca», «Más dinero para los maderos», e incluso: «¡A por ellos!», con lo que habían pasado un buen rato berreando de risa. Capestan tuvo que rendirse y acabó eligiendo el eslogan más sobrio, con cierta aprensión en la mirada. Por lo demás, le había parecido más prudente separar a los dos amigotes para esa misión.

Cuando Évrard y Dax llegaron a las ocho, apenas un minuto más tarde que Buron, el agente de guardia, un joven fornido de piel pálida y brazos cortos, se los quedó mirando con curiosidad. Con sonrisa socarrona, llamó por teléfono a algún superior para saber qué tenía que hacer con los «compañeros huelguistas» que se manifestaban silenciosamente en pareja. Debieron de contestarle que «quitarlos de en medio», porque se acercó a ellos y les pidió amablemente que circularan. Évrard opuso un rechazo categórico. El agente se fue a que le dieran instrucciones nuevas. Cuando volvió, lo acompañaban otros dos agentes que parecían estar divirtiéndose tanto como él.

Cogieron a Dax por el codo para desalojarlo y el teniente se puso a bramar: «¡Violencia policial! ¡Violencia policial!». Los peatones se daban la vuelta, los turistas hacían fotos, y al final el *walkie talkie* del centinela su puso a crepitar. Desde las ventanas del último piso, un jefe disponía que era mejor dejarlos en paz que alarmar a las masas.

Ahora, Évrard y Dax vigilaban las idas y venidas sin que nadie se metiera con ellos, con un ojo puesto en la ventana del director Buron.

Évrard, muy metida en la misión y en su papel, se esforzaba por tener el aspecto digno de poli caída en desgracia injustamente, aunque no era tarea fácil teniendo al lado a Dax con su expresión de inalterable entusiasmo. Las ramas del castaño que crecía junto al río le hacían cosquillas en la parte de arriba de la cabeza en cuanto soplaba un poco de brisa, y tampoco la ayudaban a concentrarse. Pero, en conjunto, la teniente y su falsa mirada indiferente de farolera no se perdían un solo detalle de lo que pasaba a su alrededor. Para comunicarse con Capestan, apostada donde no pudieran verla en un banco de la plaza Dauphine, Évrard utilizaba el manos libres del móvil. Se había puesto dos auriculares, como si fuera un reproductor de MP3. La tarifa plana de la comisaria garantizaba una conexión permanente.

Dax sujetó la pancarta «HUELGA DE HAMBRE» entre las rodillas para tener las manos libres y sacar de la mochila amarilla y gris un bocadillo más grueso que una guía telefónica. Cuando quitó el papel de aluminio, un intenso aroma a embutido impregnó el aire fresquito y otoñal.

—¿Quieres un cacho? —le ofreció el joven teniente a su compañera de ese día—. Es de jamón, pollo, beicon y pastrami. Me lo ha hecho mi madre, que es una experta en bocatas. Lleva una pizca de mostaza y nada de lechuga, para que el pan no se moje. Y lo envuelve en papel de cocina para que no coja el sabor del papel de plata. ¿Quieres?

Évrard dijo que no con una sonrisa y Dax se embutió aquel monumento en la boca con evidente satisfacción. El agente de guardia, algo ofendido, se acercó a él:

—Creía que estabas en huelga de hambre.

Con la boca llena, Dax meneó la cabeza enérgicamente, intentó contestar, pero se le escapó una salva de migas y volvió a cerrar la bocaza, no quería desperdiciar así un pan tan bueno. Évrard cogió la pancarta y le sacó las castañas del fuego:

—Me toca tomar el relevo durante dos horas. Él está haciendo un descanso

—¿Os estáis relevando? ¿Hacéis descansos para comer durante una huelga de hambre? —inquirió el policía con tono malévolo.

—Exactamente —confirmó Évrard mientras Dax asentía con los labios apretados.

—¿Os creéis que somos gilipollas?

Era obvio. Tenían que desviar la acusación para parecer creíbles y conservar el puesto de observación. Évrard tiró de sus reservas de amargura y argumentó en tono pasivo agresivo:

—No. Sois *vosotros* los que os creéis que somos gilipollas. Así que nos adaptamos. Somos disciplinados. Ese es el secreto de un buen madero, ¿no? Así conseguiremos que los jefes nos vuelvan a meter en una brigada normal con polis normales.

No tenía intención de ensañarse con el centinela, pero aquel discurso formaba parte del papel. Mientras hablaba, Évrard se quitó uno de los auriculares para darle al asunto más realismo. A través del otro, percibía la atención lejana que le prestaba Capestan, que se lo estaba pasando muy bien con la conversación.

Un reflejo en los cristales de la ventana del director llamó la atención de Évrard. Buron iba y venía por delante de la ventana hasta que, al fin, se quedó quieto unos segundos y saludó a la teniente con la mano durante un buen rato. Évrard esperó a que el guardia se fuera para avisar a Capestan:

—Buron me está diciendo hola.

La voz de la comisaria le llegó a través del auricular izquierdo:

—¿Te parece que te está saludando, que está sorprendido o que te está tomando el pelo?

Tras pensárselo brevemente, Évrard se rindió a la evidencia:

—Creo que me está tomando el pelo.

A cien metros de allí, sentada en el banco, Capestan se preguntó una vez más adónde quería llegar Buron y si se había dado cuenta de que estaban tronchándolo. Situada en la pista de petanca que dominaba la plaza Dauphine, un delicioso remanso de provincias frente a la sobriedad del Palacio de Justicia, la comisaria aprovechaba la vista panorámica y organizaba los relevos. Con un oído puesto en Évrard y Dax, disfrutaba con el otro de los ruidos de la partida de petanca que estaba en marcha. El golpe seco y mate de las bolas de acero, el roce amortiguado que hacían al rodar por la arena llena de chinitas, las exclamaciones, las pullas y los consejos recalcados con convicción impaciente. Se divertían, pero querían ganar. A cualquier precio, una partida tras otra.

Capestan barría constantemente los alrededores con la mirada. Un joven lleno de rastas, como si llevase un pulpo durmiendo la siesta en la cabeza, cruzó la plaza. Un poco más allá pasó otro joven. Este llevaba casco verde y bermudas.

Capestan se irguió. Era la Ardilla. Iba montado en una bicicleta, la que se suponía que Merlot vigilaba. Pero ya no importaba. Lo habían encontrado, ahora era cosa de no dejarlo escapar. Iba hacia la entrada de la judicial. Capestan cogió el micro del manos libres y avisó a Évrard:

—El chico al que perseguimos Torrez y yo os va a llegar por la izquierda. Casco verde. Hay que troncharlo también. Es nuestro objetivo prioritario.

La bici apenas había salido de su campo visual cuando el segundo móvil de Capestan se puso a vibrar. Descolgó. Era Rosière.

—Hola, Anne. ¡No te lo vas a creer!

—¿Buron está en la lista de pasajeros?

—No, bueno, no lo sabemos, aún no la hemos visto. Pero tenemos algo mejor: el 2 de junio de 2005, el tribunal de Miami condenó al armador a pagarles una indemnización a los supervivientes del naufragio. Para celebrarlo, la Asociación de Náufragos Franceses organizó una fiesta en Boulogne y tenemos un vídeo. Lo hemos cruzado con las investigaciones de Torrez sobre la agenda de Marie Sauzelle y la fecha podría coincidir con la noche en que la mataron.

—Hay que verlo. Pero no tenemos reproductor de vídeo en Les Innocents, ¿dónde podríamos...?

—Pues claro que tenemos —dijo Rosière encantada de la vida—. Reproductor de vídeo, lector de DVD, Blu-Ray, *router* y pantalla plana. Hasta he llamado para que nos pongan CanalSat. ¿Vienes?

—Sí. Voy a localizar a Orsini para que ocupe mi puesto y voy para allá.

Capestan colgó y buscó entre los contactos el número de Orsini. Sonreía con resignación. ¿CanalSat, en serio?

Dax aprovechó el descanso del seguimiento para pasar por casa y darse una ducha. Tras ponerse ropa limpia, metió los dedos hasta la segunda falange en el bote de fijador extrafuerte. Se untó la sustancia en las palmas frotándolas entre sí y se la aplicó armoniosamente sobre el pelo mojado. Se peinó los mechones cortos hacia un lado y remató la obra modelando el tupé con el pulgar y el índice. Satisfecho del resultado, le sonrió a su reflejo en la luna del armarito del baño y estuvo un buen rato lavándose las manos. «Para seducir a una chica limpia, hay que tener las manos limpias», decía siempre su madre. Dax tenía las manos impecables, el día en que se cruzara con esa chica tan limpia no tendría que buscar un lavabo. Se las secó cuidadosamente con la toalla, de un blanco inmaculado, y dio el toque final rociándose con colonia. A Dax le gustaba oler bien, no entendía a los tíos como ese al que tenían que tronchar. En la bici se sudaba mucho. Aun así, ese chico debía de tener unos contactos cojonudos. Había entrado en el número 36 tan pancho, sin enseñar la documentación. Como si estuviera en su casa.

40.

La respuesta tenía que estar en el vídeo. Capestan pulsó *play*. La pantalla pasó de la niebla a los rayajos, luego apareció el color y la imagen acabó estabilizándose. En el sofá, Rosière y Lebreton guardaron silencio. Se oía cómo giraba la cinta en el reproductor.

La ceremonia de conmemoración era al aire libre. En un espacioso terraplén habían instalado un estrado de tablas con una pantalla gigante. A ambos lados estaban dispuestas las largas mesas del banquete. A la derecha, con bancos; y, a la izquierda, a modo de bufé con las bandejas de cartón llenas de bocaditos en filas primorosas. En uno de los extremos, las torres de vasos de plástico rodeaban las frascas de vino, las botellas de refresco y los *tetra-briks* de zumo. No tenía la elegancia de los pícnics del Elíseo, pero el cielo aún estaba azul a pesar de la avanzada hora de la tarde y los invitados se saludaban cordialísimamente.

El hombre con traje que estaba en el estrado daba golpecitos en el micrófono. Pronunció algunas palabras con los ojos perplejos clavados en un técnico. Se oyó un fuerte acople y todos los asistentes, repartidos en grupitos dispersos, se volvieron hacia la tarima como un solo hombre.

La cámara fija se hallaba situada en el extremo opuesto al estrado. Abarcaba el terraplén, la tarima y la pantalla gigante. El hombre del traje se ruborizó. Muy inclinado hacia el micro, comenzó a hablar, pero los bafles no empezaron a sonar hasta la tercera o cuarta palabra: «... Mis queridos amigos, que este año no sea en el que olvidemos...».

—¡Ahí! En la esquina de abajo a la izquierda —exclamó Rosière—, ¡la viejecita de los rizos!

Era, efectivamente, Marie Sauzelle. Pero Buron seguía sin aparecer, para gran alivio de Capestan. No le apetecía nada divisar la silueta alta y algo fondona del director. Pasaba revista ansiosamente a todo el mundo, deseando no dar con nada. Y, de repente, otra silueta, más magra, le llamó la atención. Apuntó la pantalla con el dedo para señalársela a Rosière y Lebreton. Esperaron a que el hombre se diera la vuelta para confirmarlo. No cabía duda.

—Valincourt —dijo Lebreton.

—¿Qué pinta ahí? —añadió Rosière—. Fíjate...

Marie Sauzelle se acercó a Valincourt, lo saludó y se quedó a su lado. Cruzaron unas palabras sin dejar de mirar al hombre del estrado. «... Tras meses de investigación, el comité al que represento ha podido hacer una película en homenaje a las víctimas del naufragio de...»

Valincourt se irguió. Había dejado de escuchar a la mujer que tenía al lado.

«... Y mientras van pasando las fotos, les ruego que guarden el mayor silencio...»

Empezaron a sonar las primeras notas de la sintonía del programa «Étoiles du cinéma» y en la pantalla fueron apareciendo los primeros planos de las víctimas, con un fundido entre uno y otro, mientras el hombre del traje recitaba los nombres.

—Qué cosa más ramplona —farfulló Rosière.

Lebreton movió ligerísimamente la cabeza y Capestan volvió a fijarse en la esquina izquierda de la tele. La silueta de Valincourt estaba tensa como un arco. Sauzelle sacó un pañuelo y empezó a darse toquecitos en los ojos, pero se interrumpió súbitamente y se quedó mirando la pantalla gigante, luego se volvió hacia Valincourt y, de nuevo, otra vez hacia la pantalla y Valincourt. La película conmemorativa duró unos segundos más y la proyección concluyó con un fundido en negro.

Marie se giró completamente hacia el jefe de división y empezó a decirle algo muy animada. Él negó con un gesto y le puso en el hombro a la anciana una mano apaciguadora pero autoritaria. Ella asintió, aunque no parecía muy convencida. Aun así, dejó que la condujera al bufé y se salieron de campo. El vídeo terminó poco después.

—Me pregunto qué le estaría diciendo Sauzelle para mosquearlo así —dijo Capestan pulsando el botón de *stand-by* de la tele.

Sacó la cinta del reproductor y la guardó en la caja de plástico. De un único vídeo habían sacado varias certezas. La comisaria las enumeró: Valincourt pertenecía a la asociación, al igual que Marie Sauzelle, lo que significaba que habían viajado en el *Key Line Express,* el barco en el que trabajaba Yann Guénan. Por lo tanto, los tres se habían tenido que cruzar. Y, sobre todo, poco antes de morir, Sauzelle había coincidido con el jefe de división.

—Creo que podemos olvidarnos de Buron —comentó Rosière—, ya hemos pillado a otro poli...

Capestan, con la conciencia henchida de esperanza, se apresuró a darle la razón sin apenas disimular. Se lanzó como una flecha hacia las carpetas que tenía apiladas en el escritorio. Volvió al sofá y repartió las actas del expediente de Guénan en la mesita baja. Las tres cabezas se inclinaron a la vez para comprobar las firmas. Valincourt no aparecía.

—En el caso de Marie Sauzelle sí que estaba, y en el de Maëlle Guénan no hay confusión que valga, lo vimos allí mismo —concluyó Capestan.

—¡Ya tenemos al culpable! —fardó Rosière.

—No, no, no corras tanto —matizó Lebreton—. Participó en una investigación y conocía al menos a una de las víctimas, pero de ahí a concluir que cometió los asesinatos...

247

—Espera, Louis-Baptiste —señaló Capestan—. Conocía a la víctima, pero lo que importa es que no lo dijo. Ni en el expediente en el momento de los hechos, ni tampoco cuando fui a verlo. Incluso me aseguró que solo la había visto muerta. Hay que ver, menudo despiste.

Lebreton se hundió en el sillón y cruzó las piernas. El comandante no era un hombre con tendencia a precipitarse.

—Puede ser. Habría que aclarar por qué omitió ese dato. Por otra parte...

—¡Anda ya, deja de jorobarnos, tú, el redimido de Asuntos Internos! —exclamó Rosière—. Haznos caso, ¡está metido hasta el cuello!

—Bueno, bueno, Eva, no te sulfures. Entonces, ¿qué hacemos ahora? —preguntó Lebreton sin poder evitar que le hiciera gracia, a su pesar.

—Cambiamos el seguimiento de Buron a Valincourt, con el mismo perfil y los mismos métodos —confirmó Capestan.

—Con todo lo que sabemos, podríamos hacerle una visita de cortesía, ¿no? —se lanzó Rosière.

—No, aún es pronto —la frenó la comisaria—. No tenemos suficientes elementos de cargo para detenerlo.

—¿Estás de broma?

—En absoluto, no tenemos pruebas formales, ni ADN, ni huellas, solo coincidencias.

—Anda que no ha habido detenidos por mucho menos...

—Sí, pero estamos hablando de Valincourt, del que lleva tres condecoraciones en la solapa. No podemos atacarlo de frente porque nos echarían la bronca como con Riverni. Necesitamos el móvil y una preparación mínima. Debemos averiguarlo todo sobre el jefe de división antes de ir a por él.

Estaba muy bien saber quién era el asesino, pero también había que pescarlo.

41.

En la comisaría de Les Innocents reinaba una actividad frenética, con todos sus miembros investigando a tope.

Merlot tenía los pies encima del escritorio y la panza encajada entre los brazos de una silla con ruedas a punto de dar las últimas boqueadas. Con el auricular del teléfono en una mano y un vaso de whisky en la otra, se las daba de Marlowe aburguesado y se enrollaba con cualquiera que hubiera estado relacionado con los recursos humanos de la judicial.

—¡Sí, hombre, el mismo Valincourt que dirige las Brigadas Centrales! No te molestaría si se tratara de una nadería. Ah, bueno, pues ya sabes, el retrato de siempre: padres, matrimonio, hijos, títulos, destinos anteriores, lo que desayuna por la mañana y qué marca de ropa interior usa. Nada que sea indiscreto, faltaría más —se carcajeó con la misma complicidad de un francmasón que se encuentra con un viejo amigo de la logia—. Trato hecho, pues, te lo pago en coñac Napoléon o «a copateja», como suele decirse.

Lebreton clavó en la pared con chinchetas un cartelito con los turnos de seguimiento. En ese momento, Évrard estaba con la Ardilla y Orsini se encargaba del jefe de división Valincourt. A continuación, el comandante desenredó los auriculares del manos libres para iniciar la ronda especial de llamadas: «¿Conoce usted a este hombre al margen de su función de investigador?». Mientras hablaba, con los ojos clavados en un interlocutor remoto, salió tranquilamente a la terraza y se quedó a pie firme delante de los tejados de París.

Por su parte, Lewitz había bajado al aparcamiento en compañía de Rosière, que había encargado un vehículo más adecuado para los plantones que el Laguna amarillo pollito del brigadier. La capitán volvió a subir sin Lewitz, que quería a toda costa probar su juguete nuevo. Dax, que había vuelto a comisaría recién duchado, ocupaba su puesto con las narices a veinte centímetros de la pantalla y los dedos en el teclado, mirando a Capestan con la misma intensidad que una taquígrafa lista para escribir al dictado.

La comisaria sabía que más le valía elegir cuidadosamente las palabras.

—Merlot se encarga del estado civil y la biografía. Así que me gustaría que tú accedieses a los extractos de llamadas telefónicas, de fijo y de móvil. Buscamos llamadas a estos números —dijo alargándole un *post-it* con los números de Maëlle Guénan—. También quiero ver los movimientos de la tarjeta de crédito, especialmente si compró unos cuchillos.

—El arma del crimen se suele pagar al contado —apuntó Rosière acercándose con el cuaderno de bitácora en la mano.

—Cierto, pero nunca se sabe.

—¿Te saco también la identidad virtual?

El rostro de Rosière se redondeó de pura guasa:

—¿Tú te crees que con ese careto de apache va a tener Facebook, el señor este? ¿Y una cuenta de Twitter para contar su estado de ánimo, además?

Capestan pasó de ella y de su ironía habitual.

—Sí, me interesa también su rastro en Internet. Métete donde te parezca que es importante, Dax, pero no tenemos mucho tiempo.

El teniente se llevó dos dedos a la frente para saludar a la comisaria y le dedicó a su máquina una sonrisa llena de dientes.

Al cabo de dos horas, con las sienes sudorosas, convocó al equipo.

—¡Lo tengo todo!

Capestan, Lebreton, Rosière y Évrard se agruparon alrededor de su mesa. Delante del *hacker* había una pila de hojas impresas cuidadosamente alineadas. Cogió la primera hoja y se la alargó a Capestan antes de pasar a las siguientes.

—Extracto de la tarjeta de la Fnac, la de Ikea, la de Bizzbee, la de Sephora...

La comisaria, algo desconcertada, recibía los documentos y echaba un vistazo a esas líneas flagrantemente inútiles. Rosière, con más consternación que burla, se dirigió al teniente:

—Pero, vamos a ver, Dax, ¿tú te imaginas al jefe de división con una tarjeta de Sephora?

—¿Qué pasa? Yo también tengo una.

—Lo que te pidió Capestan era la tarjeta de crédito, no las tarjetas de fidelización.

—Ah. No oí lo de «crédito». Pero salen muchos datos sobre Valincourt, de todas formas.

—Salvo que aquí es obvio que no se trata del Valincourt correcto: el jefe de división que has encontrado se llama Charlotte.

Dax, enfurruñado, seguía dándole hojas a Capestan, que las recorría con la mirada. Le tocó el brazo a Rosière para interrumpirla.

—Espera, espera. En el extracto de llamadas sí que está el número de Maëlle... Valincourt, nombre Gabriel, como en las tarjetas de Decathlon, de Rougier&Plé... ¡No es el padre, sino el hijo! Dax, ¿has buscado a Valincourt en Facebook?

El teniente movió el ratón e hizo clic. La página apareció a toda pantalla.

—Bingo —dijo Capestan apretando el puño—. Fijaos en la foto del perfil.

—Anda, pues tienes razón —dijo Dax—, sin el casco no lo había reconocido, ¡pero es el chico del 36!

Por fin lo habían identificado. La Ardilla se llamaba Gabriel Valincourt, hijo del comisario jefe Alexandre Valincourt, director de las Brigadas Centrales de la policía judicial, sospechoso de tres casos de asesinato. Y ese hijo había llamado por teléfono a Maëlle Guénan la víspera de su muerte.

—Muy buen trabajo, Dax —le felicitó Capestan sin disimular su alegría.

Durante varios minutos se quedaron allí plantados, al lado del ordenador, sorprendidos y contentos, con Pilú meneando la cola sobriamente. Dax y sus métodos cuando menos peculiares acababan de brindarles un descubrimiento de primer orden.

La jornada estaba a punto de concluir. Orsini se encontraba tronchando al jefe de división y Lewitz ya se había ido a casa, pero el resto del equipo andaba todavía por la comisaría, saboreando un descanso muy merecido. A Merlot, antes de tomar el relevo en el seguimiento del hijo, le habían contestado de la Dirección de Recursos Humanos: Valincourt, viudo y padre de un niño, había asistido a un curso de dos años en Miami al principio de su carrera y luego se había cogido una excedencia para quedarse en Florida con su familia. El ferri naufragado debió de cruzarse en su camino cuando volvía a Francia.

Por su parte, Torrez había llamado por teléfono para informarles de que le habían dado el alta en el hospital. Capestan no consiguió convencerlo para que no participara en el seguimiento. Estaba de baja por enfermedad, pero referirse al reglamento en esa brigada resultaba ridículo. Y hablarle de seguros a Torrez rayaba en el absurdo. De modo que se emparejaría con la comisaria para el plantón del día siguiente delante de la casa del jefe de división. Torrez prometió llevar tortillas mexicanas para el avitua-llamiento.

Apoyada en uno de los muebles de cocina nuevos, Anne Capestan observaba a sus compañeros de equipo, a los que un rayo de sol rasante había atraído a la terraza. Évrard y Dax compartían un paquete de gominolas Dragibus char-lando tranquilamente. Rosière, sentada a la mesita re-donda de hierro forjado, escribía páginas y más páginas que luego embutía sin ningún cuidado en el bolso. Pilú, a sus pies, comprobaba todas las remesas con un olfateo dis-creto. Lebreton, sentado en una tumbona, parecía molesto porque una mosquita se le había posado en la solapa de la chaqueta. Se disponía a espantarla de un papirotazo cuan-do se detuvo en seco. Al principio Capestan creyó que no quería aplastarla para no mancharse la ropa, pero Lebreton tampoco quiso soplar. En realidad, no quería hacerle daño al insecto. Capestan vio cómo el comandante deslizaba con precaución la mano por debajo de la chaqueta y daba unos golpecitos por debajo de la tela para que el bicho reacciona-ra. La mosquita se fue volando y Lebreton, satisfecho, se hundió en la tumbona estirando las piernas hacia delante. Le gustaba encontrar soluciones pacíficas incluso con los insectos, estaba claro que no hacía concesiones en nada. Se-gún iban pasando los días, Capestan se sentía cada vez más a gusto con su equipo: con los miembros que habían hecho acto de presencia, al menos, ya que teóricamente disponía de efectivos más numerosos que la decena de polis que per-manecían en activo en ese momento.

Lebreton le echó un vistazo al reloj de pulsera. Las ocho. Se estiró y consiguió levantarse de la tumbona con elegancia. Sugirió encargar unas pizzas. Entre todos deci-dieron pedir dos de jamón y champiñones, una napolita-na, una cuatro estaciones con extra de queso y tres tarrinas de helado de vainilla con nueces de macadamia.

Después de los ágapes, la mesita baja estaba cubierta de cajas de pizza vacías y por el suelo rodaba un rollo de papel de cocina cuyas hojas habían hecho las veces de platos. Dax lo recogió estirando el brazo antes de levantarse para ir a buscar el helado al congelador. Capestan se acordó de pronto de que era jueves. Y de que tenían tele.

—¡*Laura Flammes,* tercera temporada! —se regocijó la comisaria agarrando el mando a distancia.

Desde el sillón donde le racionaba delicadamente el borde de la pizza al perro, Rosière la miró de reojo. No sabía si Capestan se estaba burlando o no. Pero la comisaria se acomodó en el sofá encogiendo las piernas, muy concentrada. Se volvió brevemente hacia Rosière:

—No lo digo por adularte, pero esta serie me encanta. Como mucho me habré perdido tres o cuatro episodios.

Por una vez, Rosière no dijo ni pío. Tenía guardadas en la manga una colección de respuestas cortantes para los comentarios y críticas que le hacían sobre su serie, pero ningún agradecimiento, por falta de costumbre. Ningún colega suyo había reconocido nunca con tanta naturalidad que veía *Laura Flammes.* Y, sin embargo, poco a poco, todos iban acercando quien una silla, quien un sillón, quien un puf, para juntarse delante de la pantalla. Rosière, sin saber aún qué decir, achuchó al perro un poco más fuerte en su regazo.

Al sonar las tres notas de la cabecera, Pilú ladró de alegría, como un seguidor bien adiestrado. Cuando el nombre de Eva Rosière apareció en los créditos, Dax le dijo al capitán con un susurro que se oyó por encima de la música:

—En el próximo nos sacas a nosotros, ¿eh?

El móvil de Capestan empezó a vibrar y la comisaria se alejó para contestar. Volvió al sofá al cabo de unos segundos y, como la trama aún no había empezado, Lebreton aprovechó para preguntar:

—¿Alguna novedad?

—Merlot ha perdido a la Ardilla.

—Tampoco importa mucho, ahora sabemos dónde encontrarlo. Además, hasta podríamos hablar con el chico, ¿no?

La comisaria asintió lentamente con la cabeza. Se le estaba ocurriendo algo parecido a un plan.

—Sí. Me pregunto incluso si no vamos a detenerlo.

De pie en su garaje con el suelo de cemento recién barrido, Lewitz se puso el mono de mecánico encima de la ropa. Se subió la cremallera y eligió una llave de torsión entre las herramientas que tenía alineadas en el banco de trabajo. Se acercó al elevador y estudió con ojos apasionados la maravilla allí expuesta: ruedas motrices con dirección asistida hidráulica, dos ejes directores y un radio de giro de tres metros y medio. Manejable a más no poder. Lewitz sintió que un escalofrío de alegría anticipada le subía por la nuca. Lo único que no le parecía a la altura era el motor, un «VM» HR 494 HT3 turbodiésel de 2.800 centímetros cúbicos. Pero bastaba con trucarlo.

42.

La radio chisporroteaba dentro del coche, eructando direcciones a intervalos regulares. Torrez, recién salido del hospital, ya no llevaba la cabeza vendada, pero seguía con el brazo derecho en cabestrillo. Sentado a disgusto en el asiento del copiloto, sintonizaba la frecuencia con la mano izquierda. Con el índice apoyado en la parte inferior del volante, Capestan se esforzaba por no oír las crepitaciones y vigilaba la entrada del edificio donde vivía Valincourt, en la acera de enfrente del bulevar de Beaumarchais. El accidente en el que el Torrez gafe había muerto había reavivado en el teniente una sólida vocación. Esa radio que había solicitado para completar la nueva luz giratoria era la consecuencia más ruidosa. Se había propuesto captar la frecuencia de la policía.

Delante del parabrisas, los peatones iban y venían en un *ballet* incesante en el que las personas se sucedían a toda velocidad. Tapaban la puerta cochera intermitentemente, obligando a Capestan a enfocar la vista una y otra vez. Ese bulevar tan concurrido era difícil de vigilar.

Un delicioso olor a tortillas mexicanas de pimientos había acabado con el tufo rancio a tabaco frío del 306, pero el día de plantón no había aportado nada nuevo sobre el jefe de división, y la Ardilla aún no había ido a ver a su padre. Sin duda tendrían que armarse de paciencia hasta que Valincourt cometiera un error de verdad. Aparte del vídeo, no tenían nada tan determinante como para acorralarlo. Necesitaban algo que hiciera las veces de palanca para forzarlo a confesar.

En estos tiempos en que el ADN y las pruebas científicas lo son todo, Capestan seguía apostando por las pruebas testimoniales de toda la vida: la confesión pormenorizada. Detalles que cotejar, algunos remordimientos, el alivio que suelta la lengua y, por fin, la última palabra del relato. Los hombros del sospechoso se relajan, el culpable firma la paz recobrada y el madero puede saborear como un melómano el sonido del bolígrafo sobre el papel. Pero Valincourt era uno de esos huesos duros de roer. Iban a necesitar material.

En el regazo de Capestan, el cuaderno de bitácora del marino estaba abierto por las páginas en blanco del final. La primera vez se lo había leído atentamente, para luego hojearlo y releerlo. Reproducía los vagabundeos de un hombre traumatizado en busca de sosiego. De vez en cuando, surgían algunas escenas del naufragio al final de una larga introspección, pero en esas historias no había nada que pudiera encajar con los Valincourt, ningún nombre, ningún detalle parecía referirse a ellos. Habría que buscar en otra parte cómo se habían desarrollado los acontecimientos.

—Se capta un poco mal, pero creo que es esta. Está pasando no sé qué en el distrito XX —dijo Torrez, que seguía trasteando en la banda ciudadana.

—Sí, es una carrera al aeropuerto. Estás en la frecuencia de los taxistas.

Torrez refunfuñó y siguió buscando. La cabeza inclinada del teniente dejaba a la vista el pelo negro y recio. A Capestan le llamó la atención lo peculiar del corte. Lo llevaba dos centímetros más corto por el lado derecho y por la nuca le subía una gradación de trasquilones. La comisaria se acordó del turbante del hospital.

—¿Te esquiló el matasanos?

Sin dejar de mirar la radio, Torrez se pasó la mano cuadrada por detrás de la cabeza.

—Qué va, mi hijo. Quiere ser peluquero, así que le dejo que practique. Le doy dos euros, se queda tan contento y va aprendiendo.

Aquel sacrificio capilar en aras de la paternidad conmovió a Capestan.

—¿Qué edad tiene?

—Nueve años. Sí, ya sé que no está perfecto, pero bueno. El pobre tiene unas tijeras de punta redondeada.

Capestan se quedó mirando unos segundos la cabeza hirsuta del buenazo del teniente y volvió a centrarse en la vigilancia. Habría estado bien que Valincourt se decidiese a salir de casa. La noche anterior, después de hacer unas compras en la tienda de ultramarinos y recoger un uniforme en el tinte, se había metido en el edificio y no había hecho nada más, según les contó Orsini. Hoy, a última hora de la tarde, la ventana correspondiente a su piso seguía encendida.

El móvil de Capestan empezó a vibrar, era Lewitz.

—Dígame, brigadier.

—Acabo de localizar al chico. Se está metiendo en el bulevar, a la altura de La Bastille. ¿Lo pillamos?

Capestan tuvo un último titubeo. Contra el joven solo tenían un delito de fuga de calle donde vivía Maëlle Guénan y un extracto de llamadas que habían conseguido ilegalmente. No les daba para actuar a lo grande.

—Sí, vamos a detenerlo, pero es importante hacerlo por las buenas. Aproveche el momento en que esté atando la bici, así estará ocupado.

Colgó y se volvió hacia Torrez, que la estaba mirando de hito en hito sin dar crédito a lo que había oído:

—¿Le has pedido a Lewitz que se encargue de la detención?

—Sí.

Disimulando cierta aprensión con un tono firme, Capestan se había precipitado un poco al contestar. Desvió la mirada hacia la calle. A la comisaria le parecía de cajón que lo más saludable era adoptar una política de confianza, en contra y a pesar de la reputación que tuviera cada uno. Pero, a la hora de la verdad, se daba cuenta de los riesgos que entrañaba en algunos casos. Lewitz con un volante en las manos podía causar daños considerables. El casco verde de la Ardilla asomó en lo alto del bulevar. Capestan no tardaría en saber si podía respirar tranquila.

La bicicleta circulaba entre las hileras de coches. En el semáforo, se echó a la derecha y, aprovechando un paso de peatones, se subió a la acera de un saltito. Avanzaba bastante deprisa y a la comisaria le preocupó que llegase al portal de Valincourt antes de que tuvieran tiempo de alcanzarlo. Seguía sin ver a Lewitz, el chico se les iba a escapar otra vez delante de las narices. Capestan se disponía a abrir la puerta del coche para perseguirlo a carrera tendida cuando el brigadier surgió en la esquina de la calle Pasteur-Wagner.

El vehículo de limpieza vial, una barredora verde hierba, apareció en el semáforo con todas las sirenas sonando y se metió directamente entre los coches. En la cabina de cristal, Lewitz conducía casi de pie encima del volante. Divisó la bicicleta y aceleró en el acto, haciendo rugir el motor. Los coches se desviaron en todas direcciones, tocando la bocina, y empezó a formarse un atasco por donde pasaba la barredora enloquecida. Capestan notó que Torrez pegaba un brinco en su asiento.

—¿Es Lewitz el de la motocaca?

—No es una motocaca, es una Aquazura de...

—¿Pero de dónde la ha sacado?

—De Rosière, en Internet. Los ayuntamientos revenden el material cuando está a punto de acabar su vida útil.

Capestan estaba cada vez más tensa. Era un vehículo de poca potencia que no llamaba la atención: en un principio, era una idea que se adaptaba a la perfección a los plantones y al carácter del piloto. Pero, si se ponía a toda velocidad, no solo dejaba de ser discreto, sino que los riesgos cambiaban.

Lewitz zigzagueaba entre los coches hasta que encontró un paso de peatones lo bastante ancho para subirse a la acera. Hizo un giro de noventa grados y los neumáticos de la barredora chirriaron sobre el asfalto. Tras desviarse bruscamente al tocar el bordillo rebajado, consiguió restablecer el rumbo y se lanzó en línea recta. Los peatones, patidifusos, se pegaron a las paredes para esquivar los cepillos que rozaban el suelo. La policía iba dejando tras de sí las aceras relucientes. Lewitz, con cara sonriente pero mirada concentrada, ganaba terreno. Aceleró aún más, pero tuvo que girar bruscamente para esquivar la marquesina de una parada de autobús. La sacudida hizo que se soltara la manga de riego que había en la parte trasera del vehículo. Como una serpiente sujeta por la cola, se puso a dar latigazos en el aire con el otro extremo, golpeando a ciegas bolardos y escaparates. Un hombre se arrojó al suelo para no morir decapitado. En el techo de la cabina, junto a la luz giratoria habitual de color naranja, el pirulo azul de la judicial ahuyentaba a los imprudentes. La gente se apartaba. La bicicleta ya solo estaba a unos metros.

—¡Pero si es mi sirena! —exclamó Torrez indignado.

Sin apartar los ojos de Lewitz, Capestan calmó a su compañero.

—Sí, pero podemos prestársela...

A unos cien metros por delante de la barredora, la ventana panorámica de un café invadía la mitad de la acera. No había forma de que Lewitz pasara por ahí. Capestan tuvo miedo de que decidiera atravesarla, sin más, pero el brigadier la esquivó in extremis y se lanzó hacia el carril bus con las ruedas del lado izquierdo rozando la calzada mientras las del lado derecho seguían encima del bordillo.

La barredora se escoraba, como en la mejor escena de especialista de una película. Los cepillos giraron en vacío, salpicándolo todo a su alrededor. Detrás del parabrisas de helicóptero, tumbado encima del volante, Lewitz también se escoró como si quisiera enderezar una moto. Dejó atrás un parquímetro que le habría estorbado y, aprovechando un bordillo rebajado muy oportuno, giró en seco y volvió a meter la barredora en la acera. Lewitz no había apartado los ojos de la bicicleta ni un solo instante. Avanzó hacia ella, devorando los últimos metros que los separaban.

El chico, a quien el jaleo había puesto sobre aviso, se echó a un lado derrapando hábilmente. Lewitz redujo la velocidad a medida que se le acercaba y la manga cayó al suelo, agotada, y dejó que el vehículo la arrastrara como a una batería de cacerolas. El brigadier se paró en seco al llegar a la altura de la bicicleta. Saltó de la cabina y, recobrando repentinamente el sentido común al notar el contacto de la acera bajo los pies, se acercó al chico y lo cogió por el bíceps con una delicadeza que Capestan nunca se habría esperado de él.

Misión cumplida. Sin heridos. Sin destrozos. La comisaria pudo, por fin, soltar el aire.

43.

Sentado en el asiento trasero del 306 de los policías, Gabriel se preguntaba cómo había llegado a esa situación. Las canicas que llevaban varias semanas chocándose dentro de su estómago acababan de disolverse. No sentía angustia sino miedo. Lo había detenido la pasma.

Era por el delito de fuga. Qué vergüenza. Después de pasar tres días en casa de Manon, por fin se había decidido a volver a la suya para confesárselo a su padre y pedirle consejo, y justo entonces lo pillaban. Su padre podría haberlo ayudado, haberle explicado qué hacer, a qué tenía derecho. Gabriel se sintió perdido, solo en aquel asiento.

A través del cristal vio pasar la vida normal y corriente de las demás personas. Iban andando deprisa, miraban los escaparates o se paraban en medio de la acera para leer un SMS que acababa de pitar. Y él, Gabriel, estaba en un coche de policía. Intentó calmarse. Su padre. Como cuervos golpeando en la ventana, fueron apareciendo las dudas, tímidas al principio y luego insistentes. Las canicas volvieron a formarse poco a poco, aglutinándose en una masa compacta.

Su padre.

*

Gabriel Valincourt tenía, efectivamente, el aspecto de ardilla que había descrito Naulin: guapo, ágil y alerta; el pelo, el cutis y los ojos castaño-rojizos. Tenía una mirada dulce que en ese momento oscilaba entre el espanto y el abatimiento. Un animal joven con el que Capestan no quería usar el truco de la intimidación, pero debía sacarle toda la información posible si es que quería reconstruir, aunque solo fuera una parte, la historia.

Le indicó uno de los sillones que había junto a la chimenea. Aunque el chico no pesaba mucho, se oyó el gemido de un muelle. Con una sonrisa cortés, Gabriel aceptó el té que le alargaba Évrard. Lebreton atizó el fuego durante unos minutos y luego fue a sentarse en el otro sillón. Gabriel, que había visitado el número 36 donde trabajaba su padre, observaba las paredes recién empapeladas, el espejo y las chinelas doradas de Rosière con cara de estarse preguntando adónde había ido a parar.

Sentada en el sofá, Capestan empezó a interrogarlo, sin animosidad, sobre su presencia en casa de Marie Sauzelle y, sobre todo, sobre el delito de fuga. Gabriel se deshizo en excusas.

—Sí, ya sé que no tendría que haberme escapado así, lo siento, de veras, me equivoqué. Fui porque... Estaba investigando un asunto personal. Mi madre murió en el naufragio de un ferri en 1993, en el golfo de México. Yo entonces solo tenía dos años y no conservo ningún recuerdo suyo. No me queda nada más que esta foto —dijo sacándose de la cazadora vaquera una copia plastificada de un retrato de mujer—. Todo desapareció en el naufragio.

Después de enseñársela a Capestan, volvió a meterse cuidadosamente la foto en el bolsillo interior. Y con la palma de la mano la palpó a través de la tela de la cazadora para asegurarse de que no se iba a estropear. De modo que la mujer de Valincourt había fallecido en el naufragio. Capestan se preguntó cómo habría sido.

Gabriel continuó sin mirar a los policías que tenía a su alrededor.

—Mi padre ya no consigue hablarme de ella, lo pone muy triste y yo no quiero obligarlo. Así que pedí en la asociación una lista de los supervivientes franceses y fui a buscarlos con la foto...

Évrard le acercó el azucarero por encima de la mesita baja y, con movimientos ausentes, el chico cogió cuatro terrones antes de añadir:

—Para preguntarles... no sé qué. Si alguno la había conocido. Si sabía algún detalle, cualquier cosa. Si habían hecho amistad a bordo. Por eso fui a Issy-les-Moulineaux, la señora Sauzelle era la primera de la lista. También quería quedar con el marino, el señor Guénan, era el único francés de la tripulación.

Gabriel, con el pelo en los ojos, se quedó mirando el fondo de la taza. Para no asustarlo, los cuatro policías se esforzaban por no hacer demasiado ruido, solo se oía su respiración y el ronquido del fuego en el hogar.

—En la lista vi que el señor Guénan había muerto poco después de volver. Así que llamé a su mujer. El día antes de..., bueno, ya saben.

El hijo había intentado preguntar a las víctimas. El padre no le había dejado seguir adelante. Una línea directriz empezaba a cobrar vida en la mente de Capestan.

—¿Tu padre y tú pudisteis salvaros y tu madre no? ¿Se separaron durante el naufragio? —preguntó Rosière procurando no profundizar mucho.

—Sí. Bueno, mi padre le dijo a mi madre que no se moviera mientras él iba a buscarme al camarote, y, cuando volvió, mamá ya no estaba allí. Papá pensó que habría conseguido subir a un bote.

—¿Tus padres te habían dejado solo en el camarote con dos años? —dijo Évrard, incrédula.

Acababa de levantar la liebre y Gabriel se sintió confuso.

—Sí. No lo sé, es lo que me comentó papá, pero puede que lo entendiera mal...

Ese tipo de ferri no disponía de camarotes individuales, pensó Capestan. El padre había mentido al joven.

Gabriel se hundió en el sillón, agarrando el té con ambas manos. Ya no podía más y Capestan presintió que aún le quedaba una larga jornada por delante.

—¿Sabes que vamos a tener que llamar a tu padre? —dijo.

—Sí.

—¿Prefieres hacerlo tú?

—Por mí, vale.

Rosière cogió de su escritorio el teléfono beige que France Telecom entregaba a sus abonados en los años noventa y tiró del cable para acercárselo al chico.

—Tu móvil, ¿te separas de él alguna vez? —quiso comprobar Capestan—. ¿Lo dejas encima de la cama para ir al baño o en la mesa del salón antes de ir a la cocina?

Gabriel se estiró el cordón de la capucha de la sudadera y golpeó suavemente el suelo con los pies.

—Pues sí, a veces.

El chico hacía todo lo posible para no ver adónde quería llegar la comisaria. Tomó el teléfono de Rosière, se lo puso en el regazo y se lo quedó mirando un buen rato antes de decidirse a pulsar las teclas.

44.

Un timbrazo anunció la llegada de Alexandre Valincourt. Venía de una ceremonia en la que el prefecto le había impuesto la Legión de Honor. La brigada, prietas las filas, llevaba esperándolo una hora. En la estancia principal se palpaban el nerviosismo y el miedo escénico. Todos estaban repasando su papel aplicadamente. Capestan les había expuesto su plan: una carrera de relevos en dos etapas y luego un *sprint*. No tenían más remedio que conseguirlo. Si metían la pata con Valincourt, acabarían en una mazmorra y sin derecho a jubilación. Se enfrentaban, de sobra lo sabían, a alguien muy superior.

Tras dedicarle una última mirada a su equipo, Capestan se levantó y fue a abrir la puerta. En el umbral, el jefe de división, con uniforme de gala, la examinó en silencio. La nariz aguileña y los grandes ojos pardos remataban con una cabeza de águila aquella silueta alta y magra de corredor de fondo. Con el padre, Capestan adoptó un tono más desenfadado que con el hijo.

—Buenos días, señor —le dijo.

Valincourt se limitó a inclinar la barbilla y cruzó el vestíbulo con la gorra debajo del brazo para echarle al salón una mirada socarrona.

—Qué oficinas tan originales. ¿Qué es lo que hacen aquí? ¿Papeleo, organizar archivos, reclamar multas?

El jefe de división actuaba como un ser supremo que se digna visitar a los mediocres para pisotearlos. Capestan decidió soltarle el primer soplo de aire frío:

—Organizar archivos, en cierto modo. Particularmente los suyos, creo que le va a interesar...

Valincourt hizo caso omiso de la indirecta. Estaba tanteando el terreno, haciendo como si la cosa no fuera con él, pero evitando cualquier enfrentamiento indigno de su persona. Capestan ya contaba con que reaccionara así. La carrera de relevos se basaba en una estrategia de desgaste. Al distinguido Valincourt le iban a aplicar la vieja técnica del despacho con moqueta: interrogarlo en un sitio y luego llevárselo a otro para que un madero distinto coseche las confesiones fruto del cambio de trato y de escenario. Un método basado en mecanismos psicológicos y con mucha tradición en la judicial. El adversario de hoy iba a ser un hueso duro de roer porque conocía muy bien ese jueguecito. Tendrían que ponerle perifollos. Pero para eso la brigada contaba con un arma de desestabilización insospechada: la mala sombra, el gafe, Torrez.

—Le atenderá el teniente Torrez mientras yo cierro las diligencias con su hijo.

Valincourt pestañeó brevemente, pero no dejó que lo desconcertaran. Seguía teniendo una presencia imponente. Sin hacer un solo movimiento, rodeado por los polis de la brigada, imperaba en el salón. Los maderos parecían esas casitas torcidas que hay desperdigadas alrededor de Notre-Dame. Para abreviar ese efecto de señorío, Capestan dio la señal para que entrara Torrez.

Un estremecimiento recorrió la estancia y los miembros de la brigada se apartaron en silencio, sobreactuando para formar una guardia de horror por entre la que pasara el gato negro. Llevaba una chaqueta de pana marrón oscuro que le tapaba el brazo en cabestrillo. Se le empezaba a notar la barba, que le oscurecía las mejillas; las pupilas negras remataban aquel perfil de destino funesto. El teniente, más serio que nunca, se acercó a Valincourt. Se le arrimó algo más de lo debido, rebasando deliberadamente el límite del espacio privado.

—Haga el favor de seguirme, señor.

Valincourt, tieso y petrificado, tardó un momento en reaccionar. Se sentía claramente dividido. Si seguía al teniente, estaría admitiendo las órdenes de aquella panda de pringados. Pero, si se negaba, parecería que se echaba atrás por miedo y superstición. En ambos casos, su credibilidad quedaría en entredicho. Estaba atrapado. A largo plazo, la cobardía debió de parecerle más perjudicial y, tras dirigirle un movimiento de cabeza a Capestan, se resolvió a acompañar a Torrez a su despacho.

*

Torrez abrió la puerta y le cedió el paso al jefe de división.

—Por favor, siéntese —dijo sin señalarle ningún sillón en concreto.

Valincourt, con las manos en la espalda aferradas a la gorra del uniforme, le pasaba revista al cuarto procurando no tocar nada. Cree en mi leyenda, pensó Torrez, le aterroriza tenerme cerca, como a cualquier otro madero.

De los dos asientos que había delante del escritorio, Valincourt eligió el menos accesible y se sentó con calma bien dosificada. Torrez fingió cierto apuro:

—Ahí suelo ponerme yo. No, no se mueva, no importa. Ya veremos.

El jefe de división no pudo impedir que su cuerpo se levantara unos centímetros.

—La comisaria Capestan ya no puede tardar mucho, creo yo —dijo Torrez sentándose detrás del escritorio.

Y luego, sencillamente, esperó, alargando el momento para dejarle vía libre a la paranoia que, con absoluta certeza, acabaría disparándose. Torrez causaba ese efecto. En su presencia, los polis actuaban como si padecieran aracnofobia y estuvieran dentro de una cesta de migalas. Los más temerarios apenas conseguían no salir corriendo. A veces, algún cabeza loca se las daba de torero y se acercaba, con el cuerpo alerta. Una mirada y se marchaba. Los locos juegan con la muerte, pero no con el mal fario. El mal fario te garantiza lo peor: enfermedad, ruina, accidentes, para ti y para tus seres queridos, a fuego lento y sin ninguna gloria. El mal fario gangrena lo que menos te esperas.

Valincourt no se movía. Completamente inmóvil. Las partículas que tenía alrededor ya lo habían tocado, no había nada que hacer, pero no quería que se les sumasen otras. Torrez se preguntó si, en efecto, lo estaría perjudicando o no. Desde que conocía a Capestan, sus convicciones se tambaleaban, la escayola se resquebrajaba y respiraba mejor. Tenía una compañera con quien tomarse un café y hablar del fin de semana. El sueño de veinte años de profesión. Capestan era más orgullosa que un regimiento de corsos, pero trataba a quienes la rodeaban con sonrisa abierta y la benevolencia al acecho. Capestan no toreaba, sino que trabajaba. Y le había encargado el primer relevo.

Valincourt se aclaró la garganta. Quería recuperar el control de la situación:

—Bueno, ¿dónde está mi hijo?

—En un despacho de aquí al lado, con la comisaria Capestan y la teniente Évrard, lo están atendiendo como es debido, no tiene usted nada que temer.

—No se trata de eso —dijo el jefe de división haciendo con la mano un ademán que barría todas esas preocupaciones de gallina clueca—. ¿Qué pinta en estas oficinas? ¿Qué tienen ustedes contra él?

—No lo sé. Ese caso no lo llevo yo —contestó Torrez abriendo un cajón y sacando un expediente.

Lo puso sobre el escritorio sin abrirlo, apoyando encima los dedos cruzados. Valincourt esbozó un movimiento de impaciencia. Y también de incomodidad, los parásitos ya le estaban royendo la coraza.

—Yo me ocupo de otro caso... —continuó Torrez.

—¡Y a mí qué carajo me importan sus casos de tres al cuarto, no he venido aquí para quedarme! Además, ya está bien, se habrá creído que me sobra tiempo para perderlo con usted... Lléveme con Gabriel y acabemos de una vez.

Valincourt se consideraba muy por encima de aquella espera que le estaban imponiendo, a lo que había que sumar la presencia de Torrez, que acentuaba la sensación de urgencia.

—A mí lo que me interesa es un crimen de 2005 que ahora tiene novedades —declaró el teniente, imperturbable.

Un matiz de sorpresa le alteró fugazmente los rasgos al jefe de división. La curiosidad iba a hacerlo picar. Llevaba años incubando crímenes impunes. Valincourt quería saber qué cartas tenían. Lentamente, Torrez soltó las gomas del expediente y sacó una foto en color que deslizó hacia su interlocutor. Era Marie Sauzelle.

—¿La conoce?

Valincourt apenas le echó un vistazo.

—Pues claro, llevé yo el caso.

Torrez asintió muy serio, se puso la cara de castigo divino y sacó una segunda foto en la que se veía un buzón. Se volvió hacia su interlocutor y apoyó el índice cuadrado en la foto para señalar la pegatina «Publicidad no, gracias».

—Este tipo de pegatinas las ponen los ecologistas o los que se van de vacaciones.

Torrez asintió con la cabeza como para aprobar tan sensata precaución.

—¿Pero sabe quién no las pone nunca?

Valincourt apartaba la mirada. Torrez contestó a su propia pregunta:

—Las señoras que coleccionan cupones de descuento.

Meditó aquellas palabras antes de sacar de ellas la conclusión correcta:

—Pero resulta que una pegatina no se pone por impulso, sino que hay que llevarla encima. En el caso de un asesino, eso se llama premeditación.

El teniente pronunció la última palabra recalcando todas las sílabas. Valincourt separó los labios un instante, pero luego debió de parecerle más sensato no hacer ningún comentario. Al fin y al cabo, nadie lo había acusado explícitamente. Arqueó las cejas adoptando una pose despectiva. Podía controlar las expresiones que ponía, pero no evitar quedarse pálido. Ya había mordido el anzuelo. Era hora de pasar el relevo. Torrez alargó la mano y, como si le clavara la última banderilla, le dio una palmadita al jefe en el brazo:

—Sígame.

*

Torrez guio a Valincourt, aún en pie pero debilitado, de vuelta por el pasillo hasta el amplio salón donde lo estaba esperando Lebreton delante de un escritorio perfectamente ordenado. En un segundo plano se encontraban Rosière y Orsini, con sendos blocs de notas bien gordos.

El jefe de división acababa de enfrentarse con el Destino. Ahora, Torrez se lo entregaba a la Ley y a la Opinión: Lebreton y el sello de Asuntos Internos; Orsini y la prensa; Rosière y las masas. Valincourt no dijo esta boca es mía, pero con la impresión del primer trance las sienes empezaban a brillarle de sudor. Aun así, recompuso una apariencia digna y, como seguía sin ver a su hijo, protestó con voz firme:

—Bueno, ¿dónde está? Les ordeno que lo suelten. Ahora mismo.

Lebreton acercó la papelera al escritorio con el pie y acabó echándola hacia atrás.

—No.

—¿Disculpe? ¿Usted sabe con quién está hablando? Para empezar, ¿con qué cargos tienen retenido a mi hijo?

Lebreton metió en el bote de los lápices un portaminas que rodaba por allí y finalmente se recostó en la silla, con rostro impasible.

—Delito de fuga, ya se lo dijo por teléfono hace un rato.

—Capitán, un poquito de seriedad...

—... Comandante...

—Pasaba por la calle, ¿no es así? ¿Y se echó a correr cuando Capestan se le acercó? Es guapísima, pero los chicos jóvenes a veces son tímidos, ¿sabe usted? La comisaria no tendría que habérselo tomado tan a pecho.

Lebreton sonrió como si algo le hiciera mucha gracia. Valincourt estaba probando un registro cuya desenvoltura había quedado muy mermada después de pasar un rato con Torrez: la ironía no sonaba bien en las cuerdas vocales trémulas. Valincourt también se percató de que le traicionaba la voz y un velo de incomodidad le cubrió la cara.

—Estaba pasando por una calle donde se había cometido un asesinato —le recordó Lebreton señalándole la silla con brazos que tenía enfrente.

Valincourt agarró el respaldo de la silla y marcó una pausa antes de decidirse a tomar asiento.

—Había ido a verme. Escuche, es una detención arbitraria, usted lo sabe. No puede inculpar a mi hijo de nada, no tiene nada.

—En efecto.

Con ademán desdeñoso, el jefe de división señaló la estancia y a la brigada:

—Ni siquiera están en condiciones de tenerlo aquí en custodia.

—Cierto, no creo que pudiésemos —admitió Lebreton con tono monocorde.

Estaba estudiando el lenguaje corporal de su interlocutor, que mostraba una rigidez casi militar. No se había cambiado antes de acudir y se presentaba ante ellos de uniforme, no con ropa anodina. Tenía mucho empeño en destacar su prestigio y recordar cuál era su rango.

—Bien —dijo Valincourt—, pues entonces suéltenlo.

—Por supuesto —cedió Lebreton.

Valincourt hizo ademán de levantarse sin más comentarios, hasta que el comandante dejó claras cuáles eran sus intenciones:

—Lo soltaré porque él no ha asesinado a nadie. En cambio, usted...

El jefe de división dio un respingo, pero se rehízo enseguida y adoptó la actitud flemática que requería la situación:

—¿Pero cómo se atreven, polizontes de pacotilla? ¿Con qué derecho se atreve a lanzarme semejantes acusaciones?

—Con el mío. ¿Han avanzado algo en el caso de Maëlle Guénan? Nosotros tenemos al culpable.

—Déjese de numeritos. Me he quedado aquí por cortesía, pero ahora...

Valincourt se levantó y se puso la gorra del uniforme. Se disponía a dirigirse al pasillo por el que Capestan había desaparecido para ir a buscar a Gabriel.

—¿Qué estaba haciendo el jueves 20 de septiembre, entre las ocho y las diez? —le espetó Lebreton.

—No voy a responder a sus preguntas.

—Entonces lo haré yo. El 20 de septiembre fue usted a la calle de Mazagran con un taco de cuchillos de cocina; llamó a la puerta de Maëlle Guénan y la apuñaló antes de registrar el piso en busca de documentos que hubiera dejado su marido.

Acerca de este último punto, Lebreton estaba al acecho de una confirmación. El jefe de división se echó ligerísimamente hacia atrás y el comandante supo que había dado en el clavo.

—Usted la asesinó, igual que a Yann Guénan y a Marie Sauzelle. Conocía a las víctimas y nos lo ocultó deliberadamente. Ahórrenos las objeciones superfluas, tenemos el vídeo. ¿Le suena de algo el homenaje a las víctimas de un naufragio?

Lebreton pulsó el mando a distancia del televisor, que se encendió con la imagen en pausa de Valincourt con Sauzelle. Esta vez, el tiro dio en el blanco de lleno. Todas las salidas se estaban bloqueando. Le cruzó por los ojos un chispazo de pánico a Valincourt, cuyo instinto de supervivencia, que volvía a tomar las riendas, apagó de inmediato.

—Se merecerían que llamase a un abogado.

Lebreton se volvió hacia Orsini y Rosière, quienes, a su espalda, no habían parado de escribir. Sin soltar sus respectivos blocs, acompasaban la conversación aprobando con la cabeza, muy satisfechos.

—Tomen nota de que, en el transcurso de una visita de cortesía, el comisario jefe Valincourt ha hecho alusión a la presencia de un abogado.

Lebreton miró de nuevo hacia delante y preguntó muy educadamente:

—¿Desea ponerse en contacto con su abogado?

Valincourt negó con un ademán exasperado y Lebreton se quedó mirándolo a la cara un rato, sin sonreír. Mala suerte, vínculo, premeditación... Le estaba dejando tiempo al jefe de división para digerir bien digeridas las implicaciones de las conversaciones anteriores.

Por las ventanas abiertas que daban a la calle llegaba el olor grasiento de los *panini* recalentados. En las inmediaciones de la fuente de Les Innocents, los chicos berreaban y las chicas chillaban. La fauna adolescente se repartía el barrio de Les Halles en aquellos últimos días del veranillo de San Miguel. Lebreton le pasó revista a Valincourt. La encarnación de la ascesis, la autoridad en acción. Un asomo de estado febril en la forma de moverse delataba lo profunda que era la brecha. Esperó a que se le agrietara un poco más la confianza en sí mismo y, por fin, dio rienda suelta al monólogo final:

—Con Yann Guénan procedió usted limpiamente, como un profesional. Pero en casa de Marie Sauzelle actuó con precipitación. Flores, aunque no le gustaban nada, la televisión silenciada, el cerrojo: todo indicaba la presencia de un visitante, no de un ladrón. No la conocía lo bastante como para que las huellas de su paso se integrasen en aquel escenario. Se llevó el correo para que nadie encontrara la invitación de la asociación, y el resultado fue que no quedó ni un sobre. Puede que también la vergüenza le nublara el razonamiento. El gato, por ejemplo. ¿Por qué iba a llevarse al gato? ¿Para no dar la alarma? Capestan opina que es que le gustan los animales, que la muerte del gato no estaba justificada y usted solo mataba por necesidad. Yo no lo sé.

Con esa última frase, Lebreton daba a entender que aún seguía pensándose lo del temperamento, pero que estaba completamente seguro del asesinato. Dio otra vuelta de tuerca.

—Hemos encontrado pelos de gato en la sudadera de su hijo. Los lupas los están comparando.

Un tic discreto le contrajo los labios al jefe de división y el comandante le hizo la señal convenida a Orsini, que fue a buscar a Capestan. Ahora Valincourt le tocaba a ella.

*

Capestan había pasado mucho tiempo pensando en el móvil. Solo le cuadraba una hipótesis: Valincourt había asesinado a Marie Sauzelle, a Yann Guénan y, por añadidura, a la mujer de este, Maëlle, porque los tres sabían algo que Valincourt quería enterrar. Se trataba de saber qué.

Pero fuera cual fuera ese pecado original, si Valincourt se había arriesgado tanto era porque se lo quería ocultar a alguien muy importante. A su hijo, claro. Ese era el último resorte.

Desde el pasillo que conducía a Gabriel, Capestan entró en el salón y le hizo a la brigada una seña para que se esfumara. Con expresión cerrada, se acercó a Valincourt y cogió la silla que acababa de dejar Lebreton. Antes incluso de sentarse, empezó a hablar en tono seco.

—Su hijo no se encuentra muy bien, señor. Y eso que, por suerte para él, todavía no ha leído esto —dijo tirando el cuaderno de bitácora del marino encima del escritorio.

Valincourt había ido a casa de Maëlle Guénan para hacerla callar antes de que llegara Gabriel, pero también para buscar documentos comprometedores, ya que habían forzado el mueble azul. El cuaderno no contaba nada que pudiera incriminarlo, pero Valincourt no lo sabía. Tenía alguna historia sórdida que silenciar, de esas que ves escritas en todos los libros y en todas las paredes cuando te sientes culpable. No cabía duda de que el jefe de división tenía remordimientos. Se había llevado al gato, había peinado a Marie. Ese hombre tenía conciencia. Y ahí era adonde había que apuntar.

—¿Reconoce este cuaderno? Mató usted a una mujer de cuarenta y tres años para conseguirlo. Dejando a su hijo huérfano, por segunda vez.

Capestan encendió el ordenador, que se puso a zumbar para que se despertasen los programas. Giró el monitor, que quedó entre Valincourt y ella, y le puso delante el teclado al jefe de división, quien, sorprendido, se apartó primero ligeramente y luego tocó el teclado con el dedo antes de descartar el ordenador. Pero la idea de teclear una confesión se iba abriendo camino. Capestan aprovechó esta ventaja, con brusquedad.

—La ha cagado usted en todo, Valincourt, pero puedo entender que no escatimara esfuerzos para ocultar esto —dijo tapando con la palma de la mano el cuaderno—. Lo que pasa es que, aunque mis colegas son gente civilizada, como usted ya sabe, yo soy capaz de cualquier cosa. El cuaderno este se lo voy a dar a Gabriel para que se entere de todo sin anestesia. Y si sigue usted empeñado en no entregarse, cargará a su hijo con la obligación moral de denunciarlo.

Capestan jamás se habría rebajado a semejante infamia, pero sabía sacarle partido a su mala fama, a la que habían contribuido en gran medida mandamases como el que tenía delante.

Valincourt tragó saliva deprisa: tanto si era un farol como si no, empezaba a perder pie. Le estaban formulando los cargos sin que ni siquiera tuviera tiempo de analizarlos. Capestan pasaba de una cosa a otra rápidamente tras haber situado la cara del chico en primer plano. Si conseguía que las emociones dominaran la situación, la necesidad de justificarse vendría rodada. Capestan tiró del cuaderno hacia sí, antes de concluir:

—Está claro que no quiere ahorrarle ningún sufrimiento.

Se puso de pie. Valincourt se quedó mirando el cuaderno de bitácora y suspiró. Los hombros se le hundieron un poco y una expresión de profundo agotamiento le relajó los rasgos. Estaba consumando la rendición.

—No es verdad —dijo con calma—. Lo que pretendía era, precisamente, que no sufriera...

—Demuéstrelo firmando una confesión. Y cuénteselo en persona, sin escaquearse detrás de un tercero. O, lo que es peor, de la prensa.

Capestan remachaba el clavo para que no se le escapara ese momento. Le señaló el teclado con la barbilla.

—Asuma su responsabilidad. A cambio, le dejaré dos horas a solas con su hijo. No hablaré con Buron hasta entonces; él se encargará de avisar a la fiscalía. Dos horas.

Capestan hizo una pausa para asegurarse de que Valincourt tenía claro lo que se estaba jugando. Con voz exenta de dureza, concluyó:

—Para usted se acabó. Pero no para él, él está empezando.

Valincourt se acercó el teclado en silencio. Antes de comenzar a escribir, indicó sencillamente:

—Su futura mujer se llama Manon, le voy a dar su número. Estaría bien que la llamaran de aquí a dos horas, Gabriel la va a necesitar.

45.

Pues sí. Al final, todo llega. Alexandre Valincourt había pasado los veinte últimos años de su vida temiendo que llegase ese momento. Veinte años en los que todas las decisiones tenían como objetivo retrasar, evitar ese momento. Todos aquellos asesinatos a cambio de veinte años de nada desgajados de la verdad. Para acabar aquí, en la silla coja de una comisaría venida a menos, escribiendo su declaración con un teclado gris de tanto usarlo. A dos minutos de reunirse con su hijo y de tener que contárselo todo, de contarle... ¿Cómo se lo iba a decir?

Las apariencias jugaban en su contra. Alexandre apartó el teclado hacia Capestan, que puso en marcha la impresión. Esperó a que salieran las hojas de pie delante de la impresora y se las alargó sin leerlas siquiera. Él se sacó un bolígrafo de la chaqueta del uniforme y firmó. Se levantó mientras se volvía a guardar el bolígrafo y siguió a Capestan, que lo condujo al despacho donde se encontraba Gabriel. La comisaria llamó a la puerta, con un gesto indicó a los dos tenientes que salieran y le cedió el paso al jefe de división.

Ahora, Alexandre sentía una gran serenidad, un alivio infinito, como la muerte o algo por el estilo. Capestan cerró la puerta al salir.

*

—Hola, Gabriel —dijo Alexandre sin acercarse mucho a su hijo—. Van a dejar que te vayas.

Valincourt buscó las siguientes palabras que quería decir. No se le ocurrió nada convincente y tuvo que seguir con los hechos en estado bruto.

—Yo, en cambio, me tengo que quedar. Me he entregado. Maté a varias personas. No tenía otra elección. Era... Era la única solución para que crecieras en paz.

No hacía falta pedirle a Gabriel que le dejara hablar, que no lo interrumpiera, su hijo estaba lo más lejos posible de él, en un sillón, y no se atrevía ni siquiera a temblar. Se había despegado un galón del reposabrazos y Gabriel tiraba de él maquinalmente con la mano derecha. Tenía los pies clavados en el suelo y se notaba que estaba listo para levantarse de un salto, tan brioso como siempre. Valincourt cogió aire, agarró una de las sillas que había contra la pared, se sentó al filo y tomó la palabra:

—Voy a contarte...

—Es el barco, ¿verdad? ¿Algo que pasó allí? —lo interrumpió Gabriel, deseando equivocarse.

—Sí —contestó Valincourt.

Le costaba trabajo concentrarse y se frotó los ojos. El naufragio le volvía a la memoria, obstinadamente. Alexandre Valincourt oía los gritos cada vez más fuertes, más cercanos, el aullido inútil de una bocina de niebla, y había pasajeros que lo rozaban al pasar corriendo. Sacudió bruscamente la cabeza para despertarse y hacerle frente a su hijo, que tenía los ojos clavados en él. Bajó la mirada:

—¿Te fuiste sin esperar a mamá, es eso?

—No —susurró Valincourt.

*

Para pasar sus últimas horas en Florida, Rosa se había puesto un vestido ligero de algodón turquesa. Se adelantó por el muelle de embarque con los dos niños y le indicó al revisor que Alexandre llevaba los billetes señalándolo con la barbilla. Alexandre contemplaba su esbelta silueta mientras le alargaba las reservas al encargado de la terminal, un estadounidense gigantesco con la camiseta empapada de sudor. Alexandre podía leer la melancolía en los rasgos de la joven, sabía que le guardaba rencor por imponerle un desarraigo más. Era la única alternativa sensata, por supuesto, pero le guardaba rencor. Cuando ella se quedó mirando el mar abierto, su hijo Antonio aprovechó una vez más para zafarse de su vigilancia. Se dirigió furtivamente hacia un loro cuyos dueños habían enjaulado para el viaje. Golpeó los barrotes con la palma de la mano y el animal, aterrorizado, se puso a aletear y a gritar.

Aquel niño era una plaga. Una plaga a la que mimaba demasiado su madre, que lo adoraba y se lo perdonaba todo so pretexto de que había crecido sin padre. Un padre que seguramente era de la misma calaña y al que Rosa se empeñaba en venerar por misteriosas razones políticas. Otro de esos guerrilleros que presumían de valor con las armas y huían a la mínima responsabilidad familiar. Había abandonado a ese Antonio, a ese Atila, y ahora le tocaba a Alexandre criar a ese tirano en miniatura, y sobre todo vigilarlo como a la leche puesta a hervir cada vez que se acercaba a Gabriel, el hijo idolatrado, el tesoro de Alexandre, la espléndida encarnación del amor que sentía hacia Rosa. Gabriel era un niño dulce, guapo y risueño, aún no había cumplido los dos años, pero era patente que no tenía nada en común con ese hermanastro salvaje y estúpido que le había arrancado el lóbulo de la oreja de un mordisco.

Desde lejos, Alexandre vio que Atila le cogía la mano a Gabriel y se la aplastaba contra la jaula. Estaba intentando metérsela entre los barrotes para que el loro lo picara. Alexandre soltó el equipaje allí mismo y recorrió a toda velocidad los pocos metros que lo separaban de los niños. Levantó a Atila con una mano y con la otra le cruzó la cara. Rosa soltó un alarido. En un abrir y cerrar de ojos se le echó encima a Alexandre y lo zarandeó con rabia. Una vez más, a pesar del amor infinito que los unía y por culpa del crío ese que se estaba revolcando a sus pies, Rosa y Alexandre se enzarzaron en una violenta discusión. Atila siempre se interpondría entre ellos, como una garrapata metida en una felicidad perfecta, un parásito que solo servía para desviar el amor de Rosa.

Al adelantarlos, la ancianita con la que habían hablado delante de la terminal les lanzó una mirada de censura. Una familia tan bonita, pelearse de esa manera. Mientras tanto, el barco estaba largando amarras, los hombres de la tripulación ocupaban sus puestos e invitaban a los pasajeros a acomodarse en el bar o en los amplios camarotes enmoquetados de azul. El ferri se hizo a la mar ajeno al viento marero, oscuro y persistente.

—¿La abandonaste? ¿Es eso? ¿Qué fue lo que hiciste, papá? ¡Dímelo! —suplicó Gabriel, con un nudo en la garganta.

Valincourt intentó volver en sí, regresar a la habitación donde su hijo lo reclamaba. Nunca le había hablado de Antonio, que no llevaba su apellido y que no figuraba en ningún sitio. Pero ya iba siendo hora.

—Tenías un hermano.

Un breve fogonazo de alegría iluminó la mirada de Gabriel. Pero Alexandre lo hizo desaparecer de inmediato negando tristemente con la cabeza.

—Un hermanastro. No lo querías nada —añadió, como para consolarlo.

—¿Dónde está? —se arriesgó Gabriel.

Valincourt volvió a coger aire. Las aguas del golfo de México empezaron a chapotearle contra los costados, una llovizna muy menuda se le pegó a la cara y se le nubló la vista.

Después de la discusión, Rosa subió directamente al bar, en el puente superior. Sola. A pesar del rencor que le guardaba, había dejado a cargo de Alexandre a Gabriel, claro está, pero también a Antonio. Puede que como represalia, o quizá para poner a prueba su sentido del deber. El sentido del deber. El de Alexandre Valincourt era el más agudo de todos.

Y allí se quedaron los tres, en el puente inferior. Los niños jugaban y Alexandre rumiaba sus pensamientos, sentado en una tumbona. De repente, una driza empezó a golpear el casco por una ráfaga violenta de viento. Amenazaba tormenta. Sin embargo, las previsiones meteorológicas no anunciaban ningún huracán antes de uno o dos días; en cambio, la marejada lo anunciaba para ya mismo. En cuanto empezaron a caer las primeras gotas, el suelo se volvió resbaladizo y el puente se vació. Alexandre se levantó. Tenía que poner a cubierto a los niños. Las olas golpearon la batayola y el ferri empezó a cabecear cada vez más fuerte.

Luego la lluvia cayó como una catarata y en plena tarde se hizo noche oscura.

Los gritos de pánico se expandieron por el barco. A Alexandre se le quedó pillado un faldón de la chaqueta en el armazón de la tumbona y comenzó a tirar de la prenda con impaciencia, negándose, contra toda lógica, a dejarla allí. De pie y en equilibrio precario, gritó para llamar a los niños, que se encontraban apenas a tres metros. Al fin, la chaqueta cedió y Valincourt pudo enderezarse del todo, para ver que Gabriel, con sus andares titubeantes, avanzaba unos pasos con los brazos abiertos. Un choque repentino hizo temblar el barco. Gabriel se cayó hacia delante y Atila, aterrorizado, lo pisoteó para ir a refugiarse entre las piernas de Alexandre. Tendido en el suelo cuan largo era, Gabriel empezó a escurrirse hacia la borda, bajo las moles de agua que sacudían el barco. Con los ojos desorbitados, abrió la boca para pedir auxilio y se le metió el primer trago de agua. Una corriente de adrenalina electrificó a Valincourt, que se abalanzó hacia su hijo y lo agarró del jersey con una sola mano. Atila, presa del pánico, le trepaba por el cuerpo a su padrastro; llegó hasta el torso, entorpeciendo sus movimientos. El algodón del jersey se estiró entre los dedos de Alexandre e, insidiosamente, el miedo cedió el sitio a una ira sorda. Se le brindaba una oportunidad extraordinaria. La ocasión de acabar de una vez por todas con ese verdugo en ciernes que maltrataba a su hijo. Aquel diluvio, bien pensado, iba a arreglarlo todo.

Para no soltar presa, para que Gabriel estuviera seguro, de todas formas tenía que quitarse de encima a Atila. De modo que se lo quitó.

Valincourt, como quien se libra de un cangrejo que le está pellizcando, estiró el brazo con un movimiento seco para desenganchar al niño. Las manos de Antonio se abrieron por efecto del impulso y, con un grito, pirueteó por encima de la borda. Agitó piernas y brazos para sujetarse a algún sitio. En medio del estruendo de las olas, la caída ni siquiera se oyó.

Alexandre abrazó muy fuerte a Gabriel e inclinó la cabeza por encima de la batayola. El cuerpo de Atila había desaparecido. Alexandre entornó los ojos y oyó que los altavoces escupían consignas ininteligibles. En la popa se había abierto una vía de agua y el mar penetraba en las bodegas en un flujo continuo. Un olor nauseabundo a gasoil impregnó el aire. Alexandre le frotó el pelo a Gabriel y se volvió hacia el interior del barco. Los ojos de Rosa lo dejaron clavado en el sitio.

Estaba a la entrada de los camarotes, pasmada, petrificada. En una fracción de segundo su rostro pasó de la desesperación al desprecio y el odio. Arrojó el bolso y se abalanzó hacia un salvavidas, se apoderó de él y se tiró al agua negra para socorrer a su hijo sin pensárselo dos veces. Valincourt no movió ni un dedo para retener a la joven. Oyó atronar la voz de un hombre, una voz que no era la suya, la de un oficial de marina que había aparecido detrás de él. Un hombre que ya llevaba allí un rato y que más adelante se acordaría de lo que había visto.

*

—Durante el naufragio, tu hermanastro se cayó al agua. Tu madre se tiró para rescatarlo, pero se ahogó. No pude hacer nada. No podía soltarte a ti para tirarme también.

Rosa desaparecida. Rosa, que nunca llegó a saber por qué, que no lo entendió, que lo había tomado por un monstruo. Rosa ahogada. Y con ella se ahogó la promesa de una vida luminosa para Alexandre y su hijo. Valincourt nunca pudo perdonarse. No había sabido retener a Rosa. La vida ya nunca sería igual. Atila se la había envenenado a los dos hasta el final.

—Pero...

Gabriel no lo entendía.

—... Entonces, fue un accidente.

—Sí —afirmó Valincourt sin atreverse a creer en una oportunidad.

Gabriel sacudió la cabeza y los rizos le pegaron en la frente.

—Pero, entonces, ¿por qué matar a los Guénan?

Sí, entonces, ¿por qué? Valincourt no iba a poder conformarse con esa versión. Tenía que resignarse a la verdad. Puede que bastara con una verdad atenuada.

—En realidad, tu hermanastro se cayó porque yo lo empujé. Te estaba bloqueando la entrada a los camarotes y la situación empezaba a ser peligrosa. Lo aparté y se escurrió. Yann Guénan me vio. Cuando volvió a Francia, quiso chantajearme.

Guénan lo había visto librarse del niño, pero no sabía cómo se llamaba Valincourt, el nombre de un pasajero entre varios cientos. En el caos que vino a continuación, la gente, aterrorizada, se había apelotonado. Cuando por fin se iniciaron las operaciones de rescate, el ferri estaba de costado y había arrastrado a decenas de hombres y mujeres. Los helicópteros y las lanchas tuvieron mucha dificultad para evacuar a los supervivientes, los viajeros se dispersaron. Valincourt y su hijo consiguieron salvarse y volver a Francia sin tropiezos.

Pero Alexandre desconfiaba de lo que pudiera pasar después. Buscó el nombre del marino. Y lo localizó en cuanto puso los pies en París. Así y todo, le repelía la idea de asesinarlo, tendría que darse una situación de absoluta necesidad. Era posible que, entre tanta confusión, a Guénan se le hubiera borrado aquel recuerdo. Para cerciorarse, Alexandre lo siguió con regularidad. Y, cuando Guénan se puso a visitar a todos los supervivientes franceses, Valincourt se resignó. Si Guénan relacionaba su cara con el nombre que aparecía en la lista, si Guénan lo denunciaba, lo juzgarían y lo encarcelarían varios años por infanticidio, mientras Gabriel acababa en una familia de acogida, a merced de cualquier perturbado. Inadmisible. Alexandre no iba a correr ese riesgo. Examinó la situación y acechó el momento oportuno. La sangre fría se encargó del resto.

—¿Un chantaje? Pero...

Gabriel estaba reflexionando y sus pensamientos iban más deprisa y más allá de lo que le hubiera gustado. Alexandre lo vio llegar hasta Sauzelle, una anciana, y reprimir la pregunta. El chico volvió a tantear el parqué con los pies buscando un apoyo, sin ni siquiera darse cuenta. En el puño cerrado sujetaba ahora el galón del sillón, aunque ni siquiera lo había mirado. El inconsciente de Gabriel se volvía desesperadamente hacia la puerta de salida, pero, frunciendo el ceño, se obligó a seguir adelante:

—¿Y la señora mayor?

—Guénan se lo había contado.

En aquel momento, Marie Sauzelle no había relacionado esa historia con la familia que había coincidido con ella en el embarque. Pero, durante el homenaje, al ver proyectadas las fotos de Rosa y Antonio, se le avivó el recuerdo de las anécdotas de las que le había hablado el marino. Se puso a atar cabos y, con toda su ingenuidad, se lo preguntó a Valincourt.

Unos asesinatos llevan a otros. Valincourt volvió a contemplar a su hijo. Derrotado. Ese hijo al que tanto quería, esa última sangre de Rosa. Era tan joven...

—Lo siento mucho —murmuró Valincourt.

Gabriel no prestaba oídos a ese desconsuelo, Gabriel se estaba desmoronando, pero aun así seguía sin rendirse.

—¿Y la mujer de Guénan? ¿Me seguiste mientras investigaba? ¿Me miraste el móvil? ¿Para que se estuviera callada? ¿Fue por mi culpa?

Gabriel, ahora, tenía muchas preguntas. Valincourt, solo una respuesta.

—Tú no tienes la culpa de nada. De nada. Yo hice lo que pude, pero tú... no te mereces ni uno de los minutos que estás viviendo ahora. Lo siento muchísimo.

A Alexandre se le enrojecieron los ojos, en los que apenas se atrevieron a asomar unas pocas lágrimas. Y luego vino un prolongado silencio, que ni el padre ni el hijo supieron amansar. Se quedaron quietos, respirando a medias. Hasta que Gabriel se levantó, titubeante, y se dirigió a la puerta. La abrió y vio a Manon, algo más allá, con la espalda apoyada en la pared del pasillo. Anduvo despacio hasta sus brazos.

Orsini estaba esperando en la caja de la tienda de fiestas y disfraces. Además de la pancarta, había cogido globos inflables, tres guirnaldas de colores y varios farolillos de papel, dos de los cuales representaban un sol y una luna. El móvil empezó a vibrarle en el bolsillo. Comprobó el nombre en la pantalla luminosa: Chevalet, un amigo periodista al que había recurrido durante la investigación. Orsini suspiró y se colocó el auricular.

—Hola, Marcus —le dijo la voz dentro del oído—. ¡Bueno, que me habías prometido una historia!

Orsini pensó en los crímenes de Valincourt y luego le vino la imagen de su hijo, Gabriel. Su propio hijo no había tenido la suerte de llegar a su edad.

—Ya lo sé, Ludo, pero al final se quedó en agua de borrajas. Otra vez será.

Colgó. El dueño de la tienda lo estaba mirando sonriente y Orsini le entregó sus compras. Al lado del mostrador, había expuesto un surtido de artículos de broma. Orsini escogió una caja de grageas de pimienta. Es que las grageas de pimienta siempre eran desternillantes.

Epílogo

El ascensor en el que iba la comisaria se paró en el quinto piso. Las puertas se abrieron con un crujido mecánico y Capestan se topó con las piernas de Orsini, que, en equilibrio precario encima de una escalerilla, estaba colgando una pancarta de «Bienvenidos» encima de la puerta. Se agarró al marco con una mano ansiosa antes de volverse brevemente:

—Buenos días, comisaria, la estábamos esperando.

—Buenos días, Orsini —contestó Capestan con el rostro levantado hacia el capitán—. ¿Y para qué me están esperando?

Orsini estaba empeñado en clavar una chincheta en el hormigón con el pulgar.

—Para preparar la fiesta de inauguración.

—¿Una fiesta? ¿Y por qué nadie me ha dicho nada?

—Ah.

Algo apurado, Orsini se chupó el pulgar dolorido.

—Puede que fuera una sorpresa —confesó—. Yo qué sé, habrá que preguntarle a Rosière.

Pues claro, a quién iba a preguntarle si no a Rosière. Al entrar en el salón, Capestan vio a Évrard y a Lewitz afanándose en torno a un escritorio que habían convertido en mesa de comedor y que habían cubierto con un mantel de papel estampado con volutas rojas. Varias guirnaldas adornaban las paredes y Dax estaba decorando las ventanas con un espray que, a juzgar por el olor, era indeleble. Los farolillos de colores cubrían las bombillas que hasta entonces habían estado al aire. La comisaría parecía una escuela el día antes de la fiesta de fin de curso. Capestan entrevió a Torrez que cruzaba la cocina, pertrechado con un mandil de Knorr de algodón fino. Desde que la había salvado en el cruce, parecía que la brigada toleraba tenerlo cerca. No llegaban a darle palmadas en la espalda ni a mirarle a los ojos, pero al menos ya no se les erizaban los vellos cuando se cruzaban con él.

Sillas, escritorios, sofás y mesas: todos los muebles estaban pegados a las paredes, dejando sitio a una pista de baile. Lebreton estaba terminando de instalar los bafles. Por su parte, Rosière, con un globo verde en la mano y un inflador en la otra, filosofaba con Merlot, que con el culo en el sillón le brindaba apoyo psicológico.

—¡Qué prefieres, mar o montaña! —despotricó Rosière—. ¿Por qué hay que imponer una cosa u otra? ¿Acaso no se puede preferir todo? ¡Qué manía tiene la gente! Siempre están: ¿qué prefieres, Beatles o Rolling Stones?

—¡Pink Floyd! —opinó la voz de Dax desde el fondo.

—... ¿Hallyday o Eddy Mitchell?...

—¡Michel Sardou! —ladró Dax, que, aunque nunca se enteraba, siempre ponía mucho entusiasmo.

—Perro o gato, dulce o salado, yo soy más de esto, yo más de lo otro... ¡Cuánta gilipollez! ¿Por qué no preguntar: prefieres mesas o sillas? —concluyó Rosière.

Arrancó el globo del inflador y anudó el pitorro con mano experta. Lucía un traje sastre de satén dorado que parecía dispuesto a coronar la noche en el Lido. El lápiz de ojos verde esmeralda conjuntaba con el verde intenso de la mirada que, en ese preciso instante, desafiaba a Merlot a que diera una respuesta. Pero hacía falta mucho más para impresionar al curtido capitán, acostumbrado a perorar de la mañana a la noche. También él brillaba como una patena, como si le hubiesen frotado la cabeza monda y lironda con un limpiametales.

—¡De acuerdísimo, estimada amiga! Elegir, siempre elegir, eso es justo lo que yo digo.

Desalentada, Rosière se dio la vuelta y vio a Capestan. Hizo un amplio ademán con el brazo que abarcaba todo el salón y la decoración festiva.

—Qué guay, ¿verdad? Varios casos resueltos, un culpable en el juzgado de instrucción, papel pintado nuevo... Así que se nos ocurrió...

—¿Nos?

Rosière sonrió, falsamente contrita, y continuó:

—Se *nos* ocurrió que había que celebrarlo y que esta comisaría bien se merece que descorchemos unas botellitas. ¿Nos hemos colado?

—Hemos hecho la mar de bien. ¿A quién hemos invitado?

—Pues a los maderos de la brigada. Pero, con Buron, en cambio, no sabía si querrías contar.

—Voy a llamarlo.

Capestan se aisló junto a la ventana, con la mirada perdida en la calle de Saint-Denis y los edificios asimétricos que se sujetaban en pie mutuamente. No había ni un solo elemento alineado en esa calle tan necesitada de una buena ortodoncia. Capestan habló dos minutos con Buron y colgó.

Lebreton se acercó y, entre soplido y soplido para inflar un globo azul, preguntó:

—¿Qué ha sido de Valincourt?

—Como había firmado la confesión, Buron se lo ha podido pasar a la fiscalía —contestó Capestan—. Ahora ya no es cosa nuestra.

—¡Bien! —gritó Dax acercándose (Dax siempre gritaba)—. Con esta investigación hemos estado tremendos. Y pensar que los mendas de entonces no dieron ni una: ¡chupaos esa, maderitos!

—Era el caso de Valincourt y en realidad no quería encontrar al culpable... —le recordó Orsini, que se había unido al grupo.

—Bueno, una cosa no quita la otra —insistió Dax, muy ufano.

Delante del equipo de música, Lewitz hacía de DJ. Dejaba sonar las tres primeras notas de un tema y pasaba al siguiente mientras leía la funda. Inconscientemente, Évrard esbozaba un movimiento a cada nota, luego paraba y volvía a empezar. Ponía caras raras sin saber a ciencia cierta qué era lo que la molestaba. Acabó por sumarse a la conversación:

—Por cierto, ¿por qué Valincourt nos encasquetó el caso Sauzelle? Era muy arriesgado. Sí que le gusta jugar al hombre.

—No... Ya lo confirmaré con Buron, pero me da a mí que la caja de casos archivados de Valincourt debió de desaparecer mientras estaba de vacaciones.

Después de soplar una vez más en el globo, Lebreton se lo quedó mirando con el firme propósito de fumar menos, y volvió a intervenir:

—¿Y el hijo?

—Pobrecillo —dijo Rosière—. Debe de odiarlo.

—Qué va —contestó Capestan—. Valincourt lo ha criado durante veinte años, y bastante bien, por cierto. Estaba convencido de que actuaba por sentido del deber, para proteger a su hijo. Había trazado una ruta y se había marcado un objetivo, y lo tenía que cumplir aun a costa de asesinar a cuatro personas. Se obstinó, como todas las personas inflexibles. Gabriel no puede odiarlo, no lo odiará nunca, pero está desconcertado. Esta mañana seguía sin enfadarse, ni llorar, ni nada de nada. Absolutamente conmocionado. Por suerte, su novia no lo deja ni a sol ni a sombra.

A todos los miembros de la brigada se les puso la cara un poco triste antes de volver a sus respectivas ocupaciones.

*

293

Tres horas después, en el salón había un jaleo de mil demonios. Dax no paraba de subir la música y Orsini llegaba detrás para bajarla. Rosière y Merlot cataban el contenido de todas las botellas que pillaban y Lebreton conservaba la suya junto a su copa, como un tesoro. En un rincón, Torrez seleccionaba los CD. Se había dislocado la rodilla al bailar un *rock* con Capestan y estaba encantado de la vida. Évrard y Lewitz, literalmente en trance, no habían salido de la pista con ningún tema, ni siquiera cuando Torrez se empeñó en poner a Adamo. Capestan miraba a Pilú, que, en la cocina, le daba narizazos al cuenco de plástico gris. A pesar de la base de plástico antideslizante, el recipiente chocaba contra la pared y descascarillaba la pintura. Tras haber saciado el hambre y la sed, el perro se fue con su trotecillo a buscar a Rosière, dejando tras de sí un reguero de gotitas de agua que le caían del hocico.

Buron y Capestan, codo con codo, interpretaban el papel de asiduos de los bufés.

—¿Verdad que fue usted quien afanó el expediente de Valincourt? —dijo a voces Capestan para que se la oyera a pesar de la música.

—Sí —vocalizó Buron—. Era un fracaso que empañaba su carrera, no conseguía explicármelo.

—Y lo de Guénan, ¿cómo hizo usted para relacionar el caso? Valincourt no lo llevó.

—No, pero él acababa de aterrizar en el número 36 y nos veíamos con regularidad. Al cabo de unos años, cuando entró en mi equipo, pude consultar su expediente de recursos humanos. Me fijé en que había vivido en Cayo Hueso el mismo año del naufragio. Una coincidencia que hasta al alma más cándida le habría llamado la atención. Y como, además, algunos documentos del expediente habían desaparecido...

—O sea que usted sospechaba que había cometido un asesinato y lo ha estado encubriendo durante veinte años.

—Qué va, para nada —matizó Buron, untuoso a rabiar—. Pero me pareció una negligencia. Aproveché que se había creado esta brigada para aclarar el asunto. Incluso usted, Capestan, sospechó de mí en este caso...

—No, ni por un segundo —replicó la comisaria con un aplomo rayano en la provocación.

Una sonrisa cómplice le iluminó los carrillos al director. Capestan seguía dándole vueltas a una pregunta:

—Pero ¿por qué no lo pilló usted personalmente?

—No quería convertirme en cazapolicías. Tengo que dar buena imagen.

—Pero no le importa la que dé yo.

—Pues mucho menos —contestó el director sin apurarse ni un poquito—. Por cierto, Capestan, he recibido una multa del brigadier Lewitz, noventa por hora en casco urbano...

—... Sí, sería un detallazo que hiciera la vista gorda, ya casi no le quedan puntos...

—... ¿Exceso de velocidad con una motocaca?

—Las motocacas ya no existen, era una barredora.

La cháchara de Rosière y Merlot, tan animada como de costumbre, les llegó por encima de las notas de «Relax», de Mika:

—... por lo que se refiere al planeta, a los animales, a todo lo que se te ocurra, siempre compro productos bio, con el sello de calidad Label Rouge y...

—Todo eso es carísimo, ahora bien...

—Pues, precisamente, ocupo el lugar que me corresponde. Si incluso los ricos compran guarrerías, ¡no podremos quejarnos de que no se produzca otra cosa!

—¡Cierto! No obstante...

—En esta sociedad, cada vez que pagas algo estás votando. ¡A las urnas que les den, lo que cuenta es el carrito del súper! Y ya que estamos... —dijo Rosière alargando la copa.

Mientras Merlot vaciaba una cuarta parte de la botella en la copa y una décima parte en la alfombra, Lebreton intervino:

—Date una vuelta por dos o tres dictaduras y verás cómo las urnas sí que son importantes...

—Lo cual no significa —afirmó Rosière observando el reflejo granate del Gigondas— que no estés votando cada vez que bebes y comes.

—Y tú en eso eres una ciudadana ejemplar —le dijo Lebreton con un apretón en el hombro.

—Yo, por ejemplo... —añadió Merlot.

Pero lo interrumpió Lewitz, que corría en todas direcciones pegando brincos:

—¡He ganado, he ganado, he ganado! ¡Tres en un minuto!

Con cada sílaba rociaba su entorno de migas de galleta. Rosière, incrédula, cogió por el brazo a Évrard, que pasaba por allí.

—¿Se ha comido las tres galletas *petit-beurre?*

—Qué va, eran Pim's, pero está tan contento que no me atrevo a decirle que con esas no vale.

Capestan cogió una tosta de queso blanco en el bufé y Buron hizo otro tanto. La comisaria apartó un poco la cabeza para esquivar un globo amarillo que se había soltado del techo e iba revoloteando a ras de suelo.

—O sea —dijo— que, si lo he entendido bien, el destino de nuestra brigada es ajustar cuentas personales de usted.

Los ojos de basset del director reflejaron cierta pena.

—No, no se trata de mis cuentas. Alexandre era amigo mío, ¿sabe? Yo tenía el deber de investigar, pero no podía resolverme a ello. Su brigada es mi tierra de nadie, Capestan, mi solución intermedia. Mi intención no era crear una liga de superjusticieros, sino una tercera vía de la que nadie sospechase por estar estigmatizada. Pero muy bien construida —añadió con una sonrisa.

—Podría habérmelo dicho directamente.

—Quería esperar a estar seguro de que el equipo funcionaba.

El globo había llegado a la pista, donde rebotaba alegremente entre los que bailaban, que procuraban, todos ellos, no reventarlo. Dax, sin dejar de seguir el ritmo, sujetaba en la mano un cuenquito de grageas del cual picaba regularmente. Las masticaba a dos carrillos, hacía unas muecas, y volvía a picar, intrigado. Le ofreció el cuenco a Lewitz, encogiéndose de hombros como para decir: «Saben un poco raro, pero se dejan comer».

—Pues funciona —afirmó Capestan—. Y, para que siga así, quiero, por lo menos, un coche decente, respeto y consideración.

—Puedo conseguirle el coche.

—Eso es lo que importa —dijo Capestan zampándose la tosta de queso de cabra.

Buron engulló también la suya y se limpió las manos con una servilleta de papel con corazoncitos rojos.

—Sé que se merece usted más. Pero, con sus meteduras de pata, no me quedaba otra alternativa, era la única salida...

—Me parece muy bien, Buron —interrumpió la comisaria observando a su brigada.

Évrard, Dax y Lewitz pateaban el techo de los vecinos de abajo, Torrez cojeaba con el brazo en cabestrillo, Rosière intentaba en vano emborrachar a Orsini y Merlot roncaba a despecho de los decibelios.

A Lebreton se le cruzó la mirada con la de Capestan y levantó la copa hacia ella. La comisaria le devolvió el brindis.

—Me parece de maravilla —concluyó.

Echado a los pies de Rosière, con el morro medio apoyado en la punta del zapato de tacón, Pilú se mantenía al acecho disimuladamente y analizaba el entorno afinando el olfato. Efluvios de embutido, humanos trastabillantes y alegres, el ambiente resultaba prometedor. Seguro que se las apañaba para conseguir cosquillitas en las orejas y salchichón.

Piloto ya estaba estirando el anca para ir de cacería cuando notó la mano de su dueña acariciándole el costado. Se volvió a sentar ipso facto y, obedeciendo a un sexto sentido de lo más canino, levantó el hocico hacia el amigo grandullón y guaperas que estaba a su lado. Este le sonrió ofreciéndole un trozo de empanada. Pilú se lo zampó chasqueando las mandíbulas. A domicilio, le servían a domicilio.

De gracias, muchas gracias e infinitas gracias

Por haber contribuido a que este libro exista y, por ende, haber cambiado mi vida, ni más ni menos:

Gracias a Stéfanie Delestré, mi editora, sin la que no podría hablar, una y otra vez y a la menor ocasión, de «mi editora».

Gracias a Patrick Raynal, Ser Supremo de la novela negra: la brigada aún no se ha repuesto de la impresión de haber sido de su agrado.

Gracias a Albin Michel, mi editorial, y a sus equipos, sus diseñadores gráficos, correctoras, agentes de prensa, representantes y directivos, sin los que la brigada no sería más que un montón de hojas puesto a la venta en mi casa.

Por su ayuda entusiasta y decisiva, gracias a mis amigas Marie La Fonta y Brigitte Lefebvre.

Porque sin ellos no podría dedicarme al oficio de escribir o, en cualquier caso, no sería igual: gracias a Sylvie Overnoy, la jefa ideal del escritor novato —porque ella también es escritora—, y gracias a Sophie Bajos de Heredia, que creyó firmemente en mi candidatura varias veces. Gracias también al cómico en jefe Henri Pouradier Duteil y al señor Simonet, mi profesor de francés en el instituto Jean-Mermoz.

Por leer, releer y requeteleer el manuscrito con tanta benevolencia y por analizarlo constructivamente y dedicarle alabanzas perentorias, nunca les estaré lo bastante agradecida a Anne-Isabelle Masfaraud (ganadora del récord de relecturas, medalla de oro en localizar incoherencias y campeona de arengas estimulantes), Dominique

Hénaff (gran maestre del apoyo incondicional y del detalle preciso), Patrick Hénaff, Marie-Thérèse Leclair, Pierre Hénaff, Brigitte Petit, Isabelle Alves, Chloé Szulzinger y Marie-Ange Guillaume.

Gracias a Jean-François Masfaraud por ese título que me encanta, *Poulets grillés*[*].

Gracias a Christophe Caupenne, antiguo comandante del RAID, por su ayuda tan amena como valiosa, y gracias a Catherine Azzopardi, por esa iniciativa suya tan espontánea.

Por sus comentarios, sus palabras de aliento y el tiempo que dedicaron a leer el manuscrito, también les doy las gracias a Antoine Caro y a Lina Pinto.

Y, por último, gracias a todas las pandillas de amigos a las que he pertenecido o pertenezco aún, a esos equipos tan alegres que me han dado ganas de inventarme uno nuevo. Por orden de aparición: mis amigos de Chevrollier, los habitantes de Général-Plessier, mis amigas del Verre à Soi, la panda de L'Accessoire, los aventureros del Coincoinche, las chicas de Lyon Poche, los colegas de la Cosmoliste, los jugadores de petanca de la hora de comer, los adictos al Perudo, los Masfa de Marsac y mis queridos vecinos de Les Sables d'Olonne de antes, ahora y siempre.

---

[*] Juego de palabras con el término *poulets*, que en la jerga policial significa «polis», «maderos», etcétera. Podría traducirse como «madera quemada». *(N. de las T.)*

Sobre la autora

Sophie Hénaff es una figura emblemática de la revista *Cosmopolitan* en Francia, donde tiene una columna de humor llamada «La Cosmoliste». Desarrolló parte de su carrera como humorista en el café-teatro L'Accessoire, en Lyon, antes de abrir junto a una amiga Le Coincoinche, un bar para juegos de mesa. Tras esta aventura decidió dedicarse al periodismo. *La brigada de Anne Capestan,* galardonada con los premios Polar en Séries 2015 y Arsène Lupin de Literatura Policiaca, es su primera novela, que está siendo traducida a varios idiomas, y el inicio de una serie cuya segunda entrega, *Rester groupés,* se publicará próximamente.

Este libro se terminó
de imprimir en
Madrid (España)
en el mes de
abril de 2016